故 事 课

中国本土IP实训指南

刘丽朵

著

A Storytelling Course
Create Your First Chinese Popular Story Universe

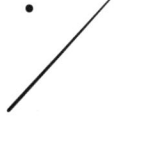
北京联合出版公司
Beijing United Publishing Co.,Ltd.

目录

前　言　这是一门怎样的故事课　01

第 1 课　结构意识：小白和作家的最大区别

基本结构训练：故事线　18

三幕式，永不改变的结构　24

最受人类欢迎的 10 个故事　31

故事训练第一步：写出核心事件　39

【作业 1】写下你的核心事件　43

＊启发灵感的方式　44

第 2 课　重要的进展：为你的故事增加设定

一切好故事的关键：设定　52

减少交代，努力设定　58

设定必须是结构性的　61

警惕"毛刺"　63

你的设定练习　66

【作业 2】在故事线上的合理位置添加设定　67

找到设定之下最好的情节　　67
【作业 3】穷尽设定势能，找到情节　　70
◇强设定书单　　72
故事训练第二步：让核心事件长出"结构"　　83
【作业 4】让情节环环相扣　　87
＊完善故事线必备的基础知识：三角冲突　　88

第 3 课　故事的关键：找到主人公

什么叫"主人公"？　　100
故事训练第三步：立刻得到你的主人公画像　　107
【作业 5】调整你的主人公　　111
圆形人物与扁平人物　　112
【作业 6】你的人物是圆是扁？　　119
人物的隐藏逻辑：幕后故事　　119
蜂蜜与毒液：塑造难忘的经典人物　　125
＊把认识的人写进故事的方法　　133

第 4 课　故事的进展：完成人物配置

如何塑造一个反派？　　143
故事训练第四步：安排主人公身边的配角　　150
【作业 7】完善所有人物配置　　155
弧光：精彩情节的底层逻辑　　157
【作业 8】设计情节与人物的弧光　　164

第 5 课 类型的介入:让故事走向市场

确认你擅长的类型　169

网文类型参考　171

"古言"的写作密码:甜与虐　181

传奇 & 爱情 & 罪案,现代都市题材怎么写?　186

幻想小说避坑指南　197

故事训练第五步:把握故事卖相　210

【作业 9】确定故事类型,学习类型传统　216

◇类型故事书单　218

第 6 课 走向专业写作:确立故事风格

方法 1:找到叙事者声音　228

方法 2:搭建世界观　237

创造你自己的世界　243

故事训练第六步:定位你的故事风格　247

【作业 10】确认标题、世界观和叙事者　254

第 7 课 大纲的成型

至暗与高潮:标记故事的节奏　256

【作业 11】设计故事里的"中点"和"至暗时刻"　263

故事训练第七步:故事大纲怎样写　265

几种大纲工具的用法　271

提问法,自动生成合理的情节　279

让思维导图变成故事大纲　285

【作业 12】完成 2000 字大纲　292

第8课 开始写作的重要技巧

3 种开头，立刻抓住读者　296

第一章从中间开始　304

对白即谎言　313

"实话对白"是一种特别的修辞　320

【作业 13】辨识对白中的谎言　325

对白即行动　327

短剧时代的对白法则　333

＊影视对白的重要技巧　339

【作业 14】写出你的故事开头　342

附　录

"你将成为怎样的作家"说明及问卷　345

前　言
这是一门怎样的故事课

2019 年，我在网络上开设了一门故事写作课。这是一门很简单的课，有十六节，讲了跟故事有关的一些基础知识，其中还包括一些在平台的要求之下加入的、我本来不太擅长的领域的内容。这门课很火，在全网流传，成了知识付费领域内有名的课程，一年之中，我大概收了几万名学生——而未经计算的盗版课程更是不计其数。他们当中有人写信给我，我于是才知道我的学生是谁，他们在哪儿。2020 年，这门课变成了训练营，接下来两年时间，有八千多位同学（其中不少同学不停复训，因此实际学生人数少于八千）经受了故事训练营的培训，而 2022 年起我开始经营自己的自媒体，还不断地有过去的老学员找上门来。所有这些课程，都可以视作一个整体：我在互联网教授故事写作，人们因为要写故事性作品而找到我。这些年来，我的学生们获得了百度小说、知乎、喜马拉雅等网站的小说奖项，不少是一等奖，有的获得"曹文轩儿童文学奖"、科幻文学的"水滴奖"等分类文学大奖，还有的出版了小说，或者成为各影视公司、小说公司等内容公司的编剧、编辑、编审，不一而足。

我所毕业的中文系，在十年以前，还有着"不培养作家"这样一个不成文的训条,而我的系友当中,却产生了很多作家,其中不乏那些大家都知道名字的好作家、大作家,他们是怎么成才的呢?而这些年,大学中文系纷纷开设创意写作专业,似乎学校一夜之间想明白了:为什么不能培养作家呢?作家正是祖国百行百业之一员,跟其他行业从业者一样付出劳动、得到报酬,宜于被纳入高等教育和职业培训。而在2011年,北大中文系110周年系庆时,我曾撰文《古顽》发表于系庆专刊,彼时的我,发自肺腑地认为:读中文系,尤其是我的专业,除了修身养性,让自己变成一个在精神方面富足的人之外,在社会上并没有什么实际的用场。可后来,我在现实中的境遇打了自己的脸:博士毕业后的头一年,就因为改编、改写了一部电视剧而收入百万稿酬。我不得不讪讪地承认:我的专业,还是有实际用途的。可怎么这么重要的事情,读书那么多年,从未有人和我说过呢?

博士毕业后的第一份工作是到影视公司担任剧本总监,可彼时的我,完全不追电视剧,也不懂什么是电视剧。但是很快,我惊讶地发现:这份工作,正契合我所学习的专业。我是中国古代文学专业的博士,专业方向是宋元明清,更具体一点是明清(到民国)这一段的中国文学,而我的导师刘勇强先生所专攻的领域是小说研究。在工作中,我第一次接触到类型文学,第一次搞清楚网络文学的各个类型与影视剧类型当中的关系,然后惊讶地发现:我所研究的对象——中国古典小说——跟如今的流行文学血脉相连!

作为一个早早就取得作家资格、二十出头就出版了第一部小说集的"资深"作家,作为一个专业的古代文学研究者,我曾经慨叹过中国叙事传统的断裂——当今的"小说",跟古代的"小说",完全不是一回事!中国古代的小说属于"俗文学",当代主流小说却是左翼文学传统影响下的现实主义作品,"俗文学"传统的血脉也许有落后的成分,可毕竟这是中国的原汁原味——竟然断了!可工作以后,我所接触的现实令我汗颜——哪里断了?偌大的网文世界,继承的多半都是中国古典传统:

玄幻仙侠,即古代的"烟粉灵怪";

历史类,即古代的"讲史";

军旅热血,即古代的"说铁骑儿";

励志职场,即古代的"发迹变泰";

武侠,即古代的"朴刀杆棒"……

以上所说的前者,都是网文、电视剧频道的内容分类法,后者,则是古代目录学对小说的分类。于是我又用这个眼光来看中国古典小说的"四大名著":

《水浒传》,是一部黑帮小说;

《三国演义》,是腹黑权谋的作品;

《红楼梦》,是宅斗、言情的集大成者;

《西游记》,是玄幻,也是仙侠。

它们的流行,它们历经数百年而不衰的全民接受度,正是"中国叙事"贴近"中国趣味"的证明。这四部小说的跨时空大流行,正因为它们贴合了中国人的审美。而无论你是否接受过传统文学教育,作为一个中国人,在审美这方面,口味从未改变过!于是我走入了全然的新世界,陡然发现:由于文学教育脱离现实、脱离社会、脱离生产,导致发生了一系列"社会问题"。

问题 1：大量文学专业毕业的学生，并没有从事文学创造相关工作，没有进入到作家、编剧的职业生涯。而与此同时，有海量的并未有过相关教育、培训经历的人，逆天改命，强行抢入这个赛道，成为网络文学作家，成为短剧、短视频编剧；

问题 2：大量文学专业的课本、教科书，和海量的学术研究，相当封闭，完全没有经世致用的意义，研究一些"这个古代的作家曾经在 1699 年到过海盐"这样一种课题，对文学的发展能起到什么作用呢？与此同时，却有大量自发写作的人，找不到门径，不知道写作的某些正确答案就在某本教科书中。

一边是自给自足自消化，并不对外给出养料的闭环教育系统，另一边是渴望却从未得到过专业培训的人群，后来的一些年，我就像是从大陆第一个走上孤岛的人，被充满渴望的人们围起来，拿出一个又一个他们急需的物资。

其实，过去中文系"不培养作家"，很大的一个原因是跟故事有关的工业尚未完全蓬勃发展。而随着网络平台阅读的兴起，IP 时代的到来，中国早已有了两千万自发写作的网络作家，由市场缔造了一批"大 IP"，只不过，绝大多数网络作家为爱发电、无酬写作，形成"一将功成万骨枯"的局面。随着短视频平台的兴起，网络文学又已式微，两亿网文读者规模已定，不断流散，甚少新增用户，网文读者的主体基本上 30+ 的年龄，却有像"知乎小说""百度小说"这样较短体量的小说兴起，打破旧有网文格局，又有移动音频、线下剧本、抖快短剧等行业的兴起等种种新变，让一个"会写故事的人"出路更加广阔了！既然这是一条逻辑脉络相当清晰的从业之路，为何大学不能培养呢？

"创意写作"成了如今的学科热点,然而,大多数人对写作发生兴趣的时候,早已到了人生的中途。我的学生年龄分布在14~70岁之间,其中大多数在30~40这个"前半生"和"后半生"转折点的年龄,似乎已经把家长规定的道路走完,一些人也已经把以前的道路走"死"了,这时他们想起自己似乎还有理想尚未实现;我的大多数学生是女性,还有不少是一个、两个、三个孩子的妈妈,她们当中很多人被困在家庭这方寸之地内,她们的付出虽然具备崇高的价值,这价值却并不常常被人认可,她们也需要自我实现,同时,需要一份代表着尊严的收入;退休后的学生想起可以把一生的经历写成一本书;身为警察、律师、金融经理、医生、教师的学生,想要把不为外人所知的行业故事写下来……种种不同的出发点把他们带到了我面前。

*

这几年,我一边教学,一边接手一些写作项目。这些项目来自甲方,有的由我独立完成,有的则选拔学生们组成写作小组,分派任务给他们,给予一定的指导和辅导,让他们完成写作,并获得署名和报酬。其中包括我为腾讯视频所做的电视剧解说,也包括为喜马拉雅、帆书等平台撰写的《万茜·古今女子图鉴》《千古最美情诗》《聊斋女子的情爱攻略》等,而学生们的工作则有国漫《妖怪酒馆》《狐妖小红娘》、日漫《鬼灭之刃》、网络小说《剑来》的改编,大家的工作经常在"新知榜"榜上有名。

平心而论,最有价值的工作永远是原创项目,这一点,容我在后文中展开。然而，来自甲方的这些项目，让我和我的学生们更加了解何为 IP，了解什么样的故事能够成为流行故事，也了解到创造一个流行故事的全程序。

因此，早在 2020 年就曾经打算出版的本书，也就历经了更多的锤炼。所谓"故事写作"，古已有之，然而今日在中国写故事，跟以往迥异。这几年，我的这本书发展出更多的质素，有一些概念是专属于今天的市场的，它不见于以往任何教案，却是今日的作者每天都要面对的基本秩序。

构成本书的基石的三大概念是：类型，设定，世界观。

首先是"类型"。

商业文学又被称为"类型写作"，可见"类型"在这个领域内占据至高无上的位置。何为类型？就是我前面所提到的玄幻仙侠、武侠、科幻、职场励志、军旅热血……

"类型"为何是核心？原因有二：

无论是网络平台，还是视频平台，都对所有文娱产品划分了不同类型频道，一位作者的作品须符合一种类型，才能较容易被划入频道，否则甚至无法上架。

更重要的，万千写手耕耘至今，每一种类型之下都发展了自己的"小传统"，假如一位作者完全不了解其传统，不清楚这种类型发展到今天，都曾出现过哪些爆款设定和作品，那他几乎无法写作。

也正为此，这几年我也致力于在每种类型下打开一种创作，例如，教授悬疑、玄幻、古言等专项写作。而在我们这本《故事课》中，关于类型的知识和要素会一统到底。

第二个基石则是"设定"。

非常有趣，几乎每一位正在进行中的创作者都了解"设定"的重要性，这也是在如今的内容公司日常工作中每次开会都会被提及的词汇，然而，在关于写作的教程中，却几乎不曾现身。对"设定"的发现，是最近十年故事理论最大的进展。这个词和它的用途非常"新"，然而"设定"本身却是很老的，古已有之。发现设定，将"创造设定"当成创作方法，则是这个时代故事人伟大的成果。

第三个基石是"世界观"。

其实，世界观的本质便是一系列的设定。而特定的世界观，又是特定"类型"的标志。因此，这个词是联通"类型"与"设定"的，它非常重要，也非常具体。它是作家在走入类型写作时必须要掌握的方法，也是我们时代的独得之秘。

这些新出的概念，被融入了故事课的整体教学当中。而我为本书的读者——有志于从事故事创作的小白——所设立的一套教程，在此前的教学实践中行之有效，因为正是这套教程，缔造了许多奖项的收获。先树立结构意识，找到设定，建成世界观，再发展和完善人物，找到自己的那个故事——这套教案的效果，配合以每篇作业的练习，在过去的教学中，往往在一个月内便令小白写出很好的、可以拿去评奖的作品。

*

现在来谈本书读者最为关心的一个问题：怎样开启写作职

业，写作的收入从何而来？

大约在二十年以前吧，还没有太多人留意到"版权"这回事。人们所知道的"版权"基本上跟"版税"挂钩：作家们从每一本售出的书中得到酬金，这个比例大约是码洋的 4%~12%，也有个别在这个范围以外。这笔收入有时非常可观，因为在纸媒时代，出版物的消费数量很大。与此同时，还有一些只有作家知道的跟"版权"有关的规定：

如果你的小说发表于文学期刊，那么它跟图书版权是不冲突的，当印制单行本时，不必去问原发表单位。

一本书的版权期是这样规定的：作家在世时，版权属于作家本人；作家离世后五十年内，版权像其他遗产一样，属于作家的法定继承人；五十年后，版权则不再属于任何个人，而成为全人类共有的财富。

但是到了今天，情况发生了翻天覆地的变化，有一支力量插入进了作家和作家自己所写的作品中间，那就是平台的势力。在今天，作家未必拥有他笔下文字的版权，这成了一种非常普遍的现象，这是因为"IP"经济的兴起，让版权成了一种让全世界重视的、值钱的东西。

IP，即 Intellectual Property，也就是知识产权，有人说它就是著作权，可 IP 跟著作权实际上是有区别的。对于写故事的人来说，一个故事的知识产权，确切地说是当它被原创出来的时候，以任何形式（包括但不限于小说、剧本、漫画、短视频等）固定下来的一系列创意（包括但不限于故事标题、故事内核、人物设定、人物关系、人物名字、人物形象、情节等）。当一个特定的故事 IP 被以它的原创形式固定下来以后，它因表达形式、作者名望、媒介和宣发等一系列要素而获得受众认可，认可越为广泛，IP 价值越高，也就出现了一系列其他体裁改编的可能性。对原创 IP 的每一次改编，都需要购买获准改编权，随后，其他体裁的改编扩大了 IP 的影响面，最终形成这一 IP 的更多面貌。

让我们举个例子。

假设有一个出生于 1991 年的名叫吴承恩的默默无闻的作者，横空出世写出了一部名叫《西游记》的小说，小说写的是一只猴子、一头猪、一个水妖和一匹马护送一个和尚去西天取经的故事，吴承恩给这些人取名叫孙悟空、猪八戒、沙和尚、小白龙和唐僧。后来这部书大火，全天下都知道吴承恩的《西游记》了，那么《西游记》这部小说就变成了一个 IP。如果我要拍一部电视剧《西游记》，那么我要向吴承恩先生购买电视剧改编权，也许我买了五年改编权，在这五年间我可以随便把《西游记》改编成电视剧，但是五年之后，如果我不续约的话，我将不拥有这项权利，作者（著作权拥有者）可以把这项改编权卖给其他人。那么问题来了，如果我要拍一部电影叫作《孙悟空大闹天宫》，不叫《西游记》，我还需要向吴承恩先生购买改编权吗？

答案是：要的。

我要拍一部《情迷女儿国》电视剧，写的是唐僧路过女儿国喝了子母河的水怀孕了，生下了孩子，不得不嫁给了女王，我需要购买改编权吗？

答案：也是要购买的。

那么如果我要写一部叫作《小白龙外传》的小说，写的是唐僧的坐骑小白龙护送唐僧取经以后，穿越到了明朝当了皇帝，立下了许多丰功伟绩，我需要向青年才俊吴承恩先生购买改编权吗？

正确答案：不需要。也不能够。

改编权是从一种作品形态向另一种作品形态的转化，而从小说到小说则不存在这种转化。也就是说：你想写一部跟别人的小说有关的小说，不存在"被获准"的正当程序，也很难为此事去签订一纸协议，大概只有强行去写或者熄灭这种念头两个办法。倘若"强行硬写"，那么你写出来的被人称为"同人文"，它是有法律风险的。有较为经典的例子就是江南所著的原创小说《此间的少年》，当中的人物姓名、性格、人物关系皆化自金庸的小说，后来为金庸告上法庭，判决如下：并未构成著作权侵权，但是构成了不正当竞争。也就是说：虽然这样做是存在法律风险的，但在著作权也就是IP领域内很安全。

这让我们真正透彻了解到我们所拥有的著作权的边界：我，吴先生，创造了一个人物叫孙悟空，他会七十二变，有金箍棒，很厉害，然后他闯水帘洞、大闹天宫、护送唐僧取经，干了一系列吓人的事情。而别人的人物如果也是孙悟空，不管他是去酒楼里吃饭，还是去勇夺世界冠军，我都是管不着的，我的著作权保护的是我写下来的那些情节，因为著作权保护的是思想的"形式"而非思想本身。

虽说是在"著作权"范畴内安全了，可就真的安全了吗？江南不也因为"不正当竞争"赔了188万吗？难道我创造出来的"孙悟空"，你真的可以随便用吗？如果没有我天才的创造，怎么会有那个打动万万人的盖世英雄，而没有了孙悟空，你的作品是不是就不成立了？

其实，我们可以理直气壮地认为：只要是我创造出来的人物，他就是我的，你用不得！我不追究还罢了，只要我较真的话，你的作品随时可以撤架，并且我可以向你索赔。

所以我吴承恩因有一部《西游记》，这天下所有的孙悟空、猪八戒都归我管。这就是我们今日使用 IP 的边界了：我们拥有我们原创作品的知识产权，这意味着：我们拥有标题和一切人物、一切情节的授权改编权，我们拥有我们作品中的一切创意，我们可以自己开发也可以有偿转让。作为作者，这些权利是我们写而有之的，它万分珍贵，可惜我总是看到太多人在懵懵懂懂之中就把全部的知识产权转让给了别人。

如今，虽然在纯文学的疆域内，期刊、传统出版的版权规定依然是那么老实厚道，但在网络文学的领域内，我们经常可以看到平台通过霸王条款的签署而拥有所有作者的全部知识产权的现象。有的平台所签署的他们拥有作品知识产权的期限，甚至达到了"版权到期日"，也就是作者殁后五十年。前面所说的吴承恩先生，他并非生于 1991 年，而是 1506 年，而他在世之日，亦没有"知识产权"一说，所以《西游记》这一 IP 早已属于全人类所有，任何人都可对之进行改编、改写和续写。而一位活着的作者这一生的衣饭，基本上就是他所写下的这些作品的版权收益，并且可以传之子孙，作为一笔遗产。二十年前，一位作家看重的是稿酬和声望；而二十年后的今天，我们应当万分重视自己的知识产权，如果我们写得足够好又足够幸运，能够为较为广泛的读者认可，大概这份版权的收益将会是稿费的无数倍。

好的,这就是"故事IP"的故事了,如今我们每天都在消费两种故事:有IP的故事,尚未成为IP的故事。那些尚未成为IP的故事,也许包括:社会新闻、街谈巷议、自媒体热文和其他尚未以正式渠道发表的故事。而有IP的故事则是那些正式作为文艺作品发表的故事,它们当中大部分默默无闻,却数量巨大,知名度甚高的作品只是其中的少数,它们的读者却在全部读者当中占据一个惊人的比例(这跟98%的财富集中在2%的人手里的现象颇为相似),它们被称为"头部IP"或者"大IP"。

当你们站在我的面前,或翻开这本书,准备学习这样一门课的时候,你们都已经做了人生当中一个慎重的决定:我要成为一位故事人。摆在你面前有两种选择:一种是亲自去制造默默无闻的原创IP,努力一些,更努力一些,最终杀出重围,成为少数中的少数,自己把自己变成"头部",因为所有的"头部"都经历了跟你们一模一样的过程,他们也是这么走过来的,这也就意味着大家都有机会。这条路,看似艰难困苦,其实是会者不难。市场上的畅销IP遵循一定的规律,提升自己的文学品质和文学内涵也有的是方法,故事的基本思路更是操作简单容易上手。比如我的学生米丘,受了一个月的训练,写了一个大纲给我,得到了我的肯定,之后写成小说去知乎投稿,便获得了"长篇马拉松"大赛都市故事的冠军。

另一种选择,则更为现实,也更容易得到工作的机会,那就是为头部IP服务,成为IP产业当中的一个链条。我要告诉你们一件事:在故事工业中,头部IP带来了非常多的工作机会。一个头部IP的产生和传播,虽说版权方(无论是作者还是平台)是最大受益者，但实际上，其中渗透了很多人的劳动。策划、编辑、统稿……一群具备内行知识的工作人员默默无闻地奉献了一部分IP内涵；从小说改编网剧电视剧、从小说改编电影、从小说改编漫画、从漫画改编小说、从小说改编声音剧、从小说改编剧本杀、从小说改编舞台剧……又有一群有才华的故事人奉献了自己的心血和精力。

我们也许还没有制造出属于我们自己的头部，距离大红大紫还有一定距离，但是一个合格的故事人能够非常顺遂地游刃于文体之间，因为他掌握了故事的精髓，同时又掌握了文体的特征。

*

学会写故事，你能干什么？从我所讲的故事中，你已经知道答案了：要么创造IP，要么服务于IP，前者像是理想，后者像是现实，前者让你的人生有了目标，后者却给你提供了一份踏踏实实的稳定收入。怀着不同目的、有着不同背景而走到我面前的读者，无论你为什么而来，总逃不过到这两个地方找工作。

其实，学会写故事以后，还有更加玄妙的收获：

我们用充分的篇幅去训练你的共情力，而共情力的提升会让你得到爱；我们训练你建立人物命运与性格的联系，这项技能会让你更容易读懂人生；为了提升文笔所做的修辞训练，所提升的文学内涵，很快将作用于外在，让你更美。

学会写故事，好像就是这么一件兼顾爱情和面包、让所有人皆大欢喜的事情。

第
1
课

结构意识：
小白和作家的最大区别

在写作这件事上，你是小白吗？你是否发表过任何小说，得到过任何稿费，受过任何读者的认可？

"我虽然还没有得到认可，但是我读书不少，而且很有才华，这个世界只是还没有来得及认可我而已！""很多伟大的作品已经在我心中生成了，我的想法万分地好，只是还没来得及生成小说而已，有一天我的这些故事会震惊世界的！""从来人们都说我多愁善感，我的感情的确比别人敏锐丰富多了，所以我应该是一个作家的料子，可我还没有想好怎么去写。""我经历了很多，比任何一部小说都精彩，所有这些只要我写出来，我就会成为当红小说家的！"……

这些想法，真的对吗？如果有了这些想法，说明你根本就不承认写作的专业性。

我们应当了解：有各种各样气质、各种各样性格、各种各样想法的作家，但是他们都是在写作方面取得了成就、受到读者认可、靠着写作赢得一份人生和事业的作家。

写作的技艺才是成为作家的关键。

我们必须承认："小白"，就是缺乏写作技艺的人。小白跟作家的思维方式完全不同。通过看一份又一份的作业，我发现：跟作家充满创作个性、千人千面的写作不同，大部分小白都是极其相似的，就连大家所犯的错误，往往也出奇地一致。因此，在本书中，我将在"思维方式"这个层面，试图扭转各位的小白状态，像禅宗那样直取心源，用最快的速度狂风骤雨般打碎你们过去的思维方式。

第一个必须扭转的小白意识，是这样的：从开头的开头，一直写到结尾的结尾，在讲述的过程中，一直都在努力陈述和呈现事实，这种写作方式，是典型的小白的写作方式。

有没有结构意识，是小白和作家最大的区别。

在此，我们首先厘清两个概念："故事"与"事实"。事实，只对跟事实相关的人有意义：你的初中同学李小明最近结婚了。这是你生活中的事实，可是，就算你说出来，这个世界上有多少人关心呢？而故事，是用来讲述给陌生人，并且让陌生人发生兴趣的。虽然他们并不认识故事中的主人公，但他们就是关心这些不认识的人的人生，关心发生在他们身上的每一件"事实"。怎样能让所有人对你的初中同学李小明发生兴趣？小白们总是误以为：让自己无限关心的事实，也会引起别人的兴趣。想象一下你自己急切、热情地向现在的朋友介绍李小明的样子："我们俩从幼儿园开始就认识了！我们俩玩得最好了！他现在结婚的媳妇是住在科学路的！比我们小两届，也是同一个初中的！他俩是我们班长介绍认识的！"对方之所以关心这些事实，乃是因为他也是你的朋友，知道这么一个初中，也有潜在的可能性认识李小明、他媳妇和老班长。所有这些事实，是绝不可能引起陌生读者的兴趣的。

但是我接触到的小白作业，作者往往以同样的急切和热情展开他们的写作。他们把主人公当成自己生命中的李小明，固执地认为"你应该认识他一下"，生怕遗漏什么关于李小明的重要信息，而完全不考虑陌生人为什么要认识他。很多小白作业热切地跳进了"事实"的旋涡，急赤白脸地想把主人公身上发生的任何事逐一陈述清楚，然后就开始问我这样一个问题：为什么我写的东西枯燥乏味？

一个作家，是绝对不会把一个故事，像罗列一些事实一样，平铺直叙地说出来的。枯燥乏味、引不起任何人兴趣的原因，是因为你写的全都是事实，而不是故事。

什么是故事？故事是有因果关系的。每一个故事，都是有"结构"的。先把你急切地想要抛出来的所有事实放在一边，认真考虑一下：我要写的，是一个什么故事。

基本结构训练：故事线

我请大家跟我一起做一个训练：把你要写的那个故事，用一句话，完完整整地讲出来。

这个训练并不容易，大部分小白由于完全没有结构意识，一直写了几十万字，自己还不清楚究竟要写什么。先跟我一起看一个优秀的故事，它来自某一次的学生作业：

一位心理医生收治了一名病人，这位病人号称自己患有某种心理疾病，导致其不断追求女人并立即抛弃她，当治疗产生了良好效果时，病人追求到了女医生并且抛弃了她。

这个故事脑洞很大，有很多问题立即在你心中浮现出来了：

这个病人，他到底是真有病，还是假装有病？

这个病人，他到底是被治好了，还是没治好？

这个医生看不出来这个病人到底是有病还是没病吗？

剧情从心理治疗转向恋爱是如何完成的？

这个故事属于社会剧类型下面的精神分析剧亚型。从这样的一句话里面，可以拉出一个很好的故事大纲，可以填入很丰富的细节，它很有内涵和容量，它启发了你立刻成为故事的创造者，在你的大脑中展开想象。虽然只是一句话，但是我们感觉到，这样的一句话，跟别的话特别不同。我要求大家写的，就是这样的一句话。但是大部分小白写出来的一句话，都不是这样的，首先，有人的"一句话"过于简单，里面没有故事。比如说：

我好端端地走在街上，被一只狗咬了一口。

又比如说：

我妈妈是这个世界上最爱我的人。

这些也是一句话，但是它们都不是能够帮助你写出一个漂亮而完整的故事的那句话。为什么这些话不行？我们想要的那一句话，它具有故事的爆发力，可以由此膨胀出一个完整故事，就像是一个胚胎、一个受精卵，只要孕育成熟了就能够长出来一个人。这几句话长不出故事来的原因就是：它们是没有结构的。这句话，必须包含故事的结构。现在让我们看看，这样的一句话，它必须具备什么样的结构要素。

第一个结构要素：在这样的一句话当中，必须有**意外**。

心理医生一直在给病人看病，但是病人的目标竟然不是治病，而是心理医生本人。这，就是意外。也许你要说，我走在街上，突然被一只狗咬了，这不是很意外吗？不，这不意外。我们来重新定义一下意外：按照最初的设计，一个人本来应当做这件事，但是突如其来的变化让他做了另一件。《狂飙》里的高启强，他是个卖鱼的。一个卖鱼的应该做什么呢？他应该好好地卖鱼，多卖一些鱼，多进点货，多拉拢些老顾客。他后来人生中出现的所有喋血江湖的事件，都属于意外；《哈姆雷特》的主人公是个王子，将来是要继承王位的。他应该干什么？他应该当好他的王子，不要惹是生非，乖乖地等待老爹一旦弃世，把王位传到他头上。可是谁能想到他叔叔突然冒出来，让这一切泡汤呢？他叔叔杀了他父亲，让王位旁落，意外就开始了；唐僧他爸陈光蕊，中了状元，领了一个官职，带着自己的太太去赴任。这不是很好吗？他应该做什么呢？应该做一个好官。可是谁能想到，他根本没有做成这个官，就在江上被人推下了水？后来唐僧西天取经的一系列故事，都是陈光蕊赴任途中的一场意外变出来的。

当我说到此处，你能理解"意外"了吗？

我们来看电影当中的意外：《蝙蝠侠》中的布鲁斯·韦恩是别人眼中的花花公子，可是一到夜晚他就出去行侠仗义；《绿巨人》当中的浩克本是一名科学家，可是一愤怒起来就会变身，不受控制，所以他一直在寻找控制自己的方法。我们所说的意外，它意味着一个人并不按照他的身份赋予他的既定轨道办事，而是去干了别的、超乎一般想象的事。

现在让我们回到那个狗的命题，我们认为，一个人走在街上被狗咬了，这不是意外，那么什么是意外呢？意外就是：我走在街上，一只狗过来咬了我，我不仅没有生气，还抱着它哭了起来，把它带回了家，因为，它不是一只狗，而是我已经去世的父亲的灵魂。

意外不意外？吃惊不吃惊？

现在我们明确了这样的"一句话"的思路：在你为你的故事写下这一句话的时候，请注意制造这种让人感到意外的效果。在你的这句话里，必须包含至少一个这样的意外。

而这不是全部，写这一句话时，还要具备的第二个要素是：这一句话讲出来，你就能看到全部故事。并且，你的想法，全部是在这一句话给出的**空间**内展开的。

当你们看到"我妈妈是这个世界上最爱我的人"这句话的时候，也会有所想法，可是，无论是你想到我妈妈也是怎么样地爱我，或者是我妈妈根本就不爱我这样的事情的时候，它跟那句话有关系吗？可以说，没太大关系。"你的妈妈怎样"跟"我的妈妈怎样"，是一种类比联想的关系，可是我们需要的，是从那句话出发的一系列演绎、引申、推论、猜测的关系，如果这种事发生了，那句话的剧情就会在你的大脑中不断上演。

"我妈妈是这个世界上最爱我的人，可是我记不住她的样子，我只是听说，在一次大地震中，她为救刚满月的我，付出了生命。"此时，你的想象就都在这句话的框架中了！这就是"一句话给出全部故事空间"的魔法。再看有故事空间的一句话——

一位又穷、又没有魅力的女生，梦想成为女明星，而且，经过一系列的努力和机缘，她真的成为了。

这句话让你想到她会遇到多少艰难坎坷，想到别人可能会怎么样地嘲笑她，想到她的家人在这个过程中跟她一起承担了多少压力，想到她付出了怎样艰苦卓绝不可思议的努力，同时，你可能也会想到，她到底是撞了什么样的大运，遇到了谁，才能成为这样的一名幸运儿呢？这就是周星驰的《新喜剧之王》，它的剧情，每一样都在这句话的故事空间之内，没有例外。

通过写这样的一句话，我们已经发现了：结构是什么。

小白是完全没有结构意识的，小白手中只有一堆谁也不关心的事实，他们并不知道自己讲这些给大家听是为了什么。假如把小白写下的内容用一句话总结起来，我们就会很清晰地看到：什么叫作"没有结构意识"。

我来总结几份作业——

1. 刚上大学的女生，向同一个城市来的男同学表白，被男同学拒绝。

2. 萍萍跟高中同学振锋在大二的时候开始谈恋爱，毕业后结婚，在保险公司工作，过起了不算特别幸福的小日子。

3. 莫名其妙地被一个男生搭讪，以为他对自己有情，但是发现他已经有女朋友了。

这几份作业,是相当典型的小白作业。这种故事有没有可能写好呢?当然可以,但,那需要相当高的散文技巧。一切未完成的故事,都是散文。那是另外一个写作领域的事情了。这几个"一句话"非常明显:没有意外,没有故事空间。怎么样修改,会让它们具有意外、具有故事空间呢?

1. 刚上大学的女生,向男同学表白,被拒绝,女同学因爱生恨,半夜翻墙进入男生宿舍,把男生的脸用墨水涂成了大花猫。

2. 萍萍跟高中同学振锋结婚后,过起不幸福的小日子,在保险公司工作的萍萍想要更好的生活,就给振锋买了一份保险,受益人是自己,然后,杀死了振锋。

3. 莫名其妙地被一个男生搭讪,以为他对自己有情,事实却不是这样,而是他在寻找另一个跟他一样的外星人,并且认出了你的那块心形的胎记,就是他们星球的 LOGO。

第一个故事,喜剧;第二个故事,社会剧;第三个故事,科幻剧。这几个故事,修改之后,有了意外,有了故事空间,它们分属于不同的类型。

这样的"能生出整个故事"的一句话,有一个名称,叫作**"故事线"**,故事线就是故事的基本结构。而如果是一个很长的故事的话,其中会发生很多件事,有很多个小故事,我把其中最大的一条故事线称为**"核心事件"**。

结构,是一个故事得以成立的最重要因素。我们可以类比用乐高玩具搭房子:那种把房子撑起来,让房子不塌的办法,就是结构。想要房子不塌,我们需要有搭房子的材料,还要按照力学的规律,把这些材料放在它适合的地方,用一些方法固定它。现在请记住结构的三大要素:

1. 材料;
2. 顺序;
3. 意图。

我们讲故事的材料,就是事件;根据叙事意图,选择一些事件,按照一定的顺序把它们组合起来,就叫作结构。

所有的事实,它们只是一堆材料而已,没有明确的叙事意图,没有顺序,就没有结构,而没有结构,也就没有引人入胜的故事。小白写故事,是从最开始的开始,写到最后的最后,在整个写作的过程中,都在努力地把所有的一切,面面俱到地呈现出来,由于没有结构意识,他们遇到了巨大的失败。他们并不知道自己为什么失败,但是很明显,每个人都能感受到:这份失败,它就在那里。一个故事,之所以不好看,甚至称不上是一个故事,就是因为作者对材料并不选择,所有的材料都想用,根本就没有或者经常忘记自己的叙事意图。

建立起结构意识,是我们学习写作的第一步。

三幕式,永不改变的结构

关于"结构",我们还需要知道什么呢?让我们首先明确故事的基本结构,你要记住:**三幕式,是永不改变的、每一个故事都具备的故事结构**。

假如你听到,你的同事被人评价说:"你是一个有故事的人。"千万不要羡慕他,而是应该同情他。因为对于人生来说,故事,就是意外。说一个人有故事,就约等于在说:他的人生发生过很多次意外。假如在你生命中的每一天,你都按部就班地上学、工作、结婚、生子,你的孩子一天天长大,你每天起床、穿衣、吃饭、睡觉,直到年华老去,这就是没有故事的人生。很多人的人生充满了事实,但没有故事,因为其中没有意外,一切都说起开头,就知道了结局,他们是幸福的人,主流的人,值得羡慕的人,他们是没有故事的人。

什么时候开始有故事呢?有一天早上你起了床,发现你变成了一只甲壳虫;或者有一天早上你起了床,发现自己身负巨债,被意大利黑手党追杀,马上就要亡命天涯;再或者,有一天早上你突然发现,自己中了二十个亿的彩票,一大堆不认识的亲戚都花枝招展地向你跑来……

故事,就像是一扇门。在门的这边,你本来过得好好的,很有秩序地生活着,处在一种稳定的、不想改变的状态。突然,这扇门被打开了,一股强烈的、不能抵抗的命运的力量,把你生拉硬拽到了这扇门的另一边。你不能再像从前一样生活!你必须做出改变。"中了彩票,从天而降二十个亿"就是这类意外之一。这难道不好吗?根据科学数据,中过大奖的人绝大多数没什么好结局,据说,人生有两项巨大的考验,稍不留神就有可能付出生命的代价,这两项考验,一是飞来横祸,二是飞来横财,它们都将改变我们生命状态的稳定，把我们拉出从前的世界，令人措手不及，你并没有为这种事情做过什么准备，所以很容易被这样的命运所粉碎。故事，不是那么容易被驾驭的。所以禅宗的那些智者会说：好事不如无——没有故事的人生才是最有福气的。

可是对于故事里的主人公来说，只要这扇门向他打开，他马上就会掉到一系列的烦恼当中，他会遇到所有的、令从前的他想象不出来的各种困境，直到他钻出另一扇门，再次回到平静的生活为止。请回忆一下是不是这样：在你看过的每部电影的开头五分钟之内，这扇门一定会打开，而一直到电影快要结束的时候，另一扇门才会打开，在整个电影进行得非常漫长的过程当中，主人公一定是从头挣扎到尾。他就像一只掉进水里的蚂蚁，做着徒劳而无望的挣扎，可不管他怎么样激烈地挣扎，第二扇门一定是关着的，不到最后一刻绝不为他敞开。你从头到尾都在担心着，即便你知道肯定最后是有结尾的，有办法的，主人公的问题会解决的，可是你还是忍不住很担心。有很多次，你都为了主人公把心都提到嗓子眼了，你说"哎哟，他马上就要死了"，可是他又满身是血地从地上爬起来了。所以你明白了：故事的三幕式结构就是这个样子的，在故事的一开始，一切都好，门打开了，一切都乱了，经历了中间所有的故事以后，秩序重新回到人间，第二扇门将引导主人公，让他回到平静！

这就是一切故事的基本结构。

三幕式结构在亚里士多德的书里就已经确立下来了，后来一直是故事的不二法门。三幕式，就是开端、中间和结局。用我刚才的话讲，就是掉进去，然后挣扎，最后爬出来。一个故事要想好看，就要做到"很快掉下去，使劲儿地、歇斯底里地、无所不用其极地、玩儿命地挣扎，然后在最后一刻爬出来"。

在所有电影的开端，主人公都在平静生活。为了做到能够很快掉下去，有人会把第一扇门在第一秒钟就打开，让你看到电影的第一个镜头，就是一刀劈下去一个人死了，头被劈成两半。即使是这样，接下来他还是会用一点时间，比如说用五分钟，来回溯这把刀劈下来之前的正常状态是什么样的。你也许会说：这样的故事没有开端吗？

再比如，还有一些非常高明的作者，他把第二扇门打开得特别迟，一直到电影演到最后，这个主人公他还是生死未卜，甚至连结局都是开放式的，你还没搞清楚主人公到底死没死，就已经出字幕了。你可能会问：这个故事是没有结尾的吗？

事实并不是这样，我们可以把第一秒钟刀就劈下来的故事看作开端无限短，把搞不清楚主人公死没死的故事看作结局无限短，它们仍然是三幕式。所以，可以说：所有的故事都是三幕式。开端和结局，是可以无限短的，因为：中间部分才是故事的主体。作家的主要力气都会花在中间，而为了让中间部分精彩，你要牢记一个原则——把你的主人公当成你今生最大的仇人，尽你所能去虐待他，给他制造所有的、可怕的困难，让他生不如死。

有人把故事的基本法概括为一个公式：1. 目标；2. 阻碍；3. 努力；4. 结果；5. 意外；6. 转弯；7. 结局。而有的人，则会向自己问六个问题：1. 这些人他们是谁？2. 他们想要什么？3. 为什么他们想要？4. 他们会有什么样的办法去拿他们想要的东西？5. 什么会阻止他们？6. 后果是什么？

这些都是很好的方法。在故事人的理解中，一个引人入胜的故事，就是一个主人公为了达成目标，遇到各种艰难险阻的过程。所以，在所有的剧作书中，我们都可以看到一个词：阻止。

你的人物想要达到他自己的目标，你作为作者，就有这个任务和义务对之进行千方百计地阻止。在第二扇门开启之前，你不可以让他达成目标！你要挺住，你要挺两个小时，你的主人公还必须得跟你杠上。他就得达成他的目标，他就是不能放弃！这个人一旦放弃，作者不就下课了吗？至于他为什么不能放弃，你要给他不能放弃的理由：他是英雄孙悟空，他不送唐僧去西天取经了行吗？不行，因为他是孙悟空，是英雄，不能屄，他只能迎接你给他的挑战；或者，如果放弃了，他就会死，他爱的人就会死，他全家都会死，或者整个地球就会毁灭——作者有责任给主人公设置最为严重的后果去逼迫他；又或者，这个主人公是个神经病，他是个偏执狂，让他放弃是不可能的。总之，他要被你捆在你的故事里，好让你用鞭子去抽他，尽你的可能性去制造冲突。这就是你作为一个作家的本分。

一个人的一生中有可能承受多少种痛苦？让我们来想象一下：

遭遇无妄之灾；爱上一个不该爱的人；跟自己的兄弟姐妹反目成仇；被迫骨肉分离；为一种信仰而放弃生命；被人误解……命运玩弄人的花样，可谓五花八门，但是又总是殊途同归。一个人的故事跟另一个人的故事常常会有些类似，很多人会遇到相似的问题，很多人的人生如出一辙，因为人性总是相似的，而环境也颇为雷同。所以，一直以来，总有一些人声称：情节是有模式的，而情节的模式并非无限多。比如，18世纪末期，有一个名叫普罗第的法国人说,他可以用三十六种情节模式概括世界上绝大多数的故事。按照普罗第的说法,这三十六种情节模式里头,有六种情节特别受到人类的欢迎,哪六种呢?

第一种,是关于不幸之人的故事。比如说,无辜受难。韩国电影《素媛》,一个七岁的小女孩儿,她能有什么错,但是她半夜被陌生男子抱走侵犯,并且造成了残酷伤害。我们不喜欢看这些残酷的创伤,但是我们希望在看别人克服创伤的过程当中,自己能够获得巨大的勇气,从而在对这个世界保持敬畏之心的同时,心头再多拥有那么一点点希望。还有一种不幸,是一个特别坚强的人,去主动面对和战胜无数的艰难困苦,也就是我们现在所说的"美强惨"的故事。如此看来,某些故事模式,几百年来都是受到极大欢迎的。

第二种,是释谜,在故事里破解一个谜语,也就是大家特别喜欢的悬疑啊!《盗墓笔记》,一上来就飞来了一张"藏宝图",让人跑去挖一个大坟,既不知道这是谁的坟,也不知道坟里会遇上啥;紫金陈的《长夜难明》,有人带着一个装有尸体的行李箱在地铁被抓到,并且对罪行供认不讳,但是在庭审现场,却突然抛出相当硬核的不在场证明,证明被害人死亡的那段时间,他恰好人在另一个城市。咦,究竟是怎么回事?你是不是也很想知道呢?

第三种,为了某种"理想"而牺牲自己。这不就是我们的红色叙事,我们的主旋律电影常见的主题吗?

第四种,为了骨肉而牺牲自己。电视剧《人世间》男主周秉昆最动人之处,不就是为姐姐养大了孩子,为老婆和儿子挺身而出进了监狱吗?这种情节曾经甚为流行,如今不大主流了,但仍然有动人的作品。

第五种,恋爱的罪恶。令狐冲是不是不能跟魔教教主之女任盈盈谈恋爱呢?

第六种,恋爱被阻隔。我爸妈是不同意我跟你结婚的,因为你家里太穷,你配不上我——这是生活剧;我的祖国是不同意你跟我结婚的,你是个外国人,他们怀疑你是间谍——这是谍战剧;我老婆是不同意我跟你结婚的,因为我已经跟她结婚了——这是婚恋剧;或者,我本来是要跟你结婚的,可是咱俩一吃饭就吵得不可开交了,因为一个吃肉一个吃素,一个不吃花椒一个要吃花椒——这是喜剧。

刚才说的这六种情节模式,据说是18世纪末期最为流行的模式,到今天也还部分适用,然而除了编剧系的学生还会学习这些,在现实的写作中,很少被人提起。今天的我们,其实有了全新的情节模式系统,让我们总结一下,在当今最为流行的故事IP当中,存在哪些让人耳熟能详的情节模式——

1. 庶女。侯门最不受重视的女儿,历经磨难长大,察言观色,聪明过人,最终嫁给一方豪杰,成就逆袭人生。

2. 修仙。一个凡人通过不断升级的修炼,最终达到神界巅峰。

3. 三生。一对恋人将在轮回中失忆,并通过各种阴差阳错,回忆起他们的前生,恢复恋人关系。

4. 赘婿。被人看不起的上门女婿扮猪吃虎,实际上拥有强大的身份/异能/本事,最终逆袭。

5. 乡村小神医。一个乡村出身的废柴青年,其实拥有绝技,通过神乎其神、起死回生的医术而成为人生赢家。

6. 升级流。男主从最开始的一个废柴，在挑战、磨难与欲望中一步一步走上人生赢家道路。

7. 重生。一个遭受了巨大冤屈而死的人，突然穿越回到过去，因为事先了解全部剧情而逆袭作战。

8. 恶毒女配穿书。小说的作者穿越到自己所写，或者刚刚读过的书中，变成活不过前三集的恶毒女配，凭借自己对剧情和人物的了解，努力改变故事结局，活到最后。

9. 虐爱。在小三的挑拨下，男主仇恨妻子，把妻子归结为万罪之源，经过一系列操作妻子终于归正的故事。

…………

情节的新花样层出不穷，风尚几年一变。我们所热切追捧的新情节，其实常常是加进若干流行元素的旧瓶子。关于情节模式，我想，有一个特别值得我们深思的问题——什么样的故事，最受人类欢迎？

最受人类欢迎的10个故事

我是一个中文系毕业的人。中文系的全称是：中国语言文学系。我的专业是文学，更具体一点是小说。可是，跟你们的理解不同：小说，不等于故事。

大多数人不知道这样一件事：中文系，不是一个教人怎样写出文学作品的系。中文系是我们的母语系，而每一个国家，都会把很多重要的课题，放在母语系研究。比如，"在改革开放这个过程中，人民群众的思想发生了什么样的变化"这样的一个问题，它不仅是一个社会学问题，更是一个本国的文学问题。中文系之所以去研究一位作家，去尊重一位作家，让他得到至高无上的荣誉，很多时候都因为他在作品中回答了这样的问题。

我们国家的文学奖项，往往奖赏给那些在精神上给予全社会重大启迪的作家。可是这样的作家所写出来的伟大作品，往往不以故事见长。让我们盘点一下，最近三十年那些被认为最重要的小说，它们都写了些什么。

莫言的《生死疲劳》，写了一个人不停转世投胎变成动物，用这个动物的眼睛观察世界的故事；王安忆的《长恨歌》，写了上海弄堂少女王琦瑶，在新中国成立前的选美比赛中拿了奖，新中国成立后带着一个私生子度过了无聊一生的故事；余华的《活着》，写了农民福贵从年轻到老，从富有到贫穷，经历了各种社会阶段，身边亲人都死了的故事；陈忠实的《白鹿原》，写了白家和鹿家两个家族不断此消彼长、互相斗争，最终死的死、残的残、疯的疯的故事；阿来的《尘埃落定》，写了藏族土司家的傻儿子，莫名其妙地被卷入了权力斗争的故事……

像这样的作品，为什么重要，为什么获奖，为什么会进入文学史呢？作家对时代的理解、对人性的把握、独特的感受力、驾驭人物内心的能力、文学表达的高级程度、对以往文学传统的吸收和继承程度、文笔的创新等等，都会成为专业的文学批评界评判这位作家的标准。

接着，我再来列举另外一些近三十年最重要的作品。对这些作品，我相信，你的反应一定会很不一样：

猫腻,《庆余年》;唐家三少,《斗罗大陆》;墨香铜臭,《魔道祖师》;龙一,《潜伏》;张嘉佳,《从你的全世界路过》;郭敬明,《小时代》;九夜茴,《匆匆那年》;何马,《藏地密码》;今何在,《悟空传》;路遥,《平凡的世界》;琼瑶,《还珠格格》;金庸,《倚天屠龙记》;亦舒,《喜宝》……

这个名单上的作品,很多中国人都看过。而上一个名单,听都没听说过的大有人在,甚至,如果有人能说得上来其中的任何一个书名,往往标志着他是一个有档次的人、有精神追求的人、不庸俗的人。当我告诉你,第一个名单,是好小说的名单,第二个名单,却是好故事的名单,你有没有意识到小说跟故事区别在哪里?

假如我们把好小说和好故事的两份名单,从中国文学拓展到世界文学,我们会发现规律也完全一样。普鲁斯特的《追忆似水年华》这部小说,虽然非常小众,可是非常有名,因为它有一个人尽皆知的头衔:它是这个世界上"被谈论最多,却被阅读最少"的小说!被谈论最多,是因为它写得太伟大了;被阅读最少,则是因为它太枯燥乏味了。事实已经完全地证明了:一部小说,无论写得有多么好,好到如何鬼哭狼嚎,假如小说里没有一个好故事的话,它就不会畅销,就不会被广泛阅读和传播。

人们欢迎一些故事,对另一些故事则不太感兴趣。比如说,人们就是很喜欢一个出身低微的、傻乎乎的小女孩被皇帝所宠爱的故事,而不会很热情地去接受一个出身低微的美丽少女,度过了无聊一生的故事。咦,一个出身低微的、傻乎乎的少女被皇帝所宠爱，这个故事叫什么名字？

答案可以说是五花八门：有人说，这是《还珠格格》；有人说，这是《格林童话》里的《灰姑娘》；有人说，这是日本文学的经典《源氏物语》；有人说，这是匪我思存的《东宫》；有人说，这是韩剧《奇皇后》。有些网文，从题目就可以看出是这种情节的作品：《霸道皇帝的呆萌皇后》《朕的呆萌小皇后》《冷酷皇帝的呆萌妃》……

于是我们发现：这个故事总是被人不厌其烦地讲述，新的讲述者改变了人物姓名、年代背景、叙事方式和情节顺序，于是他获得了这个故事的知识产权。可实际上他所讲的故事的故事核，也就是构成这个故事最根本、最关键的那些东西，我们早就听过无数次了。但我们始终没有厌倦，我们总是还想再听一次。那么，我们为什么总喜欢听这个故事？因为它符合我们的信仰，同时安慰我们的灵魂。

我们信仰什么？我们信仰这个世界有秩序，而且有意义。这个世界真的有秩序吗？好人得到好报，坏人受到惩罚，这是我们大多数人心中的世界秩序。这个秩序一定存在吗？它本来可能并不存在，但是因为大多数人相信，所以它就存在了。当世界的运行不符合这个秩序的时候，我们就会为恢复这个世界的秩序而努力！而故事，就赋予这个世界意义和秩序。一个好的故事，受欢迎的故事，一定无比符合我们对这个世界的期待。

我们没有任何理由地相信：一个美丽的人应该得到爱；爸爸和妈妈应该在一起幸福地生活；关心员工的好老板生意会越来越好；勤奋的人会取得成功；坏人的奸计迟早会被识破！我们也不

知道道理在哪里，可就是奇怪地、下意识地、几乎没有经过大脑地，一直相信着这些东西。一个好的故事，它所弘扬的价值，一定符合我们的直觉。

可是，在生活里，在现实社会中，我们每一个人都有过相反的体验：美丽的人也会死；爸爸和妈妈会吵架；好老板可能破产；勤奋的人并不一定成功……这种事情的发生，颠覆了我们内心的秩序法则。一个好故事，它必然还应当起到这样的一个效果：它，能安慰我们的灵魂。在这个故事中，世界的秩序会暂时地被颠倒过来，但是到最后，它们会回到正确的位置！所以，在一个好的故事中，总有一些东西历尽磨难，但是最后，它们终成正果。唯有如此，我们才能被有效地安慰。

有一道数学题是这样的：股市跌掉90%，再涨回90%的时候，并不能回本，必须涨回900%，你的钱才会完全回来。而我们在故事里受到安慰的规则跟这个很像：旧的秩序被打破了，主人公倒霉了，经过了一番奋斗，到了故事的最后，结果他像在开头一样好，那我们一定觉得大大地不好。到故事结尾的时候，咱们的主人公一定要比在开头好上无数倍才行。快回忆一下你喜欢的小说！你的主人公到最后都怎么样了？他当了皇帝，他成了富豪，他变成武林盟主、武功盖世，他拯救了地球……

所以，我们得出了结论：备受大众欢迎的好故事，和备受评论家、学者欢迎的好小说之间的区别是这样的：

好故事，讲的是一个人如何走向成功；好小说，讲的是一个人如何走向砸锅。

像"灰姑娘"那样的故事总是在被不断地讲述，经常有人因为讲了这个故事而获得了巨大的殊荣,这个故事可以说是最受人类欢迎的故事之一。像这样的故事都有哪些呢?让我给你们列举十个。

第一个故事:一个人在我人生低谷的时候狠狠欺负了我,后来,我强大了,于是,我狠狠地报复了他。这个故事叫什么名字?《哈姆雷特》《基督山伯爵》《杀死比尔》,泰剧《铁石心肠》,新加坡剧《小娘惹》,国剧《锦绣未央》《三千鸦杀》《陈情令》《甄嬛传》《琅琊榜》……简直不胜枚举,就连无数草根群众所制作的爆款视频,也最爱讲这个故事了:今天你对我爱搭不理,明天我让你高攀不起!曾经风靡网络的"赘婿"小说梗概:被迫入赘,受尽欺凌,出走后霸气归来,成为跨国集团总裁,身边还跟着神秘的小姨子!这个故事,分外畅销。

第二个故事:一个人,正过得好好的,突然天降一场横祸,夺去了他最珍贵的东西,接着,他费劲巴力地苦苦挣扎着做了好多事,最终获得了很好的结局。什么类型的横祸呢?一个家庭过得好好的,突然来了一个有手段的第三者,把伴侣抢走了。这件事,看上去要比爆发第三次世界大战轻微很多,可咱们都知道,对咱们平凡的人生来说,比这更严重的事儿已经很少见了!这是什么故事?太多了吧!《我的前半生》?男版的有《我是余欢水》?再有,一个家庭过得好好的,突然来了一个神秘的人贩子,把孩子给拐跑了,这是电影《亲爱的》。司马迁遭受宫刑写了《史记》;上官婉儿被抄家进宫为奴,最终成为一代名臣;《青簪行》当中的黄梓瑕突逢灭门之祸,被当局千里追杀,最终凭着侦探技能做了夔王妃。这第二个故事,看来也是极为畅销。

接下来我直接列举清单,你们自己来填写你们读过的这个故事的名字,思考观察一下,这个故事是否真的那样受欢迎。

第三个故事:一个人爱上了另一个人,爱得如痴如狂,可以为这个人做一切事。但是不能得到这个人。于是,为了得到这份爱,他果然出生入死,历经了万般波折,才终于能够在一起。请写出这个故事的名字:

———————————

第四个故事:两个人各方面条件都差不多,比如性别相同,身份相同,成长经历相同,如此等等,但是一好一坏。于是他俩从头掐到尾,各种竞争,到最后好人战胜了坏人。请写出这个故事的名字:

———————————

第五个故事:一个人,好好地过着日子,突然脑子抽风了,脑子抽风的原因可能是:他爱上了一个人,他遇到了一个骗子,他遇到了他解决不了的难题,或者其他。于是他干了一件可怕的事,让所有人感到迷惑,造成了巨大的、不可挽回的损失。请写出这个故事的名字:

———————————

第六个故事:一个人,错误地爱上了一个不该爱的人,而让自己陷入了特别麻烦的处境。请写出这个故事的名字:

———————————

第七个故事:一个人,因为一种高尚的目的,而心甘情愿地去做危险的事，或不名誉的事，或被人误解的事，最后壮烈牺牲了。请写出这个故事的名字：

_____

第八个故事：一个人被杀了，谁也不知道是谁杀了他，于是各种人赶来破案，最后得出了正确的结论。请写出这个故事的名字：

_____

第九个故事：有一男一女，关系很好，他们自己和周围的人都以为他们是朋友，可到后来才发现：他们相爱。请写出这个故事的名字：

_____

第十个故事，一个超有能力的人，爱上一个各方面都很平凡的人。请写出这个故事的名字：

_____

故事训练第一步：

写出核心事件

现在，我们开始走向第一步训练：想要写出一个好故事，第一件事就是得到一个一句话就可以描述清楚的核心事件。

现在我们要开始专业写作了！写什么，你想好了吗？

让我们从青春校园小说的核心事件谈起。"青春校园小说"是小白写作最常触及的题材，有些人之所以写青春校园故事，是因为他们觉得自己没有其他值得拿出来一说的生活经验。所以，在我看来，你写青春校园故事有可能是两种情况之一，第一种情况，你是小白，第二种情况，你真的在写青春校园故事。所以，"青春校园小说"这个赛道很拥挤，看上去最容易的事情，实际上，想要做好是最难的。

写青春小说，最大的难点在哪里？最大的难点在于：没有什么东西可写。故事，即"事故"，它是"不正常的人生"的代名词。什么是青春期的不正常？打架、逃学、早恋、堕胎。除了这些呢？我们在辛勤的老师们的带领下，勇攀科学的高峰！这不就是早自习、晚自习三点一线，不就是做习题、做习题和做习题吗？有位同学给我发来一篇稿子，说被一个青春杂志退稿了，让我看看有什么问题。这位同学文笔不错，可是编辑却认为："文章整体流畅，但情节设置略老套，整体故事性较弱。人物设置方面也有些略稚嫩了，呈现出比较低龄化的感觉，建议在情节设置方面多多加油！"这位编辑的话，是什么意思呢？其实，编辑的意思就是：你的青春小说里没有故事，没有打架、逃学、早恋、堕胎！

"没有打架、逃学、早恋、堕胎，这部青春小说美好得令人发指！"后来很多青春校园小说采用了这样的广告词，恰恰说明了：青春小说就是打架、逃学、早恋、堕胎的天下。可是，难道打架、逃学、早恋、堕胎就 low（低俗）、就脏吗？不一定。这些问题是青春期的事故，人生很难避免事故，low 还是不 low，主要看我们的写法。电影《少年的你》获得了香港电影金像奖，这就是一部写打架的小说，它的原著作者玖月晞，正是万千草根写手之一。以往的有些青春小说作家，写打架是这样子的：啊，那个女人，她竟然成为我前男友的现任，太不要脸了！看我上去，揪着她的头发，给她两个嘴巴子！小姐妹，都过来帮我呀！至于那个贱男人，花钱请道上的大哥收拾他！

这样的"打架"，又称"太妹叉架"，它有悖公序良俗，也很难引起读者的共鸣。而玖月晞是怎么写打架的呢？她把"打架"这个问题，处理成了普通同学跟校园暴力的对抗。跟"太妹叉架"很难引起社会共情不同，玖月晞的写法，则是相当引人关注的，大家知道，假如哪个学校出现了校园暴力事件，几乎立刻就能成为社会热点，因为几乎所有人都痛恨暴力，没有人不关心我们的孩子。

所以请记住，写什么都不 low，怎么写最重要。青春小说的核心事件是什么？青春小说的核心事件就是打架、逃学、早恋、堕胎。还有没有别的选择了？当然有。往左走一步，有些核心事件是日常生活多发事件，这样的事件写的人很多，可人们是普遍写不好的，真的有人能写好，那就会是一个非常好的核心事件。比如，"考大学"这个核心事件，八月长安为什么能写好？因为她是一个学霸，她有堪称独特的经验。而往右走一步，你的核心事件是一些小众事件。是比打架、逃学、早恋、堕胎更少发生的。是什么呢？请打开你们的想象力。因为，只要你的想象力往前走一步，就能把大部分作者甩在后面。《我做童星的那些年》？《明星弟弟的孪生姐姐》？《一个中国小孩与意大利黑帮的斗争》？

而我想举的例子，是瑞典作家弗雷德里克·巴克曼的作品——小说《熊镇》。在设计核心事件这件事上，巴克曼交出来的是一份接近满分的试卷。《熊镇》是一本青少年题材的小说，它的核心事件是：一支青少年冰球队意欲在联赛中夺冠，而是否夺冠关系到整个小镇居民的命运，可是就在出征前，发生了一件有可能毁掉整支球队的意外。这就非常有意思了，冰球，是一项小众运动。而且，它很瑞典，它是作者熟悉，而读者不熟悉的内容。我们从来不知道，有这样一个在森林深处、冰雪当中的小镇，它会有一支世界级水平的冰球队。你想想作者为何这样设计？我们的核心事件选择冰球，一定就会比选择篮球好吗？接下来，让我们看看瑞典作家巴克曼是如何制造"三角冲突"[1]的：冰球队能否赢得比赛，这是一桩普通事件，无法引起人们过多的兴

---

[1] "三角冲突"是在故事中制造戏剧性和紧张感的常用技巧，具体讲解见本书第2课。——编者注

趣。怎么办？制造强烈的、吸引眼球的、抓心挠肝的冲突。如果孩子们赢得了比赛，熊镇就会设立一所冰球高中，投资商就会跟过来，熊镇就会活！如果孩子们输了，这个镇从此就会被世界遗忘，人们要么离开小镇，要么在镇上过着资源匮乏的生活，熊镇就会死！读者对故事的关注度立刻提升了。但是还不够。接下来又发生了什么事？决赛进行前夕，警察突然间带走了冰球队的主力球员，原因是几个星期以前，他对一个十五岁的女孩进行了殴打和性侵。如果没有这位球员凯文，冰球队一定会输。那么，在这种情况下，小镇上的人，会选择跟强奸犯凯文站在一起，挽救冰球、挽救熊镇吗？

现在你已经能够体会到以冰球为核心事件的好处了。赢得任何一场篮球比赛都不可能挽救一个镇，因为篮球太普及了。所以，好的核心事件，就像是一个好的容器，能够容得下你想要的故事情节，也就是说，能够给出足够的故事空间，让冲突在其中进行。

像巴克曼这样的作家，他好像是一个结构工程师，他非常善于建设故事。他非常娴熟地掌握了故事技巧，非常擅长写一个故事引起社会的关注和评论界的赞许。让我们再看他的另一本小说《一个叫欧维的男人决定去死》，这本小说的核心事件，就是它的标题——一个名叫欧维的男人，他真的决定去死，他从头到尾，都在尝试用各种方式自杀，而且，到了结局的地方，他真的自杀成功了！这个核心事件你觉得怎么样？如果说核心事件就是一个故事容器，让我们看看这里面容纳了什么。

欧维是谁，他为什么要自杀？他又为什么自杀不了？

——欧维是一个工人，他自杀是因为他的妻子去世了，他并不悲观厌世，只是不愿意在一个没有他妻子的世界上独自活着，那样的话，就像是对妻子的背叛。

于是，我们想到了一个词：忠诚。忠诚，是欧维身上最重要的品质，而作者，通过"去死"这种方式，把他的忠诚极端化，推向了一个愚忠的境界。一个极端忠诚于某些价值观、极端死心眼的人，他才有可能是一个威武不能屈、贫贱不能移的典范，所以从头到尾，欧维在干一件最重要的事：自杀。可是不断地有人需要他的帮助，从而打断他的自杀，因为他是一个忠诚于某些价值观的人，所以他都肯放下自杀那么重要的事，去帮助别人。

讲到这里，你理解什么是"核心事件"了吗？一个叫欧维的男人决定自杀，是这本小说的核心事件，但是这不是一本关于自杀的书，而是一本关于忠诚的书；青少年冰球队能否赢得比赛，核心事件是冰球，这也不是一本写冰球的小说，它讨论的问题是性侵少女。青春小说的核心事件，常常是打架、逃学、早恋、堕胎，要面临刑事处罚的"性侵"是更小众的事件，也是更大的"事故"，而这本书传达给我们的价值则是：无论为了什么原因，无论多少人能够在其中得到好处，无论人们的目标是多么正义，对未成年少女的性侵和对犯罪的容忍都是罪恶的。

作业1　写下你的核心事件

写出你的核心事件，这其中包含意外和转折，同时拥有巨大的故事空间，也能传导出你想要的价值。如果你做到了，那这一定是个好故事。记好你的故事线，这些是最基本的元素，我们将在接下来的故事训练中完善它。

*启发灵感的方式

准备好写了吗？你能立刻写出来那个故事吗？

也许你已经兴致勃勃地动笔并且写了出来，也许你大脑中一片茫然，完全不知道从何下手。

那么，有一些这样的启动策略传授给你。

读书可以打开思路

例如，你读了一篇文章，汪曾祺的《葡萄月令》。这里面，详详细细地讲了关于如何种植葡萄的一些事情，带给了我们很多美好的情境和感受。咦？为什么我不能写一篇童话故事，让葡萄里爬出来的小甜人，成为这篇故事的主人公呢？

又比如，你读了达尔文的《乘小猎犬号环球航行》。这里面的一件事逗得你捧腹大笑。达尔文说，牧羊犬之所以能够吓退狼群，乃是因为它站在一群羊的前面汪汪大叫。对狼来说，听到这只牧羊犬的叫声以后，它们会怀疑面前的一大群全都是狗，只不过有很多长得比较像羊而已。笑过之后，你是否有可能，写一篇"一只狼跟一只伪装成狗的羊谈起了恋爱"的故事呢？甚至在你的笔下，这只狼和这只羊都是以人类的身份出现，那么，你写的可能就是一篇现代都市言情小说？

这些，都很有可能。天地有多宽，脑洞就有多宽；大海有多深，脑洞就有多深。而读书，就是那一把打开脑洞的钥匙。

看电影也可有所帮助

看电影，也同样可以打开脑洞。据说，这个世界上，早已经没有什么真正原创的故事了，所有新产生的故事，不过是把原有的故事拼拼贴贴。想要找到更多拼贴的材料，你可以走进电影院。《这个杀手不太冷》是一部法国电影，《这个杀手不太冷静》则是一部中国电影。这其中是怎么转化的？还不是编剧一个脑洞就做到了？请大家设想一下：把《甄嬛传》和《星球大战》拼接一下，会是一个什么东西？《指环王》和《西游记》呢？《熊出没》和《樱桃小丸子》呢？把谍战的《史密斯夫妇》和科幻的《银翼杀手》叠加起来怎么样？鬼片《午夜凶铃》如果加上喜剧力爆表的《粉红豹》会怎么样？相信这些想法已经让你眼花缭乱了，这些创意随便写写，就会万分精彩，你为什么不试试呢？

上街寻找你的人物

假如你懒得看书，也没钱去看电影，那就走上街头，去寻找你所心仪的人物吧！

相信你也知道，中央戏剧学院的老校区位于南锣鼓巷。我认识的一位编剧,当她在那里读戏剧影视文学系的时候,她日常就跟自己的闺密在一起,一人买一支冰激凌逛胡同,每遇到一个人,就观察他的衣着、长相、神态、举止和各种细节,然后两人凑在一起嘀嘀咕咕,编着关于他的故事。虽然这种方法看上去有些冒犯,可是真的相当奏效!因为这姑娘后来成了行业里一位赫赫有名的编剧。这个法子,你不妨也试试看。

当你合上一本小说的时候,你能记住啥?当你看完一部小说很多年以后,你又能记住啥?根据一般的规律,刚看完,你能记住的,往往是角色;多年以后,你还能回忆起来的,多半是台词。

假如你只是掌握了塑造人物的技能,而在现实生活中并不认识一个"人",并没有跟人纠缠过,吃过人的亏和得到人的好处,写人这件事就不要提了!所以,带着要写一本书这样的目的,去接触和重新认识你所认识的人吧。也许,一场下午茶,一通网聊,一次家庭拜访,都会帮助你打开思路。

模仿一部小说

怎样开动你的处女作呢?不妨由模仿开始。

你平常最爱读的那类小说,未必是你真正适合去写的,但是反过来一定成立,就是你读不下去的那类小说,你一定不会擅长。假如遇到了一部书,令你产生了一种:呀,好像灵魂共振了!好像这就是我想要写出来的那本小说!你不妨去试试看。可是,当你决定去模仿一部小说,而不是抄袭一部小说的时候,你要模仿它的哪些方面呢？

如果这部小说以语言见长，你可以模仿它的语言和句法；如果它是以悬疑和结构见长，你可以设计一个类似的谜题；如果它书写了你所喜爱的人物，你可以让这个人物生活在你熟悉的地方。总之，那部小说最吸引你的方面，也恰好是你能够吸收最多的。

"像激光一样"打开故事思路

有"美国旧金山写作社"这样一个机构，曾经出版过一本书叫作《642件可写的事：停不下来的创意冒险》。据说，这本书是在24小时内完工的，而且是由35位作家一起开动脑筋，用邮件发送给出版人，用闪电般的速度，凑成了这642件事。这是一个有趣的创意活动和冒险，而研究这35位作家的工作成果，我发现故事有两种，而这两种区别很大——

第一个方向：开口很大、射程不远的故事。或者称之为"烟花一般的故事"。什么叫开口很大？就是人人都有相关经验，人人都写得出来。什么叫射程不远？就是作家本人说出这个创意以后，假如他就此闭嘴了，让你自己去发挥，你可能写不出来几个字，而且也写得不够精彩。说白了，这就是一些人人都能写，但是特别依赖写作能力的故事。假如你没有超凡脱俗的写作功力，就会写成没有人会打开看的平凡文字。

例如：多年不见的室友。你最珍爱的玩具。你的衣柜里有什么？最近一餐饭吃了什么？你父亲开的车。盛赞你最爱的水果。

描述家中的一个房间。你最喜欢的操场设施。舒适。诚实。你最爱的书。你最爱的树。

以上若干个想法，以及本书当中的其他类似的想法，将会在真正的作家笔下写出令人惊骇的好文章。例如：诚实。在曾获诺贝尔文学奖的作家辛格的笔下，塑造了这样一个傻瓜。他叫吉姆佩尔，总是对别人说的任何话都信以为真，就算别人告诉他母牛会飞上天，他也会信。吉姆佩尔的老婆生了六个孩子，他有很多次目睹，半夜有其他男人躺在自己老婆身边，可他仍然相信他的老婆，仍然相信每一个孩子都是他自己的。

这样的一篇小说成为文学经典，是为什么呢？是因为这位作者把"诚实"这项品质推到了极致。他把主人公写成一个"傻瓜"，成为所有人的笑柄，被一切人欺负到了极点，以此来展示给你看："诚实"会让人变得怎么样呢？而小说的结尾，这个"傻瓜"并没有被人欺负死，而是好好地活着，而且富裕，对人生感慨良深，那些欺负他的人却死了。

试想一下，"诚实"这个题目，如果交到你的手上，你能写成什么样？更不用说"你最近一餐吃了什么"这种题目了。谁能把这类题目写成一个好故事呢？我知道，很多作家都有这个本事。

以上这些"烟花一样的故事"，在你没有学会故事技巧之前，写起来是非常有难度的。可有意思的是：我们最容易想到的创意，偏偏都是那些最难写的！都是我们写不了的！这也正是你平常觉得自己没东西可写的根本原因。

第二个方向：口子很小、射程很远的故事。我们也可以称之为,"激光一样的故事"。也就是说,它规定的情形特别具体,但是,就算是作家刚说完就闭上了嘴,你的思路也已经随着这条线飞了出去,拉不回来,不让你写几千字你都不痛快。这说明什么?这说明这是一个脑洞大开、刺激想象力的创意,要是我们日常多一些这种奇思妙想,哪怕学问不高,哪怕文笔一般,我们也能成为有趣的人、会讲故事的人。

举个例子:让两个互有所求的人物共处一室,但谁都不允许直接表达诉求。给五分钟,让他们用对话达成自己的愿望。这个想法好像不错。比如,男生想求女生把妹妹介绍给自己,女生想请男生透露一些某个校园风云人物不为人所知的猥琐面。这些要求都很难启齿对不对?或者你能想到其他更加难以启齿的诉求吗?我想,大部分同学都能把这个对话写上五分钟,应该有不少都会精彩迭出吧!这样的创意,常常会让你发现:原来我好有才华!原来我好会写!

另一个例子:写下这样三个名字——阴魂不散纠缠你的死者,喜欢你的人,你不理解的人,然后将三者放入同一场景。说到这里,你的脑中可能已经有了三个名字了,或者至少两个。不认识已故之人不要紧,某个新闻事件中的遇难者是否在你头脑中纠缠不清呢?已经被处以极刑的白银连环杀人罪犯高承勇,跟喜欢你的王志强同学,还有你怎么也看不惯的、凌晨四点起床化妆的孙丽莎同学,三人相遇在高速公路边的汽车服务站,三个人各拿一碗泡面要接开水。这情形,想想就很醉人了!

这样的创意,对你会有所启发吗?而当我们决心要开始写故事的时候,来到我们大脑中的一些零星的想法,可以生成宝贵的创意，其中最珍贵的，是"激光一样的故事"，在它的射程上，一点也不缺乏意外和转折，同时，还有广阔的故事空间在那里等待着我们。

争取拥有"激光"一样的故事创意吧！

第 2 课

重要的进展:
为你的故事增加设定

我在本书中所说的"故事"，可以理解为：由人物（或拟人物）主导的，有开端、发展和结局的完整事件。它是叙事性作品存在的意义。于是，所谓"叙事"就是：叙述一个故事。这种创造故事的方式至少流行了一百年，可是在我国故事工业蓬勃发展，尤其是极具原创性的草根作家遍地生花的这二十年中，故事的发生方式发生了重大的变化。故事，正在用一种全新的方式生成。

一切好故事的关键：设定

今天开始写作的每一位有志于创造流行故事的作家，都必须了解这个入门级概念：设定。也许在二十年前，甚至在十年前，"设定"都不像今天这样引人注目。但是在今天，故事的发生方式基本上已经可以用这个公式来表达了：

让一个故事万分精彩的核心事件 = 引人入胜的设定 + 这个设定之下所能发生的最好的情节

第一次讲授这个公式，是在对高阶班的面授中，仅仅过了三天，我就得到了两个同学的令我喜出望外的大纲，说明这个公式的确更容易理解，而且可以马上上手操作，因为它把"写一个故事"这件事划分成了两个简单有效的步骤，每一步都帮助一个逻辑正常的人充分打开想象力和创造力。而如果没有这个公式的帮助，一个写作上的"素人"那潜藏的、无边的想象力很难被发挥出来。

现在就开始解释这个公式吧。

什么是设定？设定就是前提。让我们进一步定义：设定，就是那种盘踞在一个故事当中、绝对稳固、绝不可以更易的前提。

在生活中，设定也无处不在，只是未必那么牢固，而一旦这样一种设定进入了故事，那它就绝对不会变了，在这个意义上，的确是"艺术高于生活"。

在生活中，我们发现：在我家里做粗工的王姐是一个善良的人。那么，"善良"这种品质就是上天赋予王姐的设定。由于有了这种设定，王姐会怜悯流浪猫狗，会给它们喂吃的，也会善待家里的小朋友，即使主人不在，她也无微不至地关心他们。后来，王姐进入到了一个故事当中，被我写进了小说，成为了一个小说人物。小说的设定是：王姐是一个善良的人。在小说中，狠心的继母准备把我杀掉，以便独自继承我爹的亿万家产，恰好被王姐知道了她的计划，于是继母准备了一套浦东的房子，告诉王姐，只要自己的计划顺利实施，这套房子就属于她了。那么，王姐会协助我逃走吗？在生活中，假如发生了这种事，王姐如何反应，我们不得而知，但是在小说中，王姐百分之百会协助我逃走，因为这是她的"设定"必然带来的情节。

所谓"设定",就是那种哪怕太阳从西边出来,哪怕天和地合在一起,哪怕美利坚沉没到了太平洋底,也绝对不会改变的东西。正是这些稳固无比的设定,让故事得以无忧无虑地生长,让故事的根基牢固,让"逻辑"在每一个故事当中畅通无阻。

《红楼梦》的设定是什么?第一,黛玉的一生注定不快乐,而且会英年早逝,因为她到世上来,就是为了还泪的,"还泪"就是黛玉的设定;第二,黛玉的眼泪是为了宝玉而流,所以她一定会爱上这个人,因为当年浇灌甘露的人是他。哪怕世界末日哪怕五雷轰顶,黛玉也一定会爱上宝玉。很多剧情都是由这两条设定而生发出来的。例如黛玉之病,例如宝黛之间的很多次矛盾和黛玉的"小性儿"。虽然故事的结局已经亡佚了,但我们也知道:黛玉是活不成的,她的结局一定是泪尽而逝。

《西游记》的设定是什么?首先是师徒四人必须到西天取经,不去绝对不行,半途而返也绝对不行,而且必须步行,像人们问了无数次的那个问题:孙悟空为什么不驾个筋斗云,到西天把经拿回来?屡问而屡无答案。其实,正确的答案不过是"设定如此"。设定是不讲道理的,设定是强行的规定。通过"为什么不驾筋斗云"这个例子,你们将理解设定的顽固。另外让你能充分理解设定是如此顽固的,还有那个问题:为什么妖怪得到唐僧之后,不会立即吃?那是因为:按照《西游记》的设定,唐僧一定会活着来到西天,取到真经,所以唐僧哪怕看上去摇摇欲坠,哪怕脆弱不堪,哪怕厌到只知道哭泣,或者已经被递到妖怪的嘴边,他都能毫发无损。

"吃了唐僧肉,就能长生不老",是《西游记》的一项关键设定，这条设定产生了绝大多数的剧情。由于妖怪们基本都是慕长生的，所以它们一定想要把唐僧抓来吃掉，这就使得取经之路危险重重。既设定了这条路一定要走，又在这条路上从头到尾都设定好了天敌，于是整部书的故事就都自然地流淌出来了。《西游记》是集体创作的产物，在定稿本出版之前，一代一代的说书人都对剧情做出了贡献，这些隐藏在民间的草根小说作家，何以能够把故事写得如此精彩纷呈，最终汇总成一部经典名著？就是因为有了很好的、天生带有矛盾且能够不断产生剧情的"设定"，使得他们每个人都能充分展开自己的想象力，沿着这条"妖怪要吃唐僧却又吃不到"的取经之路不断创造新故事——

假如是一个妖怪假扮成美丽的少女，会怎么样呢？见到这位少女，唐僧会怎样，猪八戒又会如何反应呢？假如吃唐僧的妖怪是个小孩子呢？这个妖怪在遇到唐僧之前，是不是已经做过很多坏事了？左右唐僧是要被孙悟空救的，假如那个妖怪扮作孙悟空的模样，甚至跟孙悟空完全分辨不出来你我呢？……

在总的框架设定之下，又添加一点特异性的小设定，一个新故事就产生了。我们的公式中说，"在这个设定下所能发生的最好的剧情"，你要理解最好的剧情并不是唯一的剧情，例如《西游记》，就向我们说明了同一个设定下哪怕有几十个很类似的剧情也会使人们感到津津有味。

《西游记》中还有一条很重要的设定：唐僧绝对不可以跟任何女人发生肉体和情感上的关系。而在这条设定之下，所能发生的"最好的剧情"，就是女儿国国王那一回。"女人"是对唐僧的考验，什么样的女人能形成真正严峻的考验？于是增加了这么几条设定：这个女人将给他带来财富、地位和无比的权力；这个女人极其美丽，而且这一生除了他之外，再也不会见到第二个男人；这个女人热情地、全心全意地爱着他，爱到宁可把王国拱手相赠的程度。这样的几条设定，每一条都是对"男人"致命的诱惑。但是唐僧抵抗住了诱惑。所以他不可能是一个"男人"，他身上没有任何"男人"的弱点，唐僧就是在这一刻成神的。古代的小说批评家认为，女儿国这一回才是对唐僧真正的考验，其凶险远远大于任何一个青面獠牙、呼风唤雨、残酷无情的妖怪。

然而，电视剧中的唐僧还多多少少存有一点人性，读者总能在他的拒绝当中，读出几分犹豫、几分逢迎、几分不舍。于是这一点欲拒还迎的神态，在我们眼中全都是作为"男人"的唐僧在跟西天取经的那个僧人交战。那个僧人最终一定会赢的，因为这是写在设定中的，这是哪怕天和地合并在一起，也无法改易的命运。于是我们懂了：不是唐僧没有爱，而是命运毁灭了爱情。

"设定"就像是故事的发动机，只要有了精彩的设定，剧情就会喷发出来，这就是设定的先天属性。什么是精彩的设定呢？含有内在矛盾的设定，就是最为精彩的设定。什么是"含有内在矛盾的设定"？

"唐僧必须不能爱"与"他遇到了没有人能抗拒的爱的对象"。

让我们看这样一些例子。我的两个学生，在面授课第三天，兴高采烈地跑来讲述她们创造出的设定。

学生 1（青柠）：

那个时候地球已经差不多毁灭了，人类已经星际移民了，守候在地球上的只有一些机器人。这时，由于一个实验室的错误，一个胚胎在一个试管中产生了，并长成了一个人类的婴儿。两个AI负责起教养他的任务，于是他俩需要为这个婴儿创造出一个模拟的人类社会，以便让他能够健康长大。

学生 2（蒙蒙）：

一些妖怪，也许是一对妖怪母子，他们把一个村庄培养成自己的农场，这里面所有的人，都是为了成为妖怪的食物而存在的。他们自出生之日起，就在受着"被吃掉光荣"的教育。他们活着的意义就在于被妖怪吃掉。

它们的内在矛盾在哪里？

"由 AI 主宰的没有人性的社会"与"创造出一个真正的人"；

"他们是人"与"他们希望被吃掉"与"他们依然是人"。

围绕这两个同学的设定，我们展开了热烈的讨论，把我们所讨论的剧情写下来，几乎立刻就能形成一部动画片，或者一册有趣的绘本。无数有趣的情节在这样的设定下自动生长出来。于是大家深深理解了 IP 的价值：有些故事的确就像《西游记》那样，只要把设定做充分以后，就可以写无数集，《熊出没》《哆啦 A 梦》《大头儿子和小头爸爸》、"麦兜"这些经久不衰的大 IP，只要作者愿意，就可以随时写下去，而如果别人获得写作的资格，他也能够把这个故事写得大体不差。

《史密斯夫妇》的设定是：一对间谍夫妇分别属于不同阵营，彼此不知道对方身份——夫妻生活是最亲密的关系，两派间谍却一定彼此饱含敌意；《这个杀手不太冷》的设定是：职业杀手带着小萝莉走上复仇之路——最冷酷的人，跟最无害最纯真的人结盟；希区柯克《深闺疑云》的设定是：富家千金嫁给了债务缠身的赌徒——你立刻就觉得他们的生活不可能是平静的，杀妻或者以爱情收尾，不过是剧情的两个分叉。

这个公式，才是真正能够产生故事的<u>原创性公式</u>，当你想到"充满内在矛盾的设定"的那一刻，就仿佛启动了故事的发动机。这就是这个时代的故事的正确打开方式。

减少交代，努力设定

为了更好地理解设定，让我们进一步理清设定与"交代"的区别。

为什么"设定"特别关键，而"交代"特别无聊呢？让我们看这段话：

> 我爸和我妈一起手拉手去菜市场买菜了。我爸穿了一件红色的马甲，我妈穿了一件灰色的外套。他们去菜市场逛了一圈，买了芹菜、猪肉和玉米。他们到家就开始做饭了。

以上每句话都是对事实的"交代"，肉眼可见的无聊。但如果是这样呢？

> 我爸和他婚外情的对象小王阿姨手拉手出去买菜了……

——这就已经不是交代,而是设定了,因为这句话当中,包含有内在矛盾。"我爸"这个身份很关键,当说出"我爸"时,我们已经摆明了立场,读者会不由自主被代入"我"的身份。他可以去跟小王阿姨买菜吗?不可以,因为"我"会感到气恼。还"手拉手"!简直太气人了。一个动作,一个行动,引起了很强的情绪反应。让我们接着读下去:

我爸穿了一件红色马甲,是我妈给他织的。

——这仍然不是交代,因为这句普普通通的叙述语言,含有某种令人心痛的成分,从中可以看到我妈徒劳无功的爱。在交代当中,只有枯燥的、无意义的事实,而"设定"当中,却饱含有可能发生的动人剧情。

我妈此刻正穿着她的灰色外套,靠在床边择芹菜。我爸和小王阿姨在菜市场逛了一圈。

——同样一件灰色外套,在"交代"的那段话中,它只代表了一种颜色,而在有了"我爸和小王阿姨去买菜"这样一种设定下,它就有了朴实、居家、无辜、自我奉献等含义。而我爸和小王阿姨在菜市场逛的每一分钟,都会让人产生担心:

会不会有人看见他们来告诉我妈妈?有没有认识我爸我妈的人在菜市场,向小王阿姨指指点点?我爸有没有刻意避开熟悉的摊位?

由于我们的大脑一直在活动,我们就一直都在关心着这件事,这就是"设定"的作用。而如果仅仅是"交代"的话,我们完全不知道为什么要知道这些事。当你对一个人说,"我爸我妈去菜市场买菜了",他会是什么反应呢?"好的,他们会买回来什么菜呢?"而更可能发生的是:他没有任何一点兴趣知道这件事。

你的故事写出来,是要给无数陌生人看的,要想让这些陌生人关心你的故事,是"交代"做不到的。人们都读过小说,或者消费过其他故事产品,很多人有一种误解,认为小说中所写的,都是人们怎么吃饭,怎么说话,怎么逛街,怎么吵架这些普普通通的事情。要是你这样想,也去写这些普普通通的事情,你将写下来一篇没有任何人在意的东西。现在我告诉你故事的秘诀:表面上看都是一些普普通通的事情,可是"设定"早已在那里了,所有的事情,都是在一定的设定之下,才变得如此精彩。

一个女人逛街逛累了,走到商场的蛋糕店,吃了一份粉红色的蛋糕,花了30元钱。

噢,好吧,那又如何呢?

(一个外星人把一种可以让人飞起来的粉末放进了商场的蛋糕里,但不确定是哪一种颜色的蛋糕。)一个女人逛街逛累了,走到商场的蛋糕店,吃了一份粉红色的蛋糕,花了30元钱。

于是我们瞪大眼睛看着她吃蛋糕,想知道这个女人是否会飞起来。

这就是"设定"的魅力。

设定必须是结构性的

故事的基本设定必须是结构性的，譬如"一定要去西天，唐僧一定不能死，吃唐僧肉可长生不老"。在这个框架之下，可以追加细小的设定，"这次的妖怪是非常粗鲁的，而且拥有一个铃铛做法宝"，这样写起来，纹丝不乱。

当你拥有了一个决定了主人公灵魂的、贯彻主人公所有行动的、充满内在矛盾的设定，你就拥有了结构性的设定，因为这个设定完全决定了整个故事的走向和基本故事框架。假如根本不存在结构性的设定，作者往往妄想通过各种细小设定去架构整个故事，就会让这些小设定每一个都像是细节性的"交代"。比如说，我们的故事是：一个新人在公司里克服困难当上总经理。这个故事缺乏结构性的设定，是因为它的设定——新人，在公司，克服困难，当上总经理——没有内在性的矛盾，因为没有任何规定不让一个新人通过努力去升职。在书写这个故事的过程中，作者不得不一再追加设定：

新人长得很美丽，部门经理却长得很丑，所以部门经理一定要陷害新人，让她日子不好过；新人家里很穷，衣服穿得很寒酸，出去见客户，对公司形象造成了损害；新人的同事通过不正当手段与之竞争，出卖自己的色相，做了高管的情妇，升职很快；新人出去进货，因为缺乏行业经验，被人把货掉包了……

假如你的人生经验和行业经验足够丰富，更重要的是你的写作能力超凡脱俗，叙事能力完美无瑕，无论是喜剧段子，还是情感戏，都能做到精彩纷呈，那么你就能写好这个故事。也就是说，为了写好这样一个故事，我们需要知道：作为一个作家该如何提升自己的感受力和修辞能力，从词汇到句法，再到充满陌生化的表达方式。但是作为写作小白，当你还没有学会这些，却要开始你的故事写作，就要先有一个精彩的、结构性的设定。

有些同学，他们手中有无数"事实"，又一一把这些事实"交代"出来——读者不是除暴安良的治安警，他们并没有兴趣听你"交代"。

在网文领域，很多同学的志向相当宏大，动辄就写出来如何拯救银河系，或者世界分成了三块大陆，或者先是回到了五千年前，最终跃迁到了五千年后的故事。倘若一开始设定做得不充分的话，写下去简直是灾难。科幻或者玄幻类，是"小设定"翻车的重灾区。我曾经读到这样的大纲：

外星人乘坐时光机器要到 2999 年去。但是半路上机器坏了，于是外星人被甩到了 2022 年。他不得不就近找一家五金店，买上一些零件，去修补他的时光飞船。

于是"科幻小说"变成了"科幻喜剧"。一般来讲，不断增加小设定的幻想小说是让人读不懂的，因为"逻辑"早已不复存在，到处都是为了让剧情发展下去而硬拗出来的敌人、不知为何发生的突然状况、莫名其妙的宕机和刻意制造的困难。

假如在故事写作的最早期，根本没有在设定上下功夫，相当草率地拿出了马马虎虎的、没有想清楚的设定，就会在剧情进展不下去的时候，一直追加细小的设定，这会使整个故事相当无聊，而且令人费解。那些一直询问我"卡文怎么办？""感觉想得挺好的，写出来却很无聊，怎么办？""每天都在硬着头皮写，怎么办？"的同学，都是这类故事的写作者。

警惕"毛刺"

细小的设定，我们称为设定的"毛刺"。

让我们一起打开日本作家乙一的《夏天、烟火和我的尸体》，写下它的若干条设定。

首先简介一下小说的情节：这是发生在几个孩子之间的故事。五月、健和弥生在树上玩的时候，弥生故意推五月，五月从树上掉下去摔死了。健和弥生一直同谋，试图藏起五月的尸体，他们藏了很久，一直到小说的结局，五月的尸体仍然没有被人发现。整个故事，是以五月第一人称的叙事视角去书写的，也就是，叙事人是五月的尸体。

让我们来看看这些设定吧！

1. 健和弥生是一对兄妹；
2. 妹妹弥生爱哥哥；
3. 我是五月，我爱健；
4. 我九岁，跟弥生差不多大，健要大一点；
5. 弥生希望自己不是健的妹妹，以便将来能跟健结婚；

6. 我的死是弥生故意造成的；

7. 我的尸体能够听到、看到、感知到一切，但是不能动；

8. 健不知道弥生杀了我；

9. 健要帮助弥生，在任何情况下都跟弥生共进退；

10. 健和弥生不会把我死了这件事告诉任何人；

11. 健和弥生屡次处理我的尸体都不成功，但是也没有被发现；

12. 十九岁的绿姐姐是真相的发现者，对处理我的尸体这件事很有兴趣，会去帮助健和弥生；

13. 绿姐姐杀了很多小男孩。

乙一的小说，即以设定取胜的案例，这篇很短、情节也非常简单的《夏天，烟火和我的尸体》之所以成为大受欢迎的悬疑小说，无非是因为第4条、第7条设定让人耳目一新：小说主人公都是儿童，尸体能继续感知到身后发生的事情。而那种有激烈内在矛盾的设定，则出现第7条、第9条、第11条之间：我是知道一切真相，却不能说出来的人，我在感知别人对我的尸体所做的一切。这些设定所造成的巨大的力量，使得主人公的叙事是如此幼稚、轻巧、简单，却令人无比心碎。

这个例子足以让我们感受到：那些出其不意的、有激烈内在矛盾的设定会让写作变得非常容易。乙一只需要以一个九岁小女孩的口吻叙述她所"看到"的一切就可以了，无须解释，无须抒情，无须复杂的剧情设计，无须往深里塑造"圆形人物"，无须精细入微的描写和精巧高级的修辞。

在这些设定下面会发生什么情节呢？通过分析你发现：从

1~5的设定，已经注定了弥生跟五月之间的矛盾，接下来的设定6，既是设定1~5的作用之下发生的情节，又是后来情节的前提，也就是"新的设定"。"我是弥生故意杀死的"，这个情节中有作者"故意规定"的力量，因为前面的设定1~5既可以产生这样一个情节，也可以产生其他情节：我是弥生无意间杀死的；我是弥生故意杀但是没杀死的；弥生愉快地与我共享对哥哥的爱，并没有要杀我……因此设定6充满了设定感。而设定6也是相当关键的一条设定：因为它惊人地强烈，设定7的存在（我的尸体能感知）是为了让故事的表达方式更加骇人，而设定6则让故事本身骇人听闻。巨大的反差带来巨大的惊愕：怎么，这么小的孩子会故意杀人吗？

有些关键性的设定，是有了初步的故事设定之后，随着情节的展开，再慢慢追加进来的。而在故事展开的过程中，我们一直在追加设定，只不过，这些追加一定要在故事的主线上，会加强故事的强度，假如新追加的设定不在故事的情节、情绪、逻辑主线上，那么我们可以把它称为"毛刺"，它是会阻碍故事的。

例如：健和弥生竭力藏起我的尸体，他们面对的比较危险的人物之一是他们的母亲，母亲走进房间时，他们就会竭力掩盖房间里有尸体这个事实。我们读完这本小说，会发现作者始终没有明确母亲倘若知道弥生杀了我，她的态度会是怎样的，健和弥生有一个怎样的母亲，是需要作者去设定的，但是作者没有做这项设定。为什么？因为母亲没有机会发现我的尸体，没有机会展现她究竟是温慈的正义者、有理性的正常人还是另一个恶魔。作者因为有了设定11——我的尸体绝不会被发现（除了参与抛尸的绿姐姐），所以在故事的主线上，健和弥生的母亲是不可能发现"我"的，所以他没有必要去规定母亲是一个怎样的人。我请你们带着这个问题认真去读这部小说，你会发现：作者没有任何一点多余的笔墨，浪费在"健和弥生的母亲是一个怎样的人"身上。

杀人犯的母亲，这在我们大家看来，是小说中很重要的人物了吧？可是老练的作家知道自己要写什么，倘若所追加的设定于剧情无意义，那就是"毛刺"，老练的作家是不允许"毛刺"出现的。我希望你们由这个例子，体会到什么是"毛刺设定"。

你的设定练习

让我们回到那个"新人当上总经理"的故事。快想想办法挽救这个故事：加入什么样的设定，会给予这个故事激烈的内在矛盾呢？

一个色盲，进入到一家时尚公司，努力掩盖自己的色盲缺陷，最终竟成为时尚之王；一个女大学生玩游戏进入到一个虚拟的异度空间，这个系统有"男尊"的设定，原则上禁止女性进入职场。但是她由于完成了一项其他人绝对无法达成的任务，而被特许进入到公司担任某个入门级别的职务。接下来，女孩给自己的游戏任务是：做到本公司董事长；一个毫无背景的新人，进入到一个家族企业，在各个亲族成员势力的激烈火并中，被推上总经理位置，而这个位置上的人即将承担一系列贪腐的后果，他对这些贪腐毫不知情，且人们有意不让他知道，但他即将因此被逮捕入狱，成为替罪羔羊……

最初的故事线中，有一些可增加设定的关键位置：

新人是谁？——为这位新人设置一些会跟"公司"产生激烈矛盾的特质，如色盲之于时尚公司；什么公司？——是什么公司，在很多同学那里，是一种随意的选择，就像挑选连衣裙的长度和颜色，实际上这里是一个设定的关键设置点，它不是一个平平无奇的公司，它所做的事情本身有可能万分有趣；什么样的总经理？——是谁告诉你：可以把实现一个目标当成人生的终极的？总经理也有总经理的难处。更重要的是：这里是一个设定点，为什么不在这里做做文章呢？

作业2　在故事线上的合理位置添加设定

现在开始一项设定练习：拿出你在上一章写完的作业，审视你的核心事件，你的故事线。如果它不够精彩，那么往往是"设定"不足，你需要效仿我刚才的做法，找到你的故事线中，可以添加设定的位置。然后，打开你的脑洞，创造含有内在矛盾的设定。

这项练习，会让你真正感受到一种提升。

找到设定之下最好的情节

当你学会创造"有激烈内在矛盾的设定"之后，你的写作似乎已经成功了一多半。假如你的写作能力异常突出，那么我们甚至可以说，当天才的设定出现的那一刻，你等于已经完成了90%的工作，剩下的只是随手写一些情节上去就好了。但如果你的写作能力不够突出，接下来你还需要付出比较多的努力，其中一项最重要的努力是：如何找到"最好的情节"。

当我们想出那个天才设定之时，我们便为情节找到了它的打开方式。一个好的设定下将涌现出很多情节，有时我们可以采取"穷尽式"，罗列情节清单，然后从中从容挑选最好的。但在创造"最好的情节"这件事上，我们最好具备一些聪明、一些天才的小火花，当"设定"打开了你的脑洞，这恰好是想象力、阅历、诗意、温度、人情和表达力登场的时刻。

正如我们前面所举的古典名著《红楼梦》《西游记》的例子，在那些设定之下，产生过很多情节，它们都很好，但总有一些是经典当中让人永难忘怀的，例如黛玉的"葬花""焚稿"，以及唐僧的女儿国遭遇。"黛玉葬花"这种情节，让一个明艳的春天引动跟死亡有关的思绪，创造这种情节需要把握中国诗歌和意境的精髓，并且早早地把"叹春""惜春"这种对于美人黄土的哀婉融入到情节之中，它不是对于"还泪入世"设定的完成，而是在这个设定之下，把人物之美发挥到极致。

如《夏天、烟火和我的尸体》，十九岁的杀人狂魔绿姐姐在冰激凌工厂工作，所以得以把所有小孩子的尸体都放在冷库中。在她帮助健、弥生处理尸体之前，有一个情节是绿姐姐跟这两个孩子在一起吃冰激凌。绿姐姐把冰激凌送来，是很贵、很好吃的冰激凌，孩子们恋恋不舍地吃个精光。这样的情节，来自作者的精心巧构：这是一个巧妙的伏笔，但是非常符合剧情的走向，符合少女和孩子，冰激凌的甜美和快乐，恰恰暗示了冷库的存在，跟冰冷的尸体以及冷库形成反差。整部小说的情节，都有这样一个走向：越是密布单纯、温柔和幼稚的表象，越是衬托内涵的阴森和恐怖。

让我们看一段。

第四天,健和弥生用草席裹住我的尸体抛弃的路上,正值烟火大会,我的尸体掉到了地上,有人同他们打招呼,那人是我的母亲,两个孩子跟我的母亲展开了一场对话。

"阿姨……五月呢?她没有来烟火大会吗?还没有找到她吗?"

我妈妈沉痛地摇了摇头,情绪似乎随时都会失控。我是独生女,现在下落不明,她只有带着满腔回忆来参加烟火大会,好看看记忆中我的笑脸。

每年夏天的这个夜晚,妈妈都会带我来这里,然后我同健和弥生一起看烟火、放烟火。那画面过于炫目,让现在的我甚至不忍回忆。

今年也一样,我们三人是一起来的。

"这样啊。要能找到五月就好了……"健谨慎地选择着措辞。

这个例子告诉了我们什么是强设定之下"最好的情节"。既然是充满张力的设定,那么不妨在情节中把张力发挥到极致。紧张感:我的尸体就在几人旁边的地上,我的母亲就在他们身边;撕裂般的痛苦:跟母亲近在咫尺,母亲为了思念而到这里,明明我在这里,她却依然找不到我;天真的恶徒:为了保护好自己而满口谎言。在这样的一个情节中,设定把它所能起到的作用可谓发挥到极致了。

作业 3　穷尽设定势能，找到情节

现在开启新的练习吧！把你的故事线拿出来，增加能让这个故事变得精彩的设定，然后试着去想象什么样的情节能够把你设定中的力量淋漓尽致地挖掘出来。也许你需要一些辅助工具，你可以试着这样做——

写下你设定中所包含的"情感"的关键词，如：心痛，羞耻，求而不得之爱，被背叛的愤怒，等等。想象什么样的情节能够把这些情感放大。

写下你设定有可能触及的"价值"的关键词，如：崇高，成为圣徒，忠诚，平凡人的价值，钱不是万能的，儿童需要被平等对待……如此种种。围绕这样一种价值创造"三角冲突"，让你的主人公面临最严峻的时刻，需要艰难地做出选择。

写下你的主人公所具备的，并且你对之无比重视、想要突出强调的品质，如：爱撒娇，软萌，善良到连蚂蚁也不忍伤害，我行我素……想象一个让他这项品质得以发挥的、充满美感的时刻。

想象在你的设定之下，最让读者感到担心的场景，让他们无限担心，并且把这份担心充分延迟，延长他们担心的时间。

首先要设法穷尽设定的势能，第二是设计极端化的场景。要知道：作为作者的我们要牢牢记住"时穷节乃现"，这句话的含义就是不到万分危机的时刻，一个人的本质不会轻易地暴露出来。

如果到现在为止，用上我给出的所有工具，你仍然不能想出自己的故事线之下一系列"最好的情节"，这时可以做另外一个练习，就是按照以下这样一个表格，去分析成功的小说。

设定	与这项设定有关的情节	这项情节中增设的小设定	新设定的作用
唐僧不能近女色	女儿国	女儿国国王愿把王国拱手相让	增加女色的诱惑

　　你可以选择一部你认为最值得学习的作品去分析，且这部作品的设定让你万分赞赏。倘若是那种只有很弱的设定的作品，则不在分析之列。试着多分析几部之后，你也许已经有所发现。

　　接着，使用同样的表格完成自己作品的情节设计：填完第一项"设定"之后，可以填第四项"新设定的作用"，把自己想要达成的效果填写进去，接着填第三项，最终，在第二项"情节"那里，写出完整情节。这样，我们就用这个表格完成了情节设计。

◇强设定书单

当我们提起"设定",我们知道这是每个故事当中最坚固的东西,而它存在于一切故事中。为了增强我们在决定讲故事时,在"设定"这一关键环节的创新能力,我要为你们提供一份书单,它首先关注到经典作品,有一些作品的设定就像一笔重要的文学遗产一般一直被传承下来,影响到后来上千上万的作品。像这样重要的作品,其实压根就没有几部。如以下几部:

《西游记》

整个天宫的秩序,天庭的统治者和各路神仙的位次,佛道合一的倾向,神仙下凡的规则,掌管水域的四海龙王,主管地方的土地神,本地土著妖精和下凡妖怪……是《西游记》设定和确立了这样一种玄幻世界观。我们对此如此耳熟能详,以至于早已默认这套秩序，使之成为全民背景知识。

《魔戒》

由英国作家托尔金创作、出版于1950年代的这部书，对后来的幻想文学影响深远。它的思想来源是基督教文化与北欧神话，正如《西游记》植根于中国古代三教合一的民间信仰。其时间设定（按照"阿尔达编年史"，中土世界经历了若干个太阳纪年）、地理设定（众多神话生物与种族居住的地方）、种族设定（矮人、精灵、巫师等）创造了一个仿佛真实存在的世界，为我们标举出"设定"的至高境界——托尔金甚至在正文之外编写了帝王的传记、族谱、年表，还有各类语言发音的规则以及文字书写方法等，他所创造的这个世界是全景式的，他创造了不存在的历史和异度空间。

《红楼梦》

人生虚幻，一切繁华终消散，如梦一场。这是《红楼梦》的基本世界观，它脱胎自古代思想传统中的佛老一派。从空无到虚无，"白茫茫大地真干净"是对后世影响至深的设定。而"木石前盟""知己"，有宿命感的爱情，和超越式的纯爱，也是最动人的中国爱情设定。其家族题材则又开启了后世"宫斗""宅斗"之先河，堪称入门级别教科书，我们在《甄嬛传》等古言作品中皆可寻觅它的影响。

《沙丘》

沙漠行星"阿拉基斯"上生活着沙虫和弗雷曼人……这里出产的香料能让宇宙飞船的领航员找到他要去的星球。这一系列设定自然能够启动更多的故事,以至于《沙丘》被人认为具有无限的产生新故事的能量,被称为"科幻中的《魔戒》"。

《蜀山剑侠传》

民国时期还珠楼主的这部并未完结的所谓的"长篇武侠作品",实际上开了后来武侠、仙侠诸多设定的先河,从设定上完全地改变了中国既有武侠、仙侠小说的面貌,是因为它把中国传统志怪笔记中的修道体系和宝物传说完全地故事化了。一个人"修仙",法宝、灵药、阵法等妙用,助他功力增长,渡过天劫的整套升级系统,和许多如颠倒乾坤、五行移行、太乙天罡、七修离火、六阳九天、诸天十地、两仪微尘、先天元磁、修罗化血、阴阳如意之类的脱胎于佛道哲学的概念,甚至到人物"老祖""某某子"身份的设定,都是它的创造,而成为后世武侠、仙侠取之不竭的资源。

接着,让我们列举一下那些影响力巨大的设定吧——

"太空歌剧"类设定

故事发生在外太空,其科技和宇宙观大大突破了目前人类的科学发展水平,而建立在想象的基础上,从而让一系列波澜壮阔的战争故事得以展开。

参考书:《银河英雄传说》,田中芳树

"吸血鬼"设定

论惊悚恐怖,"吸血鬼"小说是其代表,它具有哥特式小说的悬疑气氛,偏僻的古堡,荒凉的黑夜,突然而至的狼人和怪叫的蝙蝠,不明就里的烟雾唤起读者心中无限的焦虑,而文雅英俊却暗中夺命的吸血鬼形象,更是充满了张力的设定。

参考书:布莱姆·斯托克的《德古拉》是其开山之作。

"在时间线上旅行"的设定

这种设定类似"穿越",但会穿到各种不同的年代。这是一种诞生已久的创意,在"穿越小说"如此大行其道的今天,却没有见到一部有影响力的"时间旅行"的作品。

参考书:《时间机器》,赫伯特·乔治·威尔斯

"飞岛"设定
一座空中的城市,最早出现在乔纳森·斯威夫特的《格列佛游记》第三卷,这座浮岛靠磁力悬浮在半空。宫崎骏《天空之城》便是在其影响下产生的作品,詹姆斯·布利什亦有"飞城"四部曲,用反重力技术缔造飞行城市。
参考书:《格列佛游记》,乔纳森·斯威夫特

"乌托邦"设定
"乌托邦"是一个好的新世界,一个秩序井然、满足了我们一切社会理想的未来世界,我们大可以对其展开想象,对"乌托邦"的一系列设定其实出自许多人的政治理想。"芳草鲜美,落英缤纷"的桃花源,"选贤与能,讲信修睦"的大同之世,都是古代中国人出自己的理想设定的"乌托邦"。"乌托邦"设定其实包含两部分:完美的社会制度,完美的人。何为完美?自然众说纷纭。例如罗伯特·海因莱因所认为的完美社会是一个"反民主"的国族主义社会。
参考书:《星船伞兵》,罗伯特·海因莱因

"反乌托邦"设定
"什么是好的"很难引起普遍认同,"什么是坏的"却往往令人心有戚戚,所以"反乌托邦"作品比其反面更有市场。一组什么样的设定构

成了"坏社会"?有人说,最大的痛苦是禁锢(《1984》),可是又有人说,最大的痛苦是自由(《美丽新世界》)。这两组完全不同的设定,都会引发人心中的共鸣。

参考书:《美丽新世界》,阿道司·赫胥黎

《1984》,乔治·奥威尔

"机器人"设定

机器人(人工智能)可能是人类的朋友,也可能是人类的敌人。作为"朋友"的一系列设定,首先建立在"机器人学三定律"基础上(由阿西莫夫提出)。机器人为什么会成为人类的朋友呢?很简单,因为小说的作者决定要写"人见人爱"的机器人。坏机器人的设定是什么样的呢?假如一个机器人在操纵飞船运载人类的过程中突然精分了怎么办?什么,精分不是人类的专利吗?

参考书:《我,机器人》(本书是好机器人行为指南),艾萨克·阿西莫夫

《2001太空漫游》(机器人发疯),阿瑟·克拉克

"赛博朋克"设定

主人公不但不是帝王将相才子佳人,甚至连一般人都比不上,而是一些混得相当失败的小人物。为什么混得这么惨?因为社会制度不咋地。这个社会是非人性的,是反人类的,它只是一个"系统"。最有趣的

是，赛博朋克作品对"系统"的描绘，是整个设定中最有价值的部分，让我们看到了用科技控制人类有可能玩出什么样的花活儿。我们今天每个人都深陷网络世界，可你知道吗？早在1984年，吉布森的赛博朋克小说《神经漫游者》已经把"互联网"这东西描绘得八九不离十了，小说对当时尚不存在的"网络"预言的唯一缺憾是：有一些预言，今天的科技还达不到。

参考书:《神经漫游者》，威廉·吉布森

"架空历史"设定

荆轲刺秦，秦始皇被刺死了？安禄山推翻了唐代政权，另立新朝？这不是在已经被写好的历史上偷偷摸摸修改不为人知的细节，这根本是大模大样、明火执仗地篡改历史！这么做可以吗？其实，对高手来说，没有什么是不可以的。

参考书:《高堡奇人》，菲利普·K.迪克

"元宇宙"设定

与现实世界平行的、与社会高度联系的三维数字空间被称为"元宇宙"，我们每个人都可以在其中获得分身。

参考书:《雪崩》，尼尔·斯蒂芬森

"盗梦"设定

进入别人的梦境，从别人的梦里窃取别人的思想，并改变别人的梦……这个设定有趣之处还在于梦境的多重，可能从一个梦中掉进另一个梦里。

参考书：《红辣椒》，筒井康隆

"双重人格"设定

一个人可以化身两个截然不同的人，而他的身份始终令人辨识不清：他究竟属于正义还是邪恶的一方？那些坏事究竟是不是他做的？他究竟是谁？

参考书：《化身博士》，罗伯特·路易斯·史蒂文森

"猩猩统治了世界"设定

这个设定的关键是把人和猩猩的位置互换：猩猩做着人所做的一切，而人类的地位等于如今的猩猩。

参考书：《猿猴世界》，彼埃尔·布勒

"乡村别墅凶杀案"设定

封闭的乡村别墅、暴发户（或贵族）主人、诸多仆人、房客与亲戚、对遗产或家产的明争暗斗、圣诞（或新年）派对……这一系列设定下

产生的推理小说相当多。

参考书:《帷幕》,阿加莎·克里斯蒂

"预告杀人"设定

凶手极为猖狂,预告自己将于某时某地杀掉某人,尽管引起了有关方面的警觉,却依然未能阻止被害人被杀害的命运。此时,才是大侦探登场的时刻。此类"杀人预告"书目繁多,许多推理小说家都有这类作品。"杀人预告"的方式亦不一而足:对神父忏悔、登报纸、传纸条、画墙上、给被害人打电话甚至亲自跑到侦探家中……而东野圭吾的短篇《超预告小说杀人事件》,则设定为随着作家发表小说,便有一名类似的受害人死去,而把作家的小说变作了"杀人预告"。

参考书:《谋杀启事》,阿加莎·克里斯蒂

"度假推理"设定

杀人案发生在度假胜地,是推理小说的写作传统之一,这类小说又被称为"假日罪案小说"。"将罪案背景设定在度假胜地的小说倘若畅销,便能提振当地经济"的秘密一经被发觉,便引起大量炮制犯罪小说的经济行为。然而最初,"度假推理"的设定是这样来的:阿加莎的波洛说过,"假如你有个仇敌,你打算去他的公寓、办公室,或者去街上找他,你必须解释自己为什么去那里。但在这样的海滩,没人需要解释自己的来由"。

参考书:《五条红鲱鱼》,多萝西·L. 塞耶斯

"密室杀人"设定

推理史上最经典的设定之一:有人在无人进出的密室中被杀。构建密室,是推理小说家的基本功之一。

参考书:《密室收藏家》,大山诚一郎

"私刑犯罪"设定

犯下杀人案的原因竟是为了公平正义,如时日无多的绝症患者决心除掉某一公认罪大恶极却侥幸逃脱法网的坏蛋,这类设定在推理小说中有很强大的叙事空间,犯罪动机的别出心裁使得犯罪行为更为隐蔽。近些年由于网络舆论公开和放大了各类恶行,以私刑"杀掉恶人"的情节亦成为写作热点。

参考书:《无证之罪》,紫金陈

"灵魂互换"设定

近年来非常流行的设定,在网文中泛滥成灾。其设定势能主要来自"谁和谁互换身体",恋爱的男女互换身体?不同阵营、互相监视的党徒互换身体?刑警和杀人犯互换身体?美丽的人和丑陋的人互换身体?

参考书:《秘密》,东野圭吾(女儿的身体中是妻子的灵魂,妻子的肉体
　　　　去世了,而女儿的灵魂不在了。)

"与反派谈恋爱"设定
最有张力的爱情桥段设定之一。
参考书:《黑月光拿稳 BE 剧本》,藤萝为枝

"与仇家之子谈恋爱"设定
莎翁《罗密欧与朱丽叶》确立的"两家有世仇却要谈恋爱"的设定也是最有张力的爱情故事设定之一,所以一直以来此类作品层出不穷,那种男女主属于不同阵营的谍战爱情也属这类。
参考书:《凰权》,天下归元

"失忆"设定
是大家都明白、都会使用其势能的好设定,所以这一设定下的作品已经太多了。例如《东宫》当中的太子妃小枫如果不是失忆,率真的她不会跟李承鄞和平相处,一旦结束失忆,便会刀枪相向你死我活。
参考书:《脑髓地狱》,梦野久作

故事训练第二步：

让核心事件长出"结构"

前面我们已经明确了一个意识：故事要有结构，那么，如何在故事中构造结构？

既然"任何故事都是从开端写到结局"是小白对于故事最大的误会，现在，请你随便拿起身边的一本小说，从第一页开始读起，看看它是怎么写的。我也拿起了一本书，叫作《了不起的盖茨比》，它讲的是这样的一个故事：盖茨比从年轻的时候，就爱上了一位豪门淑女。为了能跟这位豪门淑女在一起，他努力了很多年，终于成为富豪。当他跟豪门淑女马上就要真的在一起了的时候，淑女开车撞死了人，盖茨比为了救她自己顶包，被寻仇的人杀死了，而淑女一跑了之，无影无踪。

很多同学都看过这本书，每一个人都可以做证：没错，这本书写的就是这个故事。可是，它真的写的是我们所说的这些内容吗？请你打开这本书，再从头到尾看一遍，如实地告诉我：它写下来的是什么。

1. 有一个年轻人，他叫尼克，大学毕业以后，他在一个富豪区找到了一个住处。

2. 他去探望他的表妹一家，表妹告诉他说，表妹夫在外头有个女人。

3. 他参加了盖茨比的派对，每个人都在狂欢，但是没有人认识盖茨比。

4. 当见到真正的盖茨比时，尼克跟他成为了朋友。

5. 盖茨比来到尼克家里，请他想办法，安排一次自己跟他表妹的见面。

…………

你会发现，小说是由一系列的"事件"构成的。假如小说的故事在半年内发生，我们绝不会写半年内每一天发生了什么，而只会去写这半年里的某几天，因为就在这几天内发生了有意义的事件。假如我们的故事发生在二十四小时之内，我们也不会每个小时都写，而只会写发生有意义事件的时刻。我这样一说，你立刻就理解了，可你有没有意识到：这，就是结构？

结构是什么？一个故事的核心事件，是一件事，接着一件事，通过若干件事，接连着完成的。这些事，和它们的顺序，就是故事的结构。

现在，请记住刚才的训练给你的启发，再打开你的核心事件，看看自己写了什么。有一份作业的核心事件是：一个家族企业继承人，进入到自己家的公司，从最基础的职位做起，一步一步升迁，最终继承和发扬光大了自己家的产业。坦白来讲，这个核心事件不够好。为什么？因为这是一个从第一天平铺直叙到最后一天的故事，也就是说，这个核心事件本身并无结构。

我怎样每天都吃饭，最后把自己吃成一个胖子的。

我如何每天都减肥，最后从胖子又变成了瘦子。

小红想要追求男神，可是男神不理她。小红每天都追，最后追到了男神。

在另一个星球上有冰川，而地球缺水，于是我们想办法来到了那里，并取到了水。

这些故事，全都缺乏结构。经过上一章的学习，我知道我们大家都在非常用功地去想"意外"是什么，到底什么是意外呢？当我们靠近水源的时候，冒出来一个外星大怪兽，跟我们打了一架，这算不算意外呢？虽然看上去很热闹，可是无法引起人们足够的关注。原因是什么？大怪兽的出现，并没有改变故事的平铺直叙，你的核心事件，仍然缺少一个结构。

让我们看看我学生的一份优秀作业：苏晓洁的《护财神》。一个加入了杀猪盘集团的女骗子，设计了感情骗局，去骗一个保险推销员的钱。保险推销员可不是一般人啊！这是一些对钱特别敏感的人，他们专门去研究人生的各种风险，包括破财的风险。与此同时，这个女骗子，偏偏就是一个摊上过多次大事儿的人。所谓大事儿，就是天灾人祸。就是那种假如买了保险，肯定需要保险公司出险的那种事。这俩人在一起，是甲骗了乙的钱呢，还是乙卖给甲保险呢？这就是两位主人公的设定，而剧情的主线则是他们二人谈恋爱。

假如你来写这个故事，你会从他俩相遇的第一天发生的事一直写到最后一天吗？不会。你会按照所发生的事情组织剧情，女的把男的钱骗走了！男的醒悟了！但是他不打算说破，而是准备回去把钱骗回来！接下来就是一连串的高手过招：第一招，第二招，第三招。每一个人都有驱使他去行动的目标，这个目标不是他拍脑门想出来的,而是已经发生的事儿逼迫他的!是不是环环相扣的结构就出来了?

就从这个例子出发,让我们看一下:有结构的核心事件,它到底长得什么样。首先是本身包含有激烈冲突的设定:要骗钱的人,跟以守财为人生目的的人相碰撞;第二,是在这个设定的前提下,形成一个目标,发生一系列事件。

什么是事件?一个骗子去行骗,她成功地骗到了钱。这看上去像是发生了什么,可实际上什么都没发生。为什么这么说?让我们从人物塑造的角度来看一看。行骗之前,这是一个骗子,骗到钱以后,这还是一个骗子。所以,一切好像没发生。正确的"事件"应该是:一个骗子出门去骗钱,她遇到了一系列事情,这些事情教育了她,她变好了,不再是一个骗子。

让我们这样捋一遍这份优秀作业:新加入杀猪盘集团中的骗子,开始干她的第一单业务——骗一个保险推销员,让他爱上自己,并给自己钱。她利用了推销员人性中的弱点,营造出一种幻象,她成功了,可是推销员并不好惹,他反过来给骗子营造另一个幻象,于是骗子从一个按照剧本操作的机器人,变成了一个有弱点的活人,从无情无义,到回到人的本质。反诈骗成功的同时,女骗子也脱胎换骨变成了好人。这,就是事件。

在事件当中,必须要有"人物的弧光",也就是说,在故事的一开始,人物是一种状态,在故事的结尾,人物必须变成另外一种状态。请大家记住这句话:人物就是结构,结构就是人物。如果你的核心事件当中,不包含人物的弧光,一个人物在你的故事中毫无成长,那这个故事就缺乏结构。

让我们再看这些故事：

一个家族企业继承人，以卑微的身份进入企业卧底，一直干到高层，把企业做大做强。这个故事中，一开始，继承人就胸怀大志，道德高尚，到了故事的结局，他还是胸怀大志，道德高尚，这不是一个好故事。小红想追男神，她没追到男神的时候，她是小红，她追到男神了以后，她还是小红，这也不是好故事。地球人要到外星球上取水，并且在外星球上跟怪兽打了一架。打架以前，地球人想要水，打完架以后，地球人还想要水。这同样不是好故事。

只要写一个有结构的故事，你就能脱离写作的小白状态。结构的三个关键词是：设定、事件和人物。说到底，结构就是事件的排列组合。一个好的设定，会让事件自然而然地发生。而所有的事件，都会以改变人物的状态为标志。

作业 4　让情节环环相扣

现在请你打开之前你所写的那个故事。请检查你的故事：你是完全按照时间顺序、事无巨细地打算把所有的事都写出吗？如果是，那么在你的故事上打一个大大的 ×，请重写这个故事。请按照"故事 = 设定 + 情节"这个公式重写你的故事，你现在拥有极好的、充满势能的设定，它会生成什么样的情节呢？每一个情节将把主人公推向何处呢？经历了这件事，主人公会怎样改变他的状态呢？请这样一件事一件事地推演下去，让主人公最终达到你想让他到达的地方。

主人公走过你让他走的路，经历了所有这些事，最终变成了一个什么样的人，这就是故事的结构呀！

*完善故事线必备的基础知识：三角冲突

在本书中，我已经提到了两次"三角冲突"，一次是在分析瑞典作家弗雷德里克·巴克曼的作品《熊镇》时，另一次就是在"故事训练第二步"中。作为非专业院系毕业的小白，"三角冲突"对你来说是个全新的词。然而，三角冲突是所有编剧系学生、所有故事从业者都心知肚明的工具，因此，今天的你，也难免与它狭路相逢。不懂三角冲突，就还是故事的门外汉，学会三角冲突，你就很像专业选手了！

让我们大家一起来看这样一个三角关系图：

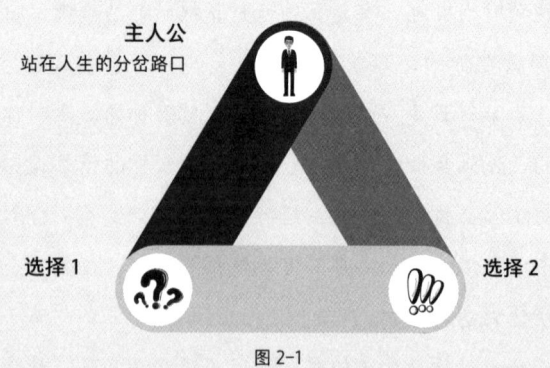

图 2-1

看到这个三角关系图，你应该明白了，三角冲突是如何而来的呢？因为主人公站在了人生的分岔路口，需要做出选择，于是就有了这个三角。我们每一个人的生活中，是不是都会面临这种选择的处境？选择爱你的人，还是你爱的人；选择踏实稳定的工作，还是出去闯一闯多挣点钱；选择待在老家，还是去北上广；选择买房，还是买车；选择生一个娃，还是生两个娃……每一次人生的重大选择，都会开启后来的一系列事情，都会产生重大后果，都会让你的人生变得完全不同，而且，也不可能让你再退回到选择以前了。甚至有人说：选择比努力还重要！但是在故事里，主人公所面临的选择，跟你是不同的。

请你再看看这张三角关系图，就明白了。

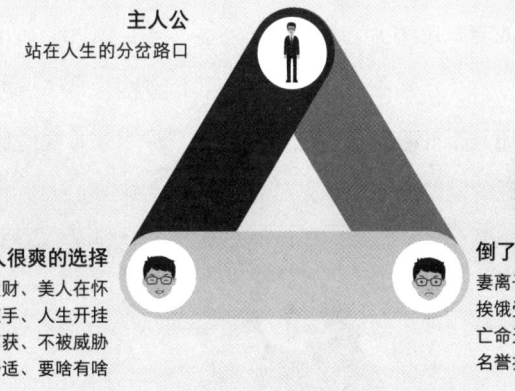

图 2-2

主人公站在人生的分岔路口，他面临着两个选择：一个是让人很爽的选择，会帮助他升官发财、美人在怀、权力在手、人生开挂、不劳而获、不被威胁、安全舒适、要啥有啥；另一个选择，是倒了大霉的选择，会让他妻离子散、家破人亡、挨饿受冻、死于乱棍、仓皇逃离、亡命天涯、喋血街头、名誉扫地、怕啥来啥。

当你看到这张图的时候,是不是已经替主人公做出了选择呢?

在你的人生中,你已经习惯做这样的选择了:我要选好的!选那个最合适的!可事实上,很多故事主人公的选择,跟你的选择是相反的:他要选坏的。他要走向那个让他倒了大霉的人生选择,放弃那些眼看着就到手的幸福。咦,不理解吧?什么人会这么选呢?难道故事里的人不是人吗?他们不懂得趋利避害吗?他们是图啥呢?谜底就是:三角选择就是**价值**选择。人物之所以选择"坏命运",乃是为了弘扬一种他为之坚守的价值。这就是三角冲突的价值规律。

美国著名写作导师、好莱坞顶级剧作理论家罗伯特·麦基,在他的名作《故事》这本书中,提到了三角冲突。他说,危机必须是真正的两难之境,而且要将主人公置于生活中最大的压力之下。"两难之境",一般来说是以这种形式体现的:是干坏事得到好结果呢?还是干好事得到坏结果?因此,你刚才看到的那张三角关系图,它的完整内涵应该是这样的:

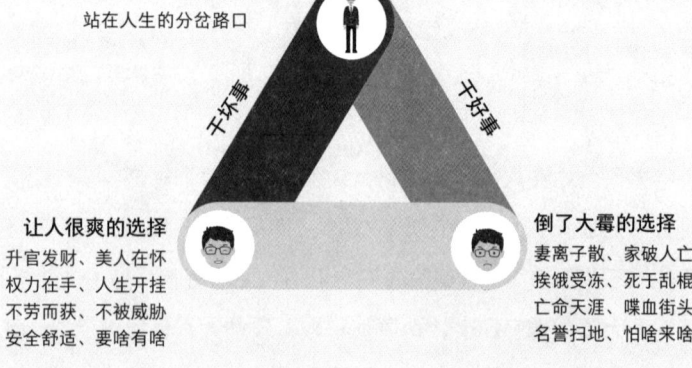

图 2-3

主人公站在人生的分岔路口，他面临着两个选择。假如他选择让人很爽的选项，那么他就必须得干坏事；可他如果决定干好事，就必须选择会让他倒了大霉的选项。

原来如此啊！你的困惑一下子被解决了：为什么天涯有路你不走，地狱无门你偏行呢？原来是不想违背自己的良心啊！实际上，这样一种最简单模式的三角冲突，是一种古老的故事形式，以至于早已潜移默化成我们下意识的思维模式，成为人类的思维惯性之一！人们总是下意识地认为：坚守有些原则是要付出代价的；当好人，是要比当坏人难的；善良是要吃亏的；有些人之所以不幸，是因为他们人太好了；要是我比现在更无耻一点，我早就过上更好的生活了！有的人还会这样想：要是我肯放弃对真爱的追求，就会有一个无聊的傻子，带着他的万贯家财求我嫁给他！其实，以上这些想法，统统不是真的，根本不存在这样的规律！我们人类为什么会有"当好人会赔钱""放弃真爱就能得到财富"这一类的奇怪想法呢？就是因为从古到今，讲故事的人都是用三角冲突来编故事的。魔鬼跟浮士德说："只要你把灵魂卖给我，我就让你应有尽有！"王爷抢走了美丽的民女，当场放话："你只要背叛你的丈夫，我就让你成为我最受宠的侧妃！"于是，编故事最常用的三角冲突就这样融入进我们的思维方式当中。

三角冲突这种故事窍门，真的太管用了，它过去奏效，现在依然奏效，未来，也还是会源源不绝发生作用。无论是默默耕耘的故事人，还是爆款作家，永远会利用三角冲突来编故事。现在就举几个在我们这个时代流行的例子给你看：

李碧华的《霸王别姬》，在运动中，程蝶衣受审，人家问他有没有给日本人唱过戏,只要他撒个谎,事情也就这么过去了。可是程蝶衣却一个劲儿地替日本人说话,还说:"青木要是活着,京戏就传到日本去了。"他说出那句话,在那种历史情境下,等待他的将是什么呀?将是死啊!就算不死,也是非人的折磨,他怎么就不能撒个谎,替自己脸上贴贴金呢?可他不肯说谎,并不是因为他投靠了日本人,或者对日本有什么民族感情,他只不过是希望京戏能够跨越国界,希望京戏永存于世。在他心中,尊敬京戏的日本人,同样是自己的朋友!于是程蝶衣在"死"和"京戏"当中,选择了戏,而根本不在乎死。程蝶衣的三角冲突捍卫了什么价值?他用死,捍卫了京戏的尊严。更不用说那些跟英雄有关的故事作品了。倘若英雄没有跟自己过不去,跟安逸过不去,跟普通人所追求的幸福过不去,就不会有唐僧西天取经、蜘蛛侠拯救城市、奥特曼拯救世界了!

可是,不对呀!你发现一个规律没有?典型的三角冲突流行了千年,今天好像越来越不管用了!为什么呢?因为我们现在越来越不推崇让那种道德特别高尚的人当主角了!

假如后退几十年,在广泛消费的故事作品里,三角冲突又大又好看。英勇的战士们迎着鬼子的机关枪就冲了上去:"为了祖国,为了人民,向我开炮!""任凭敌人严刑拷打,我就是不屈服!"这样的英雄形象和选择冲突是时代浪潮造就的。

现在呢?这样的英雄人物,在小说电视剧里表现得少了。这难道是因为我们的道德沦丧、精神滑坡了吗?还真不是。这是因为:我们越来越尊敬生活当中的普通人所做出来的那些合情合理、并不崇高的选择了。这种非传统的三角冲突,对一个今天的作家来说，可能更加管用。

我的学生颖欣，是一位英语老师，从来没有写过故事，文笔也平平无奇。可是，她有一种异乎寻常的天赋，就是善于制造故事里的三角冲突。她的每一次作业，都会被我当成范文。比如这个故事：

老李的女儿被坏人设计害死了，坏人没有得到法律的惩罚。于是老李开始布局一个大招，为女儿报仇。三年以后，时机成熟了，老李打开门就往外跑，要去报仇。这时，老王突然进来了，老王是老李最好的朋友，他知道了老李要报仇的事情，过来阻止老李，两人拉扯中，老王心脏病犯了，假如不立刻送到医院，15分钟内就会死！而那一边呢，假如15分钟内不立刻报仇，老李也就永远无法报仇了！请问：老李，将何去何从？

这样的一种局面，可把我们给难坏了！于是，颖欣同学得了一个作业的最高分，因为她成功创造了一个优质的、非传统的三角冲突！一种非传统的三角冲突，它的图形应当是这样的：

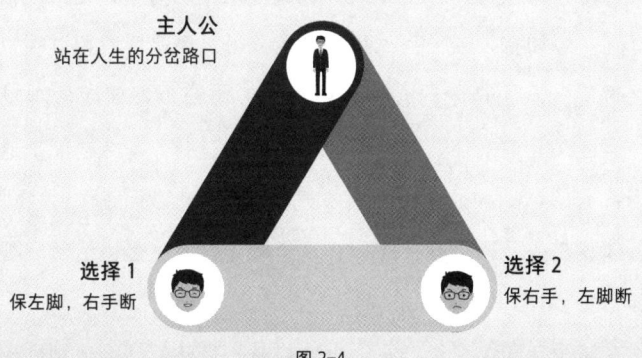

图 2-4

主人公依旧站在人生的分岔路口，他还是面临着两个选择：选择一，保左脚，右手断；选择二，保右手，左脚断。这样的两个选择，那真是魔鬼给出的选项，选什么呀！哪一个都让人不想选啊！有第三条路吗？不好意思，没有。

你看，像这种非传统的三角冲突，它也是三角冲突。两个选项的意思并不是："在你面前有两条路！一条是上吊绳，另一条是喝药瓶，你选吧！"像这样一种选择，两个选项差别不大，等于没有选择。你要记住：凡是三角冲突，总还是要有价值选择在里面。只不过，这种价值选择，不是善与恶的对立。

电影《唐山大地震》中，一块水泥板压住了两个孩子，母亲只能选择一死一生。那么是选男孩生，还是女孩生呢？选哪个都是撕心裂肺啊！为什么生孩子的时候，"保大人还是保孩子"这句问话，明明很不科学，却在很多电视剧中都有出现？就是因为这是一个魔鬼出的题啊！让我们回到颖欣同学的优秀作业，看一下这个作业优秀在哪里，进而学习一下怎样可以写出这么优秀的作业。

选项：1. 报仇。2. 不报仇。这大概是我们每个人经常面临的选择题。假如有人骂了我，我是忍耐一番，还是反唇相讥呢？你怎么选呢？看心情吧，心情好就算了，心情不好就对他咆哮一通。但这又能说明什么呢？谁会关心你的选择？怎么样能把这个相当普通的选择题，变成一道魔鬼的选择题，变得撕心裂肺呢？就请你观赏一下颖欣的神操作。这个操作的名字是：给每一项选择加重量。

在这个三角关系里，每一个选择是一条腿。那么，颖欣先在

"报仇"这条腿上,加了重量:

1. 女儿枉死
2. 老父亲极其爱女儿
3. 凶手逃脱了法律制裁
4. 卧薪尝胆长达三年
5. 复仇时间只有十五分钟

这五条,每一条都给报仇的选择,加上了一千斤的重量,让"报仇"这件事变得势不可当。"必须"报仇!不报不行!

在这条腿已经有了五千斤重的情况下,如果另一条腿轻飘飘的,那肯定压不住这条腿的分量。老李必须报仇,报仇的势能极其强大,地球人根本阻止不了!怎样能让另外一条腿,变成一项能够跟这条腿势均力敌的选项呢?很简单,也是同样:加重量。

1. 老王是老李最好的朋友
2. 老王对老李有恩
3. 老王千方百计为了老李的利益而去阻止这件事
4. 老王犯了心脏病,如果老李去复仇老王就会死
5. 救老王的时间只有十五分钟

五千斤的分量又加上来了,两条腿,终于一般沉了。能够营造这样的三角冲突,才是你,作为一个今天的故事人,所应当具备的至高修养。

第 3 课

故事的关键：
找到主人公

人物，是一个故事当中至关重要的元素。无论你有多么精彩的情节，如果你的人物不成立，那你的写作彻底不成立。

我们都有同样的一种感受：对于一部我们看过的作品，我们经常忘记事情是怎么样发生的，我们也会忘记后来怎么样了，但是对那个曾经打动过我们的人物，我们是不会忘记的。"一见杨过误终身"，这句话与其说是在谈《神雕侠侣》当中出现的女性角色，不如说是在谈读者自己。张爱玲在《倾城之恋》里说，"也许就因为要成全她，一个大都市倾覆了。"为了让白流苏去和范柳原谈一场恋爱，张爱玲让整个香港都陷落了，但仔细想想，这难道不值得吗？如今我们可能不大记得这个故事的具体细节了，但是我们都还记得白流苏和范柳原，哪怕他们从来没有存在过。清朝有一位文人名士叫袁枚，他为了附庸风雅，给自己刻了一方印章，因为他是苏州人，印章上就写着"钱塘苏小是乡亲"，以此表明自己的籍贯。结果有一位当朝的一品大员对他的这个行为大加批判："这个苏小，她不过是一个妓女，你一个读书的男人，一个大名士，怎么能把自己跟她相提并论？"袁枚回答："此时此刻，您是朝廷大员，是阁老宰相，自己以为自己特别了不起,所有人见了您都不敢大声喘气,但是三百年以后呢?我敢保证,三百年以后,所有的人都还记得有一个钱塘妓女苏小小,但是再也不会有人记得您的名字了。"

所以说"人物"是如此重要,"人物"的魅力是如此强大,一个作家成功的关键之关键,就是塑造出能够深入人心的人物,这决定了他作为作家的终极成就。一位作家无论创造什么样的故事、安排什么样的背景、设计什么样的曲折,归根到底是为了塑造某一个人物。香港的陷落成全了白流苏,九九八十一难造就了孙悟空,整个贾府的盛衰升沉是为了突出贾宝玉特别的气质,这不是颠倒的因果,而是创作的规律。

让我们先来弄懂"主人公"是什么。

小白经常会以为,主人公,那必须得是很厉害的人吧?他跟普通人很不一样吧?这就像说起女演员,不少人会认为,那就是一些二十多岁长得漂亮的人。可是,二十多岁、长得漂亮的人多了,她们跟演员的距离,可不是一星半点。

"我要写一个穿越故事,我的主人公,在当代是一个科学家,穿越过去以后是个王爷,身高一米九,八块腹肌,这个主人公不错吧?""我得写一个都市爱情故事,而且是以纽约为背景的,我的主人公是个 ABC,外面是黄色的,里面却是白色的,不仅貌美大长腿,还是一个美国上市公司的继承人,现实中若存在这么一个,姑娘们都抢疯了!""我的主人公的原型,就是我从小暗恋的人,现在都过了十来年了,他的样子还历历在目,想起他,我还是那么激动,就连他笑起来嘴边的小皱纹都那么可爱,以他为原型,我一定能写一个好小说,因为我有真情实感。"

你们都搞错了，一个二十多岁、长得漂亮的路人甲跟一个真正女演员的区别，就是以上所提到的这些人跟小说主人公的差别。当大家谈论自己的主人公的时候，不要再提他（她）是多么地高大威猛，或者如何地倾国倾城，你一定要告诉我：他（她）干了什么。

什么叫"主人公"？

让我给出一个易于操作的"主人公"定义：

主人公就是在某种压力之下，做出了一个与众不同的选择的人。

"我的主人公是一个穿越到明朝的科学家，他在古代的身份是个王爷，他赶上了一场夺嫡之战，选择支持正确的皇帝登基，所以他赢了，获得了皇帝的赏赐。"很好，虽然这个主人公不怎么好，可你总算把他是谁说清楚了。原来他是一个利用超前的知识为自己谋取利益的人。他长得多么帅，多么饱读诗书，满腹经纶，其实都不太重要，读者关心的只是在夺嫡的斗争中他所起到的作用。怎样让这个主人公更精彩一点呢？

"我的主人公是一个穿越到明朝的科学家，虽然是一个王爷，可还是喜欢在街上乱串，考察明朝的风土人情，所以就认识了一个叫英子的少女，天天买她的豆浆喝。甚至还发生了一段感情。有一天突然听说她进宫了。又无意当中知道，原来这个少女名叫杨金英。仔细一想：要完！命中注定在某年某月某日，英子要用一根绳子试图勒死皇帝，但是没勒死，她就跟其他十来个宫女一起被砍头了。于是这个王爷就展开了想办法营救英子的一段旅程，经过百般努力，发现这是不可能的。做不到。但是又发现，历史并不是不可改变的，怎么办呢？目睹了嘉靖皇帝的暴虐和他对英子、对所有宫女的百般摧残之后，王爷决定，改变历史，改变命运，亲自策划这一起宫廷谋杀。动手之前，他用他科学家的严谨，做了几个小实验，证明改变历史的可行性……"

在这个故事中，我们的主人公，已经塑造得很有光彩了，他有正义感，有能力，有真爱，他有科学严谨的态度，还有人人平等的民生思想，那到现在为止，我有没有跟你说他长得什么样？我没说。让他帅一点好吗？好的，你完全可以说，他长得像东亚明星任一个，但是你要清楚一件事：从本质上来说，他长得什么样，其实并不重要，只有当他的相貌对情节发生了影响的情况下，这件事才重要。

《红楼梦》当中，赵姨娘是一个几乎没有任何优点的人。她的泼、笨、拎不清、小家子气，令她成为整部小说当中被人最看不起的一个。她干了无数的糊涂事，有时竟然敢给王熙凤、宝玉这种在贾府的身份和地位绝对凌驾于她之上的人使坏。可是为什么她的地位却一直不倒呢？仅仅是因为她生了儿子吗？有研究者认为：这是因为赵姨娘貌美，美艳绝伦，远远超过了贾政的其他妻妾。看，这就是相貌对一个人的命运和环境产生了重大影响的例子。

丑，也同样会产生重大的影响，有一些主人公，是以丑著称的。比如：钟无艳的丑。因为丑，齐王立她为后，才能表达不近女色的决心。而正因为她丑，齐王不爱她，这又被视为一个女人的人生悲剧。丑，并不感人，但钟无艳的丑却充满了感人的戏码，是因为丑是她命运的启动机。

所以当我问你：你的主人公是个什么样的人？我并不是在关心他的年龄籍贯身高学历有钱没钱已婚未婚。我是在问你：他干了什么？他要是啥也没干，那他就啥也不是。

当我说"他干了什么"，指的是他干了一件只有他才能干的事，他干了一件让他成为他自己的事，除了这件事，别的都不叫事。他去了一趟明朝，这不是事，他去抢劫了个银行，这有点像事了，但还不够，你必须得告诉我们，他跟别的抢劫银行的劫匪是不一样的，怎么不一样呢？"他穿着比基尼去抢了个银行"，听着很新鲜有趣，可是他为什么这样做呢？这个行动背后有原因吗？

这个"不一样"，必须来源于压力，来源于选择。曾经有一个偷电动车的贼走红网络，甚至成为"网红"，为什么他引起了那么多人的关注？那是因为他就是一个完全符合主人公定义的最佳主人公。他已经被警察抓住了，被戴上了手铐，他已经被媒体的摄像机对准了，他非常清楚，自己所说出的每一句话，不仅会成为呈堂证供，决定他的刑期，而且会被全国人民看到，而全国人民里面，也包括他的亲戚朋友、邻居熟人，在这种压力面前，如果他仍然说出来极其不利于自己的证词，那我们一定会认为，这才是真心话，这是世界上最真心的话，在这种时候说出来的这种话绝不可能是谎言。而打动我们的，不仅是这感人的真挚，还有伴随着这种真挚，所表达出来的发自灵魂深处的渴望——做贼的渴望。"做贼"，是他对生活的选择。尽管这种选择不怎么样，有悖公序良俗，为人所唾弃，可他是在这种压力之下说出口的，所以这一定是他诚实的选择，他没有说谎。这个人，他就是这么一个偷车贼，这就是他，他是很难改邪归正的。

请注意关键词：压力、选择。在巨大的压力下的选择，体现了一个人真正的本质。

现在你再跟我说说你的主人公吧！别告诉我她白羊座，鬼灵精怪，天马行空，不按常理出牌；别告诉我她是一个北京小姐，胡同里长大的，一言不合就能抄板砖。现在你一定知道，在你没说出他（她）到底干了什么之前，前面所有这些字都是没有意义的。请记住西方哲学家的话：存在就是本质，是他干了什么事，规定了他是怎样的人。

接着，请你们再记住中国哲学家的话：知人知面不知心。有可能你妈早就跟你唠叨过，认识隔壁王大婶三十多年了，都不知道她是这种人，老头子刚刚得了癌症，就撂下一家人跟前村的李叔跑了。你妈为什么说"不知道王婶是什么人"呢？这三十多年不是天天见面吗？不是经常跑到一块儿聊一下午天，打一下午麻将吗？不是连王婶家里有几个亲戚，你妈全都掌握得门儿清吗？怎么就不知道她是什么人了呢？决定王婶是个什么人的关键在哪里？

这个关键就在于：压力与选择。是一个人在某种压力下所做的选择，定义了他的本质。如果压力足够大、选择足够艰难，也许有人会彻底推翻他自己前半生所做过的一切事情，而重新定义他的本质。一个人的一生，不就是一个不断做选择的过程吗？哪一种选择，代表了你的本质呢？结合上述王婶的故事，我们似乎可以得出结论：越巨大的压力，越重大的选择，越代表了一个人的本质。请看这几句诗，这是白居易写的，在中国古代的经典小说当中经常被引用，它是这么说的：

周公恐惧流言日，
王莽谦恭未篡时。
向使当初身便死，
一生真伪复谁知？

这几句诗，谈到了两个历史典故，第一是周公的故事，成王小的时候，由周公旦摄政当国，人人都说，他怎么可能甘心做一个摄政王？他迟早要杀掉成王自立的。第二个是王莽的故事，就是那个灭掉西汉、自己当了十五年皇帝的家伙，在他没有表现出篡位的野心之前，那可是举国闻名的圣人一样的人物，谦虚恭顺、礼贤下士，被认为品德高尚。这两个人，一个抵制住了当皇帝的诱惑，一个没有，可如果在那个最大的考验来临之前，他们就死了呢？那今天我们翻开历史书，也许会看到：周公是一个心怀不轨的权臣，王莽则是西汉的圣贤。

我们普通的人，过着普通的一生，可能永远遇不到这种考验：有一个皇位摆在你的面前，要不要上去争夺一番呢？但我们就没有本质了吗？不，我们同样有本质，我们的本质，也同样是被一次又一次的选择随时刷新的。

还有一件事要注意，人的本质可能存在多个维度。我想你们都听说过那个故事，20世纪90年代末期全国一号案的主犯，连环杀人恶魔白宝山，他竟然是一个孝子，之所以被捕，是因为不愿意在母亲面前杀人。杀人恶魔，还有孝子，哪一个是他的本质呢？我想，可能同时都是。而正因为这两个看似完全相反的特质统一在了一个人身上，这个人，就会成为一个更好的主人公，从故事的角度来说，他会比单一的孝子，或者单一的杀人恶魔，更为动人。

在我告诉你主人公是什么之后，你已经非常清楚你要怎样为你的故事安排主人公了吧？接着我要告诉你的，是"深化主人公"的方法。很明显，在一个很短的故事里，用一个重大选择，就可以定义你的主人公，可是在一个长篇故事里，你的主人公，是怎么成立的？他要通过一次又一次做选择，而逐渐地定义他自己。有两种结构，都很常见，第一种结构：给予主人公逐渐加码的考验，看他能坚持到哪一步。你说不说？不说就给你上刑，老虎凳、辣椒水、美人计。《倚天屠龙记》当中，赵敏对张无忌的爱情面临过很多次考验。在张无忌和蒙古郡主的身份当中选择，在张无忌和深爱着自己的父亲和哥哥中选择，在张无忌和自己的民族当中选择，眼睁睁地看着张无忌跟周芷若说情话，眼睁睁地看着张无忌跟周芷若结婚……而她经受住了每一次考验。我们都知道，周芷若也爱着张无忌，可是她连一次考验都经受不住，在婚礼上，张无忌被赵敏带走，她就撕裂了嫁衣，对外宣布要改嫁宋青书。于是我们莫名其妙地得出了一个结论，那就是赵敏比周芷若更爱张无忌。虽然我很唾弃直男作家"众女争一男"这种思路，也不得不承认故事大师金庸先生对这门塑造人物的技巧掌握得很好。

另一种塑造人物的结构，与前一种相比，就显得有深度得多。同样是做多次选择，作者有意安排主人公做一两次极为出人意料的选择。大家都已经知道了：你对一个人的看法是由他的选择决定的。所以在一个故事的大部分篇幅里，你都看见这个主人公饮酒放荡、左拥右抱、醉生梦死、不负责任，你就会认为：这个人是个经不起考验的脓包。但是敌人来了，严刑拷打之后，所有浓眉大眼的都招了，可偏偏是这个小流氓坚持到了最后。如果你们读小说或者看剧的经验足够丰富，你会发现，这种方法的使用越来越主流了。现在我们已经很少见到那种从头到尾都一身正气的主人公了。我们总会给好人安排一些微不足道的缺点，因为这些缺点会让他的人性显得更加丰富。在悬疑的作品中，一个人的本质究竟如何，是最为重要的悬疑命题。东野圭吾的《白夜行》，主人公唐泽雪穗，她对自己的丈夫照顾有加，温柔贤淑，打理内外，仿佛是一个最为规范的日本妻子，可是真相却是：她一点都不爱自己的老公，因为她主动安排了丈夫的外遇，好让他离开自己，并且多分给自己钱。

于是我们得到了结论——

什么是主人公呢？主人公就是一个要去干什么的人。怎样塑造主人公呢？让他不停地去干什么。（这个干什么不是普通的干什么，而是让他处在一种压力之下，让读者观察他的行动。）

故事训练第三步：

立刻得到你的主人公画像

当我们知道了什么是主人公，打算按照这种方式塑造主人公、给人物"压力下的选择"时，我还要给大家一些关于塑造人物的建议。

当你有了故事，有了"压力"和"选择"，你仍然有一定的空间去塑造人物的性格特质和外在形象，怎样安排更好？

韩国的核原料被偷带到了日本，日本间谍部门的外事警察要追查这批原料的下落，经过一系列排查，锁定了嫌疑人。于是出现了一个概念"外事警察"，他既是警察，又有点像间谍，因为他的职责和业务触及国际关系，他必须到一些凭他的公开身份不可能到达的地方，潜伏下来，好获得一些其他国家的核心资讯。去完成这个任务的警察，他是怎样的一个人呢？是不是有可能有一千种答案？为了讲好这个故事，我们到底给他安排什么样的性格呢？现在让我们来看看作家的选择。

这个故事是由古泽良太编剧的日本电影和电视剧《外事警察》，它是根据麻生几创作的同名间谍小说改编的。在小说中，这个警察叫住本健司，他的形象，就是一位高大全伟光正的正面人物，可是到了影视作品中，他不再是从前的形象了。这位编剧，也就是古泽良太，他把以前的警察的光辉形象，改成了一个"卑鄙的英雄"。他性格阴郁，眉头紧锁，眼神冷峻，内心痛苦挣扎，表面冰冷无情，一眼看去就知道他将会有注定无法幸福的一生，这个角色在捂着流血的伤口倒下的时候，脸上露出的却是极端诡异的微笑。这是不是不太像是一个正面人物？这个编剧他为什么要这样做？

现在请你记住，想要把一个故事写好，在人物创造方面的第一个法宝：尽量不要写一个约定俗成的典型人物。

什么是约定俗成的典型人物？比如说：一位英勇无敌、嫉恶如仇、百战百胜的警察。我们在小学的时候，都曾经做过这样的填空题：朴实的农民，强壮的工人，文质彬彬的知识分子，慈祥的奶奶，和蔼的伯伯，狠毒的后妈。我的妹妹有一张苹果一样的笑脸，笑起来的声音像银铃一般清脆。我们通过做这些填空题而确立了我们对这个世界的大部分认知。后来在我们的生活中，我们也的确经常遇到这些朴实的农民、强壮的工人和慈祥的奶奶。这种典型又典型的人物可不可以出现在我们的故事里呢？通常情况下，这样的角色都是相当乏味的。有经验的作家往往会呈现这种效果：我们在他的故事中看到了一个农民，他看起来非常朴实，但是在故事的发生过程中，我们发现他其实无比狡猾，而且他不是一个农民，而是一个地下器官贩卖组织的总头目……

一个从头到尾都不让你感到吃惊的人物，是不配进入你的故事做你的主人公的。

当我们要写一个警察，有好多种方式能够让他脱离常规的警察形象。当我们盘点那些令我们印象极为深刻的警察，我们将吃惊地发现，他们都不太符合我们从童年时便在心里确定好的"警察叔叔"的形象。人们一般认为警察是男的，作者偏要写一位女警察而且还怀孕了，这是海岩小说《一场风花雪月的事》；我们一般认为警察应当整天接受任务打坏人抓小偷，可是这个警察他每天要做的事就是去学校里学习表演提升演技，因为他要去黑帮卧底，这是蔡卓妍、詹瑞文主演的喜剧电影《戏王之王》……《男儿本色》里的谢霆锋是多么暴躁啊，他是一个人们眼中的废人，他不停地在闯祸。我们认为一个警察勇敢地去抓坏人是对的，但当我们看到谢霆锋几乎是歇斯底里、见到坏人就猛扑的状态时，我们又觉得有点不对了，因为他完全不顾自己的生命，他的状态似乎就是要找死。为什么？因为他深爱的未婚妻已经死了，为她报仇，去杀死那个坏人，就是他生命的全部意义。我们通常认为警察应当具备理智，唯有犯罪分子才不顾一切充满了激情，但是《男儿本色》塑造了一个只有激情没有理智的警察。

我们的常规思路是警察是好人，犯罪分子是坏人，然而当我们遇到这样的剧情的时候怎么办？——从前有一个非常好的协警，他干了六年协警很有可能成为正式警察，却被发现原来他是一个隐瞒身份在逃的罪犯……是的，这就是那部电影——《烈日灼心》。它很好看，而且获得过很多奖项。

当我们不能写一个怀孕女警察、像犯罪分子一样激情四溢不计后果的警察、混入警察队伍中的坏分子，而必须写一个英勇无敌、嫉恶如仇、胸前和上臂都有肌肉、充满了理智和对人民有情感的男警察的时候，这是不是就注定了我们的人物无法精彩呢？并非如此。现在让我告诉你塑造人物的第二个法宝，它也同样非常管用，请记住：永远不要让你的人物的内心，和他的表象相一致。

让我们看看这样的一位警察吧。得过茅盾文学奖的李佩甫的小说《平原客》当中，有一位警察叫赫连东山，他精于刑侦，心细如发，让坏人无处遁藏。与此同时，他还精通审讯之术，很容易攻破犯罪分子的心理壁垒，而让案情水落石出。他绝对清廉，从警几十年，没有收过任何人一针一线。这样的一个警察，算是正面人物当中的正面人物了吧？他的内心，是否像他的外表一样，充满了阳光，没有丝毫阴影呢？随着故事的推进，我们发现，在他职业生涯的背面，是他的家庭生活，这里面可全都是黑暗！他的儿子非常恨他。因为这个爸爸在他从小到大的成长中都是缺席的，而且，我们通过他儿子的眼睛，发现这个老警察的生活跟时代完全都是脱钩的，他除了刑侦和探案以外，对外面的世界几乎一无所知。他习惯了面对犯罪分子，所以当他面对他的儿子的时候，就像对犯罪分子一样，除了责骂，就是体罚。谁要是有了这样的一个父亲，那必然会是终身的噩梦！所以，他尽管外表非常阳光，非常有力量，内心却一塌糊涂，充满了悲伤、孤独和无力感，因为他在自己最在意的事，也就是亲子关系方面，是完全挫败的。

内心和表面很不一样，也就是表里不一的人物有多动人，我举几个例子你就明白了。超级英雄的反义词是什么？选项之一，是花花公子。然后我们就想起来了007……特工应该是冷酷的，但是007他每次都会发展一段看上去还很真心的爱情。如果我们给"杀手"这个词加一个形容词，它会是什么？百分之百你们会说：冷酷的杀手。可是呢？不是正有一部电影叫作《这个杀手不太冷》吗？越是这种呼吁残酷的职业，越是要唤醒心灵深处的铁血柔情。韩国电影《雏菊》，也是一个关于杀手的故事，杀手每天一盆花，送给世界上最纯净的那个女人，简直是我们所见过的最清新唯美、最荡气回肠的恋爱了。

人物塑造的两个法宝，第一是不要写一个约定俗成的典型人物，当你写某个身份的人物的时候，一定要把你首先想到的那个形容词写下来，画个圈，然后找一个跟它完全相反的形容词，替换它。没有替换之前，你写下来的是平庸之作，替换了以后，你的作品才能卓尔不凡。当你的同桌写：我有一个可爱的妹妹，她的脸蛋像苹果，她的笑声像银铃。你写下来的却是：我有一个讨厌的妹妹，她的脸蛋像黄香蕉，她的笑声像公鸡打鸣。这就显得有趣多了。第二个法宝是让你的人物表里不一。我有一个可爱的妹妹，她的脸蛋像苹果，她的笑声像银铃，可是她天天尿床，脾气暴躁，虐待小动物，还玩火。长大以后她参加选美比赛得了第一名，当天晚上她回到家偷偷杀了一个人。

这两个法宝，可以说是写人物小传的时候非常好用的技巧，将让你的主人公脱颖而出。

作业5　调整你的主人公

在之前的训练中，你的故事已经具备雏形了，我相信，到此之时，我们每一个人手上都有了一个主人公。那么，你的主人公精彩不精彩呢？请按照本堂课的内容，去检查一下你的主人公。他是不是主人公？他是否合格？他从头到尾做了什么样的选择？

他的选择出人意料，还是感人肺腑呢？他是否处在不断的压力之下，不停地做出选择？

圆形人物与扁平人物

我们已经明白了什么是主人公：他在压力下做出了某些出人意料的选择。我们也了解到：在已经有了这个故事以后，主人公还是有一定的风格空间的。作者可以按照自己喜欢的样子塑造他。

关于主人公，我们已经知道得够多了，但还是有人要问：

问题1：怎样能让我的主人公立体又丰富生动，让所有读者感觉他就是一个活人？

问题2：假如我的故事以情节取胜，没办法深入刻画主人公怎么办？

问题1和问题2，简直就是矛盾的。有的作家希望自己的人物越真实、越立体越好，有的作家却根本不在意他是不是真实。哪一种作家是更好的作家呢？其实，根本没有标准答案。不同类型的小说，所要求的主人公的深度、写作方式是不同的。

说起故事里的主人公，我们每一个人心中，都有一些经典角色挥之不去。我们印象中的孙悟空是个什么样的人呢？他是妖怪的克星，他有金箍棒，他具备七十二变的本事，一个筋斗云能翻十万八千里。他有什么样的性格呢？他疾恶如仇，看见妖怪就想打；他还相当忠诚，即便他的师父认不出来妖怪反而骂他，他也还是继续追随他的师父。这样的孙悟空，连小孩子都很喜欢，而且连小孩子都能预测他的行动——假如面前有个妖怪，不论是化作美女还是小孩的模样，孙悟空是一定要打的！

可是，有一个明朝人也写了一本西游故事，叫作《西游补》。在故事里，孙悟空不再打妖怪了，而是做了一个很长的梦，梦见自己到处找师父找不到，等找到师父的时候，却发现师父娶了老婆，也不打算去西天了。孙悟空急得醒了过来。西方的评论家说，这是因为漫长的取经之路实在是太艰难了，妖怪实在太多了，孙悟空在三借芭蕉扇之后，陷入了深深的焦虑。既担心自己完不成取经任务，又担心师父被美丽的女人拐走，同时，又因为师父对自己的不信任，而怀疑起取经的意义：我为什么要去取经？取经会让这个世界更好吗？也许根本就不需要取经？所以，孙悟空才在这样的一场梦里，释放自己被压抑的情绪。

咦？这还是孙悟空吗？

我们再看周星驰的《大话西游》。这里面的至尊宝，之所以踏上取经之路，心甘情愿地忍受那么多苦难，又要杀妖怪，又要保护唐僧，还要忍受紧箍咒的疼痛，忍受啥也不懂的唠叨领导，为的是什么？为的是紫霞。当他发现紫霞留在自己心里的一滴泪时，就发誓要解救紫霞脱离苦海，为此，不惜接受观音菩萨的一切条件。于是你突然发现，电视剧《西游记》里的孙悟空像是一个符号，而小说《西游补》和电影《大话西游》里的孙悟空却像是一个活人。

在很多故事中，一些人物代表勇敢，一些人物代表善良，一些人物代表超能力，还有一些人物代表复仇的力量，除了所规定的特征之外，他们不再具备其他特征，因此，他们的行为举止是可以预测的。每个人都知道，在某一种情况下，这个人物将如何行事。

可是在另一些故事中就不一样了。你很难用一些词去概括那个人物的性格和行为方式，你也很难预测他的行动。至尊宝为了救紫霞而走上取经之路，他知道自己有去无回，所以为了让紫霞好好生活，他对紫霞净说一些难听的话。像这样一种行为，你是预测不出来的，但是当你看到之后，会因为这个人物出人意料的举动，而产生震动和感动。

这两种，正如我们前面所学到的"两种结构"，第一种叫作"一直都在做加强版选择题"，第二种叫作"做了一道神出鬼没的选择题"。第一种人物比较符号化，专业术语叫作"扁平人物"，实际上我们大家观察也可以得出结论：一个永远做同样选择、永远不出人意料的人，在生活中往往显得没有个性，也容易被人遗忘。而那些会做出人意料选择、让人难以预测的人物，往往会让人深深地记住他，这叫"圆形人物"。这样的两个概念，是英国小说理论家福斯特在1927年提出来的。

其实，我们对于人物的认知是偏"圆"的，因为我们都是活人，都具备生活经验。所以，当一个人物过于扁平的时候，经常会引起某些程度的不适。例如，我们读《三国演义》，会有很多迷惑不解的地方。刘安竟然杀了自己的老婆，用老婆的肉招待刘备，这是一个变态吧？貂蝉在董卓和吕布之间周旋好像就是为了完成任务，董卓死后，她既不欢喜，也不悲痛，即便又成了吕布的妾，她也不尴尬，这个女人，怎么可以这样渣呢？只要读书稍微认真一点，我们就忍不住疑惑和追问：这些人物，他们心里到底咋想的？

扁平人物缺乏内心戏，他们实际上不怎么思考，他们根本就没有心，就像人类创造出来的 AI 一样，只知道完成指令，他们永远不会闹神经官能症，也不会质疑他们行动的意义，所以他们很不像现实中的活人。

很长一段时间，在文学的领域内，我们把成功塑造出"圆形人物"看成是作家至高无上的本领。人物得是活的，把读者带入他的处境，读者就会很容易理解他，而且，他的那种独特性或者典型性，总是会引起读者的关注。现代作家"鲁郭茅巴老曹"（鲁迅/郭沫若/茅盾/巴金/老舍/曹禺），个个都是写圆形人物的圣手。咱们看看老舍先生是怎样写人的，以下段落出自《离婚》：

（老李）穿上最新式的西服会在身上打转，好像里面絮着二斤滚成蛋的碎棉花。刚刮净的脸，会仿佛顺着刀子冒槐子水，又涩又暗。他递给人家带官衔的——财政所第二科科员——名片，人家似乎得思索半天，才敢承认这是事实。他要是说他学过银行和经济学，人家便更注意他的脸，好像他脸上有什么对不起银行和经济学的地方。

这么一个从乡下进城的土鳖知识分子，让他写活了。咦，"写活了"是什么意思？是不是你也经常这么说？"写活了"的意思，就是把人物写成了圆形人物了。

"写活"一个人非常不容易。办法有很多，像前面老舍先生用描写、形容等一些修辞手法把老李这个人写活，只是一方面。还有一种办法，是写出人物的经典动作。如果说前者好像是给人物拍张形象照,后者,就像是给人物拍一段小视频:黛玉葬花,宝钗扑蝶,香菱学诗,武松打虎,李逵夺鱼,鲁智深倒拔垂杨柳……然而,比这些都要重要的,是写出压力,写出压力之下人物的选择。

作家韩少功《马桥词典》里的本仁,在饥饿的年代,把全家人的晚餐——一罐玉米粥——不小心吃完了,没有脸回家,竟然离家出走,从湖南逃亡到了江西。这样的一个人,他竟然可以干出这样的一件事,真是让人万分惊讶。可他是活的,具备那样性格的本仁,就是会干出这种事。

这样的三部曲——形容、动作和压力,将会帮助你完成一个圆形人物的塑造。所谓的"写着写着,这个人物就活了起来",就是指的这种过程。

当你写完了他的外貌,又写出了他平常的表现,最终写了一个重大事件,和这个事件压力下他的反应以后,这个人就彻底成了一个活人。可以说,这个时候,他已经脱离了你的控制,因为他已经有了自己的行动逻辑。如果接下来再发生的事符合之前的行动逻辑,你写得就对,不符合的话就写错了。

有不少大作家曾经写过文章,诉说不能控制自己笔下的人物,本来预设的结局是这样的,写着写着不对了,人物自动走到了另一边。其实,这就对了。

研究如何让一个人物变得立体,似乎是作家的基本功。可是有个秘密你知道吗?对于一位想把作品卖出大价钱的商业作家来说,如何塑造扁平人物也非常、非常重要。让我们看看那些永恒的经典吧!

小红帽、白雪公主和灰姑娘，谁又有什么个性呢？孙悟空、二郎神、哪吒，或者白娘子、祝英台和孟姜女，又哪一个不扁平呢？而在追文看剧的时候，我们又见到过几个"活人"呢？我们通常喜欢的，都是那些扁平的纸片人：玛丽苏女主、恶毒女配、霸道总裁、痴情男二、反派大 boss、大女主、小狼狗、茶女茶男……对吗？所以，当我们回首历史上的大爆款，之所以会出现那么多没有灵魂、面目模糊的人物，也就毫不稀奇了。

能在老百姓中卖爆的故事，很多都是以扁平人物为主，情节跌宕起伏、引人入胜的作品。

为什么会存在这种规律呢？在那种大作家所写的、深入到社会肌理和人类灵魂的小说当中，故事要怎样发展，作家本人说了不算，而是作家与人物合谋的结果。我们已经知道：当一个人物太圆，作家就再也指挥不动他了，所以他只能创造一个环境，让人物在其中自由发挥。可假如我们一开始就写好了大纲，硬要一个故事达到我们想要的结局，呈现我们想要的状态，我们就绝对不能让人物太圆。

让我们以貂蝉为例：当我们以活人的眼光来看待貂蝉，我的天哪！她都经历了一些什么呀！为了挑起董卓和吕布的矛盾，王允把义女貂蝉同时许给二人，而在设计让吕布杀了董卓的整个过程中，貂蝉说过无数次谎言。每次她在董卓宫中欢乐起舞的时候，若是看到了吕布，她一定假装哀哀恸哭。那么我想问：貂蝉一定是假装痛哭的吗？她究竟爱不爱吕布呢？在整个计划中，她除了做一个忠实于义父的傀儡人，都没有为自己打算过吗？

像张爱玲的《色戒》，王佳芝暗杀易先生。假如王佳芝是个工具人，想杀人也就杀了，正因为王佳芝是活的，所以杀不了。因为她的爱情跳了出来，阻挡她去完成任务。假如貂蝉有了灵魂、有了情感，作者还能确信吕布一定能成功杀董卓吗？哎呀，这简直想想就让人头痛。

有一位芬兰的女诗人，写过这么一句诗：

你想要一个女人
却找到一个灵魂
——你失望了

这首诗是什么意思？女人，就是那个想杀谁就杀谁，想搞阴谋诡计就搞阴谋诡计的貂蝉，肤白貌美，心狠手辣。灵魂呢？就是那个厌了个厌，菜了个菜，干啥啥不行的王佳芝。女人是扁平的，灵魂是圆的。女人是让人不用费脑子的，灵魂则是让人想半天想不明白的。

当你清楚了圆形人物和扁平人物有这样的区别之后，请你理解以下情节：

A 爱上了 B，所以 A 会保护 B。

A 和 B 都爱上了 C，所以 A 和 B 之间是情敌。

A 是 B 失散多年的亲生孩子，当 B 知道了这个事实后，他为了 A，杀掉了对 A 有威胁的 C。

如果 A 死了，B 将得到一大笔钱，所以 B 处心积虑，对 A 痛下杀手。

想要实现这样的情节，是圆形人物能做到，还是扁平人物能做到？相信你会毫不犹豫地回答我：只有扁平人物能做到！对于圆形人物来说，动机和结局之间尚有一条鸿沟，特别容易变卦，只要一多琢磨，这事儿就没谱了。同时，他的行动还受制于各种偶然因素。所以，只有扁平人物，才能作者让他干啥他就干啥。

作业6 你的人物是圆是扁？

现在，请你拿出来你的故事初稿，检查自己的主人公究竟适合写成圆形人物还是扁平人物吧！那种从头到尾始终在做一个方向选择的主人公，是偏扁平的；而那种所做的选择有出人意料之处的，则是偏圆的。然后，请再检查一下：你的主人公，如果是扁平的，他是否已经通过一个又一个的选择，被赋予了忠贞/勇敢/智慧/慷慨等特质？如果是圆形的，他这种人所做的每一个选择的内在逻辑是什么？

人物的隐藏逻辑：幕后故事

你的人物是活在某个世界中的，一切人物都有其种族背景、社会背景、信仰背景和教育背景，所有这些文化状况都会大幅度地影响人物的性格，决定他们思考和说话的方式，决定他们的价值观、所关心的东西和情感生活，而影响中国人的文化因素多为：代际因素、地域因素、教育背景和家庭背景。

2007年的《双面胶》，2020年的《隐秘的角落》，2021年的《流金岁月》，都塑造了一类让人难忘的角色，叫作"凤凰男"。

这类角色凸显了"家庭背景"对一个人的影响。《双面胶》中的亚平，《隐秘的角落》里的张东升，《流金岁月》中的章安仁，无论他们是哪一代人，受过什么样的教育，小说家和编剧都认为，原生家庭对他们的影响是最主要的。

《双面胶》里的东北女婿亚平对他的媳妇说："她是我妈，这就是她的家，搁我们那儿规矩，她老了就得跟我过的。你咋对我我都没意见，你要惹我妈不舒坦，我可不饶你！"

我们可以看出这段话中的地域影响和家庭影响。这样一句台词，所对应的人物形象也就呼之欲出了。台词里所包含的思考方式、语言表达、价值观和情感模式，都是非常明确的。"母亲老了要跟儿子一起生活""男人是一家之主""妻子是丈夫的附庸"这些观念，早已在亚平的童年时期就设定好了。

让我们来做一个小小的、有趣的实验：请你试着说一句某地区人民口中的、让人印象深刻的经典台词，你想得出来吗？

北京人说：就这么地吧！爱谁谁！

上海人说：个额宁拎得清！（这个人懂事）

东北人说：你瞅我干啥？就瞅你咋地？

相信你脱口而出的那个地区的独特台词，也是这样。它不仅是一种表达方式，更是一种思维习惯，一种处事态度。北京人自治，上海人讲分寸，东北人都是段子手，都在这些台词中体现出来了。有一个非常有趣的例子：一个人向网友提问，想要夸赞自己上海籍的朋友三观正、根正苗红、疾恶如仇，请问用上海话怎么表达，有没有什么本地说法？这时，某个上海网友回答：上海人一般不因为这种原因而夸奖人的！由此可见，想要渗透到本地文化当中，还真不是学会说几句本地话就能解决的。地域，有时真的代表了一种潜意识当中的文化系统。

你见过有人具备算命先生一般的超能力吗？他只需要跟你接触十分钟，就能大差不差地说出你的性格类型、你的过往经历、你对未来的渴望和你最在意的事情。什么人具备这种能力呢？第一是神探，某些天赋异禀的刑侦工作者，比如说福尔摩斯；第二，有些作家就具备这种读透人心的能力。因为作家深谙人物的"幕后故事"。

人，是很有趣的生物。一方面，我们每个人都认为自己是独一无二的；另一方面，我们却在不知不觉中，长得跟其他一些人相似。我们认为，我们所有的行动都是自己做出的决定，却不料如提线木偶般被命运所安排。

什么是"命运"？所谓的"命运"就是，你是什么样的人，就会去干什么样的事。把设定好的人物放入一定的环境之下，便产生了情节，而把这些情节记录下来，就是小说家干的事。既然我们每个人自出生以来就有了全面的设定，我们的人生情节岂不也是水到渠成？

佛教说"缘起缘灭"。"缘"是什么意思？"缘"就是遭遇，就是遇见。用张爱玲的话说，那就是："于千万人之中遇见你所遇见的人，于千万年之中，时间的无涯的荒野里，没有早一步，也没有晚一步，刚巧赶上了。"这就是"缘"，就是"原来你也在这里"。可是你想过没有？你为什么恰好在这里呢？你绝不是无缘无故出现在这里的！

2005年，北京三里屯，凌晨五点。天色刚开始放亮，酒吧一条街的马路牙子上，有一个年轻人捧着一本书投入地读着，还哗啦哗啦写着笔记。请问：他为什么要在酒吧街的路边看书写笔记呢？因为这位学弟是社会学系的，为了研究年轻人的亚文化而来到这里，所以在一群红男绿女当中，他成了一个另类。经过了一夜的田野调查，天已经亮了，最早的公交车五点半才会来，而他没有钱打出租车回学校，所以就出现了坐在马路牙子上读书的那一幕。那么请问：此刻，在时间的无涯的荒野里，没有早一步，也没有晚一步，他会遇见谁呢？

遇见清洁工大妈，这是非常有可能的。

遇见夜场下班的服务员，这也是有可能的。

遇见失恋的醉汉，坐在马路牙子上大哭，也不是没这个可能。

他有没有可能遇到他的老师同学呢？那可能性可就低了。因为这位同学此时此刻出现在这里，是一个意外，而在我们的生活中，同时出现两个意外的概率比较低。接下来，让我们跟小说家商量商量，这个故事应当如何进行下去。于是，小说家创造了一段"孽缘"。什么叫"孽缘"？就是不应当发生的相遇。假如你跳出了日常安全的生活范畴，闯入了陌生人的领地，你并不熟悉这里的规则，而且这个领地本身带着危险的气息，往往会给"孽缘"的发生创造前提。你不太可能在图书馆遇到霸凌你的社会大哥，可是在凌晨三里屯的街上却有可能。

于是，在时间的无涯的荒野里，没有早一步，也没有晚一步，学弟遇见的是一位社会大哥。在这位社会大哥的胁迫下，出现了这么一个场景：学弟在凌晨五点的街头上扫大街，身上带着伤，挂了彩，一边扫，一边哭。你看，这些都是"孽缘"造成的后果。然而，你无法改变缘分，却可以影响结局。学弟很快摸清了社会大哥背后的本地黑恶势力的组织构成，帮助警察破获了多起案件，同时，还完成了一篇卓越的社会学论文。于是，那个凌晨五点坐在酒吧街马路牙子上埋头看书写笔记的青年，成了一代传奇。

以上事件，小说家创造出来的扁平人物是清洁工、服务员和失恋的醉汉，而他所创造出来的圆形人物，就是这位学弟。因为前面三者很寻常，寻常到跟其他相同处境的人差不多，可主人公却并不寻常，因为他跟其他人有迥然不同的人生轨迹。

真实生活也许是这样安排这段剧情的：学弟安然无恙地写完了论文，顺利找到了一份体制内的工作，娶了老婆，生了孩子，还当了处长，逐渐忘记了他写过的论文。然而，小说家则偷偷换了剧本，安排他去做警察的卧底，给了他一段完全不同的人生。

所以你应当认识到：小说家和上帝一样，都是造人的。上帝是我们这个世界中第一个出场的小说家，他在根据一个人的性格安排未来的这方面，可以说是毫厘不差，把握得相当精准；小说家则是迷你上帝，他经常可以代替上帝对人物做出某些安排。一个好的小说家所创造出来的人物，是让上帝都感到满意的精品。而为了让小说家成为更称职的上帝，我还要教给你两个概念：幕前故事和幕后故事。

那些在小说中被写出来的故事，叫作"幕前故事"。没有被写出来，却切切实实在主人公生活中发生过的部分，则是"幕后故事"。

海明威是一个给幕前故事中的人物添加幕后故事的高手。他有一个著名理论，叫作"冰山理论"：水底下的部分占整座冰山的八分之七。水面上的是幕前故事，水底下则是幕后故事。所以海明威告诉我们：尽可能地把更多情节都转化为幕后故事，这样，你的幕前故事才会引人入胜。

你的幕后故事越精彩，你的人物越丰富、越真实、越感人，你信吗？

回到学弟的故事。假如我们的故事从年轻时候的学弟坐在路边看书写笔记开始，接着是一段"孽缘"的开启，他莫名被卷入一场贩毒事件，饱受某个他怎么也打不过的大哥的摧残。这时，我们把学弟实际上是高等学府里的高才生，为了科研目的来到此地的前因后果，变成了他的幕后故事。我们单单把他描绘成一位被厚眼镜片遮住半个脸的"四眼狗"，而且始终不告诉读者关于他身份的真相。

接下来，学弟用智商和能力战胜大哥的过程，是不是会逐渐地把你掩藏起来的幕后故事揭露出来？在刀口舔血的危险情境下，在一次又一次较量当中，学弟把他的才能发挥到了淋漓尽致。于是你会发现：只有某些人才会做出某些事。只有这样一个满腹经纶、智商超群，又曾经由于社会学调查而深入各种族群的核心、学会了一系列江湖黑话和地下世界行为规范的，既正直又狡猾的人物，才能成功骗过阅人无数的犯罪集团头目，取得信任，并且在关键时刻给予其致命一击。

与此同时，只有大哥身边原本最受宠的那个小弟，才会对这样的人物产生极端反感的心理，想方设法与之为敌；只有对地下世界的游戏规则颇为厌倦，并且盼望着能迎来命运转机的少女，才会成为其坚定不移的盟友；只有沉默寡言却资历最老，跟随集团干过最多坏事的扫地大妈，才会察觉出不对劲，对其暗中观察。

看，我们已经为这样的一个故事，备齐了最必要的一些关键人物了！我们是怎样得出来的这些结论呢？我们是通过询问自己"哪些人会干哪些事"这个问题得出来的。他的文化、他的地域、他的背景、他的性格……他的一切，都是他的幕后故事。只要根据"幕后故事"一直在问"他会干出什么事"，你就会像上帝一样，一步一步地让他陷入命运的牢笼。同样，只要你对人物进行不断追问，那你也能获得作家"知人论世"，看到一个人就能猜到他来龙去脉的特殊本领。

蜂蜜与毒液：塑造难忘的经典人物

理查德·科恩的《像托尔斯泰一样写故事》这本书中，有这样一段话：

最成功的人物应该是无法预测的，若安排人物做出与设定性格相悖的事情，一定会有所收获。最能引发共鸣的伟大创作尤其如此：蜜蜂为了防止蜂蜜变质，要加入一滴毒液，好的作品也需要。

那些经典又经典、让人永远难忘的故事人物，往往是这样塑造出来的。

让我们仍然以前面的例子来举例：一个年轻人凌晨五点出现

在三里屯，而后来深入犯罪组织。在这样一个故事里，我们所能看到的全是"蜂蜜"。怎么讲呢？我们赋予人物的任何特点，都是他身份里所包含的**必然**。他，必然聪明，必然正直，必然不凡。这样一部小说大概会很好看。可是你如果要追求神级技能，你想要塑造让人永生难忘的人物，那么，你的这位主人公还差了点东西。差了点什么呢？差了**毒性**。

"毒液"，就是好人的致命弱点和坏人的致命优点；就是懦弱者的刚强，淫荡者的纯真，温柔的人的残酷；就是一个冷心肠的人，突然燃烧起来的热度；就是一个厌倦尘世的人，最后抛向人间的热情；就是一个权势滔天、光芒万丈的人，不为人知的苍凉；就是所有人都以为他必然是这样一个人，而他给所有人迎头一击；就是一只蝴蝶掀动翅膀，要飞过沧海。

这些是什么意思呢？所有这些，就是你的人物身上，那种让读者感到万分意外的特征。比如：一个顶好的人，拥有一个极大的缺点。让你的人物跟他自己的缺点不断地斗争，一直到他战胜他的缺点，变成另一个人，或者让缺点战胜他，把他带到沟里。

为什么要给好人安排缺点？

请问你会喜欢一个没有缺点的人吗？中国明朝有一位文人叫张岱，他说过："人无疵不可与交，以其无真气也。"疵，就是瑕疵。我们不能跟没有瑕疵的人做朋友，因为这样的人，我们在他身上看不到人性。而当我们盘点我们喜欢过的那些人物，我们会很惊讶地发现，我们喜欢他们，多半不是因为他们的优点，而是因为他们的缺点。我举几个中国古代戏剧的例子，在中国古代几千年的煌煌文明中，最脍炙人口、最受欢迎的那些戏是什么？是

《醉打山门》，鲁智深喝醉了酒回来，不仅把山门打烂，而且把庙里所有的和尚都打了一遍。最终，他必须接受"任性"这个缺点给他的惩罚，离开五台山。是《贵妃醉酒》，一个贵妃，一个为全天下景仰的女人，她不仅喝得醉醺醺的，而且内心充满了嫉妒，绝对不允许任何女人靠近他的男人。这正是表现她的缺点的一出戏。

我们就是喜欢看一个勇者肆无忌惮地发泄他的任性，我们就是喜欢看一个完美的女人卸下她平常的伪装，变成一个平凡女人的样子。因为通过这样的行动，我们跟他们突然地亲近起来了。当我们盘点那些经典的人物形象，我们惊讶地发现：安娜·卡列尼娜是一个出轨的女人，阿Q是一个乐观的傻瓜，小龙女不食人间烟火，完全不通世故，唐僧又软弱又啰唆，《生活大爆炸》里的谢尔顿听不懂人话，《哆啦A梦》里的大雄懒惰又懦弱，超人把内裤穿在外头……总之，我们都是因为这些人的缺点而记住他们的！

而给一个顶坏的人安排一个巨大的优点，一个骇人的长处，给一个冷酷无情的人安排一种销魂蚀骨的深情，也会达到让人疯狂的效果。

我有一个学妹，她心心念念、思之如狂的一个人物，就是扮演《东宫》里李承鄞的那个演员。只要提起这个话题，她就像初恋的小女生念叨自己心心念念的暗恋对象一样滔滔不绝。而且她坚信：那个演员身上有着让人疯狂的魅力。其实，小说《东宫》所塑造出来的李承鄞这个人物，才是这位男演员的魅力之源。

《东宫》的故事是这样的：太子李承鄞在西域出色地完成了

政治任务，灭了少数民族突厥，又迎娶了西凉公主小枫为太子妃，和亲回朝。可是，小枫的外祖父是突厥的可汗，小枫的阿娘连同她所有外家的亲人都死于李承鄞之手。恋爱的故事，就在这样的背景下展开。

我学妹说，看剧前她的想法是"李承鄞就是个坏人，赶快去死吧"，可是看完剧，她的想法却变成了"又爱又心疼李承鄞"，恨不得钻进屏幕里抱住李承鄞。为什么她会有这种转变呢？因为李承鄞，这样一个天生的冷酷无情的政治人物，竟然对一个女人付出了绝望的真心！这种意外，足够打动很多观众的心。

这就是蜂蜜里的毒液。

在《东宫》小说里，还有一个神奇的设定：和亲回来的路上，绝望的小枫跳崖自杀，李承鄞跟着跳了下去。二人双双喝了忘川的水，彻底忘记了曾经发生的一切。因此，小说的前半部分是在少男少女的恋爱故事中展开的，你会在一些细节中发现两个人彼此之间深深的爱。所以有人说，这是一部甜剧。也就是说，这是"蜂蜜"。直到忘川水失效的那一刻，小枫突然想起来过去的深仇大恨，李承鄞的真面目曝光，一滴"毒液"终于在蜂蜜中绽放！太爽了！读者感到撕裂般的疼痛。有人评价，匪我思存是后妈式写作，最擅长虐读者，让读者心痛到无法呼吸。现在，你也知道原因了，是因为"她的蜂蜜里有毒"。可是，有毒的蜂蜜才醉人呀！

像"毒液"这样的说法，其实跟罗伯特·麦基在《故事》这本书中的一种说法不谋而合。他说："引人入胜的人物是多维的。"什么是人物的"维"呢？麦基的回答是："维"就是矛盾。

"引人入胜的人物是多维的"其实可以翻译成"引人入胜的人物都是若干矛盾的统一体"。你不难发现，如今的读者都有自己特别喜欢的"维"，其中最喜欢的"维"，叫作冷酷与柔情。曾经有一阵子，"霸道总裁"这种人物形象很是流行。网络上的"霸道总裁语录"一般是这样的：

女人，我允许你喜欢我！除了白头到老，我们没有别的路可选了！

谁要把你从我身边抢走，除非从我的尸体上踏过去！

不许哭！连你都是我的了，更不用说你的眼泪了！

这些看起来很尴尬，却成了大家耳熟能详的名场面，可见还是很有感召力的。这样的台词之所以塑造了经典的人物，就是因为它在我们很喜欢的"冷酷+柔情"这一维上。这样的霸道总裁，堪称是漫画式的铁骨柔情了！

像这种我们最喜欢的"冷酷+柔情"的人物维，构成了作品中的"甜"与"虐"的质素。真正好的甜剧是要有"虐"点的，要不然甜度出不来。于是我们知道，"虐"的真正目的是为了甜。我之所以如此冷酷如此残忍，是为了让我爱你这件事更加宝贵，为了让你更加与众不同。

除了"冷酷+柔情"，还有什么受人欢迎的维呢？

"不正经和正经"也是一个爆款维。"痞帅"却有一颗正义的心，经常触犯小的规则，却大节不亏、忠肝义胆。这样的人物你能想到谁呢？《局中人》当中的沈放，《和平饭店》中的王大顶，

《麻雀》中的陈深，《无证之罪》中的严良……我们的作家和编剧在这个维上，塑造了不少优秀的地下工作者，还有能跟坏人斗智斗勇、卧底于敌人内部的警察！秦昊、黄景瑜、雷佳音乃至谢霆锋等男演员，不都是在这个维上成名的吗？

劳伦斯·布洛克的小说《八百万种死法》，成功塑造了一位痞帅主人公马修。他从警察队伍中退役，酗酒，贫困，但是他为了一个纽约妓女的死因而追查到底，甚至到最后跟手拿大砍刀的凶手贴身搏斗。著名导演侯孝贤说："我年少混街头但没有混到顶的遗憾，在读马修时皆获得满足。"那么问题来了，已经是那么大的导演了，他的遗憾却是没有混成顶级的街头混混，这是为什么？你读一读马修就明白了：他哪里是什么混混啊！他分明是正义的化身。之所以拥有街头混混的形象，只不过是为了在"不正经＋正经"这一维到达人物魅力的巅峰。假如拥有一个卓越人物的内心，却能在"街头混混"这一维混到顶，那将是多么魅力十足的人物啊！

那么问题来了：为什么有的人表面冷酷，实际柔情？为什么有的人表面是个小痞子，内心是个大善人？这种事情是如何发生的？世界上真的有这种人吗？既然我们笔下的人物都应该是现实世界当中跑出来的活人，那么我们是否应该搞清楚他们为什么长成了这样的怪胎？

对这一点，罗伯特·麦基解释得不错。他说："一旦我们明确地了解了人物的欲望——不仅是自觉的欲望，在复杂人物中，还要了解其**不自觉的欲望**——这个人物就获得了生命。"

《八百万种死法》当中的马修，他自觉的欲望是喝酒和搞钱。

他每天都渴望着酒精，请你理解一个酒精成瘾者的内心。同时，他还很穷，又必须给前妻和孩子们寄钱，所以他总是利用一切机会去挣点小钱。那么，马修的不自觉欲望是什么呢？是除暴安良。他早就辞职不干警察了，说明他主动放弃了这条职业道路，原因很简单，因为这条道路充满了危险和心碎。他的子弹曾经误伤一个小女孩，虽然没有人处罚他，可他内疚到无法正常生活。"除暴安良"从他的自觉欲望中清除了，但就此潜伏下来，变成了他的不自觉欲望。所以当他遇上命案，内心的正义感立刻让他揽下了这件事，因为他见不得暴徒夺走普通人的生命，他要消灭那个暴徒。

你发现一个规律没有？这些复杂的、让我们感动的正面主人公，都有一个特点：他的自觉欲望不怎么高尚，但不自觉欲望却光芒四射。

你又发现一个秘密没有？就是当一个人既有自觉欲望，又有不自觉欲望的时候，我们会情不自禁地，用他的不自觉欲望去定义他的本质。

为什么？

那还用说吗？

让我们反过来想想：假如一个人表面上是一个好丈夫、好父亲，可就是控制不住自己杀人的欲望，在给老婆做饭、送孩子上学的路上，侵犯杀害了二十多个妙龄女子，你说他是好人还是坏人呢？假如一个人表面上正儿八经，西装革履，每天在讲台上讲公理道德，却压抑不住自己咸猪手的欲望，因侵犯女生被举报失去了教职，你说他是君子还是流氓呢？

如果一个人物的不自觉欲望和自觉欲望之间发生了巨大的矛盾，那就说明，他的不自觉欲望是他努力泯灭，却无论如何也压抑不住的真实欲望。那是他深层的渴望，是他灵魂的呐喊。这不就是反映了一个人的本质吗？

所以，关于塑造人物的维，我们要记住这样一种"蜂蜜与毒液"的方式：想要塑造一个复杂、真实又动人的人物，为他创造一个"维"吧！为他安排一种跟表面的品质截然相反的深层品质。如果你要塑造一个好人，他的自觉欲望可以是坏的、平凡的、自私的，他的不自觉欲望却是崇高的、真挚的、忘我的；如果你要塑造一个坏人，他的自觉欲望应该是冠冕堂皇的、正派的、颇具迷惑性的，他的不自觉欲望则是见不得人的、邪恶的。

* 把认识的人写进故事的方法

你想过把你认识的人写进小说吗？

其实这是我们作为小白选手非常关注的一个问题。因为我们在生活中，都曾遇到过一些给我们深刻印象的人或者事。我们都曾经有过这样一种想法：假如我将来要写小说的话，我可得好好写写这个人！这些人，有的是你的仇人，有的是曾经的恋人，还有一些是你看不惯的人，或者景仰的人，或者是一些你认为很特别、很神的人，而要把这些人写进小说，一般有两种考虑：

第一种："我太爱他了！"或者"我太恨他了！"。我的这种感情实在跟别人说不清楚，所以，我要借助小说这种方式，把这种感情写出来！我要把他的可爱或者可恨之处写出来，让所有人共享我的感情，理解我的感情！只有把这个人、这件事写出来，我才能跟自己和解，跟这段经历和解！

第二种考虑是："那个人老有意思了！无论在哪里都是一个引人注目的家伙！他老是让我搞不懂！我想，他应该是天生的小说主人公，每个人都会被他的行为举止搞得迷惑不解！我如果把他写出来，一定会给我的作品加分！说不定会让我红！让我的小说大卖！"

也就是说，你有可能是为了安慰自己而去写认识的人，也有可能是为了写好小说本身，而去关注这个人物。最终的结果如何呢？多半是失败。失败的原因何在呢？

出于爱或者恨去写小说的时候，作者几度痛哭流涕，可是其他人看了全都无动于衷。"我明明把他的可爱之处全都写出来了，可是别人都不觉得他有什么可爱的。你看，他嘴角有颗小痣，多俏皮啊！他说话的时候喜欢咬舌，从此以后，我听到咬舌音就会心跳。现在你知道我为什么爱他了吧！"对不起，别人不知道。至于那种认为人家很有意思，就把他写进小说的作者呢，你有没有想过，他有意思的点在哪里？"那个人啊，他好逗啊！他暗恋一个女生，就天天到人家女生朋友圈盗图，发到自己朋友圈里，所有他的朋友都以为他们俩在谈恋爱……难道这个故事不好玩吗？"对不起，不好玩。

这是自嗨型写作。归根到底，还是你没有掌握写人物的窍门，你没有意识到哪些属于你的私人经验，哪些才是读者真正感兴趣的。而且，你更没有掌握，把自己的私人经验变成公共情感的密码。

每一个写故事的人都需要知道：一个人物并不是越帅、越美、越有钱、越奇怪就越好，那些在日常生活中引起你惊叹的质素，在故事的世界中全都不值一提，无法引起任何关注。在你把你认识的人物，转化为大家需要认识的人物时，之所以出现巨大的困难，很大一个原因是：你其实也并没有真的了解这个人物。

作为作家了解一个人，和身处社会关系中了解一个人，是不同的。这样一种过程，有点类似你对父母的重新发现。在你生命中的很多年,你对你父母的看法可能是:我爸好了不起啊!他会给我买汉堡!我妈好凶啊!不让我吃糖!后来呢?——我老妈好土啊!她什么明星都不认识!再后来呢?——我爸好厌啊!混到四十岁了还只是一个科长。然后呢?——我爸妈竟然拿钱出来给我买房子!我好感激他们呀!到了一定时候,你就会发现,原来父母既不光辉伟岸,也并非一无是处:他们身上带着自身阶层、知识、地域、文化的烙印;他们跟邻居家的父母既有相同之处,也有不同之处;他们人生既有成功,也有失败之处……当你能够像一个陌生人一样,客观评价父母的时候,你才真正成熟了,在精神上脱离你的原生家庭了。当此之时,你比任何人都清楚他们的困境、他们的难处,也会清楚地看到他们的局限。可你,还是爱他们的。

作为一位作家,看待身边的任何人都要用这样一种方法,去重新评价他们,向自己提出几个问题:

1. 他是谁?也就是外人用来评判他的标志物,比如他的地域、年龄、身份等等;

2. 他最像他自己的部分是什么?也就是他身上迥异于他人之处。他在他的环境中,超乎环境的那一方面特质是什么;

3. 他是因为什么原因而过得不好?或者不幸福,感到忧愁的?

前两个问题,显而易见,能够帮助我们快速地勾勒出这个人的形象和特质,可是,为什么我们要特别提出第三个问题?是因为,我们要努力寻找这个人物身上的**矛盾**,正是这种矛盾的充沛和强烈,才让他走进我们的故事,成为一个有趣的人物。

那个让我魂牵梦绕的学长,他的特点难道只是帅、家里有钱和学习好吗？假如他跟一切帅的、家境好的、成绩好的男生一模一样，没有任何矛盾和焦虑的地方，那么抱歉，他只是你一个人的心头好，而不能成为故事里的男主角。故事里的男主角应该是什么样的？假如你喜欢的是阳光开朗、外向活泼的大男孩，有一个人物值得让你思考。

青春文学作家八月长安的《最好的我们》，堪称最为健康的青春偶像剧了。这里面的男主余淮，是不是一个没有缺点的人呢？当然不是。余淮的缺点在于他太有担当，太有责任感了！也许你要说，这不是优点吗？其实，你相信吗？一个人的优点和缺点，可能是一回事。余淮这个人，打心眼里就认为，我要是喜欢谁，我就必须保护谁！我跟谁有关系，我就要为她的一切负责任。他的这个特点，是不是特别吸引你？也正是这一点，特别吸引女主角耿耿，所以他们俩才成了一对校园恋人。可是问题来了——正因为他太有担当了，所以他初中的时候主动去跟别人都不待见的女生坐同桌，却让所有人误以为他早恋；也正是因为他太有担当了，所以他最后竟然放弃上清华的机会，选择上本地的大学，以便照顾生病的母亲，而且在耿耿面前消失……

以上这两件事，都给女主耿耿的心理和生活造成了巨大困扰。也正是这两件事，最为体现余淮这个人物的"核心"：在他身上，有担当和有责任感的品质，已经可以被称为"奋不顾身"，也正因如此，对自己、对最爱的人造成了伤害。

现在，你有些了解"核心"这个词的意义了吗？核心就是某个人的核心性格，既带给他幸福和甜蜜，也带给他痛苦和不幸，可他就是改不了的那一部分。所谓的"性格决定命运"，就是这么回事。A 的悲剧不可能在 B 身上发生；B 可能羡慕 A 的生活，可是也不能取而代之；有些事降临到某些人身上是福气，降临到另一些人身上就是灾祸……所以，我们通脱的民间智慧早就知道：一人有一人的命。

有些人具有像算命先生一样神准的眼光。当你经过长期的训练，从"找核心"这个角度去审视身边的每一个人时，你会发现很多耐人寻味的规律：假如把具备某种性格特质的一个人，放入某种特定的环境中，他将何去何从，这件事是可以预判的。

春秋时期的范蠡有三个儿子，老二在楚国杀了人，被关进了死囚。范蠡就搞了一车黄金，准备让小儿子去行贿，好把老二给救出来。可大儿子非要去，范蠡说，不行，你去了你弟弟就一定得死。可最终拗不过，还是让大儿子去了。果然，没救下来，老二被斩首了。为什么范蠡会猜中结局呢？因为他太了解大儿子了。一车黄金送出去以后，以艰苦朴素著称的大儿子是很心疼的，所以在附近逡巡，对办事的人猜疑不已。最后惹怒了人家，退回了黄金，没有保住弟弟的性命。要是换成花钱如流水的小儿子，准没有这种事了！

范蠡的这种本领，就是你要掌握的本领。当你把握了一个人物的核心，他就走出了你的个人经验，变成所有人的主人公。因为他可以生存在你给定的世界中，在巨大的压力下，呈现出他这个人最为光辉或最为纠结的一面，这才构成了引人入胜的故事。

系列电影《志明与春娇》《春娇与志明》《春娇救志明》你看过没有？张志明喜欢吃便利店的肉酱意粉；余春娇让张志明睡觉前放条湿毛巾在椅子上，这样房间不会那么干；张志明让余春娇外出记得带哮喘药;张志明为余春娇从各个咖啡馆收集了各式各样的砂糖包,因为在化妆品店工作的余春娇有时要用砂糖擦脸;看恐怖片的时候,余春娇会闭上眼睛,让张志明给她讲……所有这些细节,都让我们有身临其境的感觉,所以,这个世界上有不少人相信:志明与春娇,实有其人。

值得一提的是,电影中出现过余春娇的邮箱地址,后来,这个信箱里就收到了不计其数的观众来信。他们当中的每一个人,在理智上知道余春娇纯属虚构,可是在情感上却对她产生了依恋。为什么会产生这个效果呢?

编剧在一开始写这部电影的时候,就试着把自己的生活经历都融汇其中。他说:"我对《志明与春娇》特别钟情,其实故事皆来自我的生活小细节。"正是这些"生活小细节"激活了这部作品。作者不认识春娇,也不认识志明,但是春娇身上有他过往女朋友的影子,志明身上也有他自己的影子,这样也算作是"把认识的人写进小说"。

于是,我们有了除"我爱他"和"他很特别"以外的第三个理由,那就是,他让我们触摸到了生活当中的某些细节。这些细节没有什么大是大非、大忠大烈,可就是真实而且带感,容易引起人们的共情和感动。如果你能把这些细节呈现出来,相信观众或者读者会跟你一样,深深地理解这些细节背后的生活。

日剧《东京爱情故事》当中,莉香在所爱的完治面前极为羞涩,吃完了樱桃却不好意思吐出樱桃核,就咽了下去。这一个小小的动作,成为一代观众再也忘却不了的经典。韩剧《请回答1988》当中,中学生狗焕的好友柳东龙被小混混劫持了,狗焕非常担心他，就一直跟在后面，想着怎么样上前打架。可是狗焕跟了一路，比画了一路，却始终没有勇气上前喊住小混混，反倒最后被小混混发现了他。国剧《人世间》当中，在大学里工作的周蓉为了分房子的事儿，相当不情愿地给苗处长送了礼，最后还是没有分到房子。于是她就去找苗处长，把礼物要了回来。这些作品都充满了生活的质感，而这质感来自细节，细节则来自作家的生活经验。也就是说，作家笔下经常会冒出来他认识的人身上发生的事儿。

如果说你掌握了一个人物的核心，就相当于把他整个地搬到我们的作品中，那么把一些细节写进作品，就像是把一些人零零碎碎地放进来。你生活中的人物，经过这一番乾坤大挪移，就会变成小说里活色生香的人物了。

而当这一章进行到尾声的时候，相信你已经心知肚明：该如何调整你的主人公，使之变得正确、恰当、感人、复杂、深刻和有魅力了。

第4课

故事的进展:
完成人物配置

你的作品很难由一个人物构成,虽然你可以做到人物尽可能地少。海明威的小说《老人与海》,一个老人孤独地在一条船上跟鲨鱼搏斗的故事,好像只有一个人,但这个老人还在不停地念叨着一个小男孩的名字,小男孩虽然戏份不多,但也是一个角色。《鲁滨逊漂流记》是一个人的荒岛生存,毕竟他还拥有一个土人奴隶叫星期五。《一个陌生女人的来信》写了一个人坐在那里读信,没有发生任何别的事情,也没有任何人走到房间里来,可这封信里,提到的人物还挺多的。

所以我们要研究:如何安排除了主人公之外的其他人物角色。

在你的大纲中,除了主人公,一定还出现了别的人物。这些人物是怎么来的?假如你的主人公写对了,别的人物你写得对不对呢?我们仍然从类型入手展开分析。在不同类型的写作中,如何安排我们的配角?

接着请检查你的作业,有没有一个除了主人公之外最重要的人,这个人是谁?他的作用是什么?如果你告诉我说,我写的是一个家庭题材的故事,就像《父母爱情》那样的,主人公是我妈,另一个重要的人,当然就是我爸了。他们俩在一起相依相伴，从来没有吵过一句嘴。那么，我要跟你说，要么你还缺少一个重要的角色，要么你爸爸就不能不跟你妈妈吵架。在"家庭伦理"这种类型内，事件是琐碎的，矛盾是温和的，一般来说是不会出人命的，但是第二重要的人依然要跟主人公打架，因为，没有矛盾的剧情是发展不下去的。

围绕主人公去安排你的配角，是作者进行人物配置的基本功。

如何塑造一个反派？

让我们来到那些高概念的类型。什么是高概念？就是情节紧张、冲突激烈的作品，简单地说，就是好人打坏人的作品。"高概念"所涉及到的类型，可能有警匪、谍战、商战、武侠、战争等，在科幻的领域内，像《三体》那样的作品，地球人跟三体星人打仗打了多少万年，也是高概念的。《飞向太空》，一部幻想人类太空旅行、关于飞行员如何面对孤独的电影，就不是高概念的作品。好莱坞整体非常高概念，美国电影和美剧基本上都立足于这种"好人打坏人"的基本模型。

在一个高概念的故事当中，除了主人公之外，最重要的那个人是谁？我想你已经知道答案了。主人公是好人，第二重要的人就是那个坏蛋。既然出版审查和影视审查都已经规定了：坏人不能当主角，那这个好人打坏人的故事，已经把主人公和次主角固定了。如果你写了一个好人打坏人的故事，那么，这个故事成功的关键是什么？我们会发现一个屡试不爽的真理，好人打坏人的故事有多成功，取决于这个坏人有多坏。为什么？在塑造主人公的道路上，压力越大，选择越痛苦，越容易塑造成功的主人公，而坏人呢？就是那个"压力"。

在你的大脑里，一定有一个很长的坏人名单，他们都是那些成功的文艺作品所塑造的让你念念不忘的人物。在这里我想提到一部古早的电视剧，那就是被称为"港剧之王"的《大时代》。这是一部商战片，虽然是1992年的作品，可是迄今为止，还没有任何一部商战片超越《大时代》的高度。其主要原因，就在于这部剧最伟大的创造：它创造了一个坏人叫"丁蟹"。

我想我们每个人首先应该了解一下什么是坏人。有几种了解的途径。第一种是研究那些经过网络和新闻曝光的恶性事件的主人公。杀人的、纵火的、贩毒的、出轨还振振有词的、PUA女性的、P2P跑路的、电信诈骗的、拐卖人口的……如今我们很容易就能在网络上找到详尽的新闻报道，找到微博爆料，找到采访视频。而当你做一下这样的研究工作，既看到他们做过的事，又知道他们说了什么，你就会发现，作为一个好人，去凭空想象一个坏人的内心世界，几乎是不可能的。一个好人根本想象不出来坏人的思维逻辑。好人跟坏人之间的差异，可能比人和狗的差异还大。你跟坏人，在人生的立论上，在逻辑上，在下意识的反应上，在做任何事情的出发点上，都毫无共同之处。作为作家，首先要认清这一点，因为靠想象去创造坏人，是我们在写作时必然要犯的错。

"你看看，你看看，这个可怜的小姑娘被你害成了这个样子，你知道你错了吧？"

"他犯了什么错？你为什么要这样对待他？"

"你看看你这么做,不仅害了别人,也害了自己!"

每一个在看新闻的好人,经常会这样想。假如带着这种想法去写一个坏人,你必然会遭到彻底的失败。你需要改变你的思路。你所提出的问题,对坏人来说,根本就不是一个问题。很多坏人有反社会型人格缺陷,他们不会忏悔,不计后果。

第二种了解的途径,就是去盘点和研究经典作品中的坏人形象。对于坏人的心理,前辈作家当中有很多人已经研究透了!

第三个办法,就是找一些书来看:《犯罪心理学》《变态心理学》《当良知沉睡:辨认身边的反社会人格者》《穿西装的蛇》等。

当然还有一种方法,就是请你回忆所有那些在你的前半生令你感到痛苦的人,给你造成灾难的人,对你使过绊子的人,他们的特点是什么?因为很有可能,他们就是反社会型人格障碍者。这种人并不罕见,据科学家的研究,他们在人群中所占的比例是4%,在男性中高达6%。

坏人的共同点是什么?他们最大的共同点,就是对他人的痛苦缺乏同理心,很少感到愧疚。除此之外,他们千差万别。而且,他们不一定那么容易就被认出来。那种脸上贴着标签,让人一看就知道是个坏蛋的,只不过是其中的一小部分。而且,由于坏人普遍存在,你碰到坏人的概率很大,也许你的亲人、亲密伴侣、朝夕相处的同事,他们就是这种人。所以你的生活阅历并非不丰富,如果写一个好人打坏人的故事,这些经验都是能用得上的。

让我们回到《大时代》中的丁蟹。这部剧之所以成为无法逾越的高峰,就是因为创造了"丁蟹"这么一个人物。我们一般人的认知是，如果爱一个人，一定会想方设法给她幸福。可要是谁不幸被丁蟹爱上了，那可就惨了。有句话说得好："丁蟹报仇，点到为止；丁蟹报恩，家破人亡。"在这部剧里，丁蟹打死了最好的朋友方进新，为此出逃海外，当他终于能够跑回香港，到方进新的坟前上坟的时候，他把方进新的坟打扫了一下，然后感叹："这个世界上只有我对你最好，也不知道是不是老天爷特意让你早死，好让你明白谁才是你真正的好朋友。"说这段话的时候，他眼含热泪，满腹辛酸，他是真心真意的。所以，这个人被称为一个脑袋多次被门挤了的人。甚至有人怀疑他不是坏人，他只是认知出现了偏差。但是马上就有人反驳，不对呀，他肯定是坏，不是傻，因为他维护起自己的利益毫不手软呢！从罗慧玲十七岁时，丁蟹就爱着她了，这份感情一直到玲姐死都没有改变，可是玲姐一生中所有的灾难都是他带来的，就连死，也是被他害死的。他是一个手上有好几条人命的人，可是他的口头禅是什么呢？他经常说："人善人欺，天不欺啊。"

这个坏人，是不是刷新了你对坏人的了解？当你说一个人"满口仁义道德，做事却心狠手辣"的时候，你常常会以为，这个人城府很深，早就学会了一套让自己在他人面前赢得好感的话术，所以他够虚伪，他所说的话和他实际上奉行的原则是割裂的。可是当你认识了丁蟹以后，你就知道自己的想象力还是弱爆了，根本不是这么回事。丁蟹有什么城府啊？他只不过是发自肺腑地认为，自己是好人，被他打死的方进新才是邪恶的一方。

现在让我们回忆一下我们身边的坏人。是不是他们每一个人都挺不一样的？他们从来不按照剧本来，当他们想要害人的时候,他们也从来不冷笑一声,"哼哼,这下让你尝尝我的厉害!"坏人也有感情,甚至也有所爱的人,有的坏人相当有趣,有的充满魅力,能让你心甘情愿听他的,甚至在明知道他做了坏事的情况下,还愿意选择原谅他。《大时代》创造了丁蟹,这是一个活的坏人,他任性、偏执到了极点,自私自利,认知错乱,脑回路与众不同。用现在的话说,他就是一个大写的"奇葩"。很多人看了这部剧,都想把丁蟹揍一顿,甚至有人专门写了小说去揍丁蟹。如果你塑造一个坏人到了这份上,你的作品一定是大获成功。

那我们来想想这个问题:像丁蟹这样的坏人是怎样被塑造出来的?现在我们就要知道创造反派的三大原则了。

第一条原则,是势均力敌原则。你的反派一定有强大的能力,把你的主人公折磨到底。他打死了方进新,害死了方进新的三个女儿,逍遥法外,还发了大财,又害死了玲姐,一直到所有人都死了,他还活着,我们禁不住感到,整个方家的人再加上玲姐,都不是他的对手,再来一打,也能被消灭。就是因为反派如此强大,这个剧才变得好看无比。

第二条原则,是价值相反原则。请拿出一张空白草稿纸,写下来:你要通过你的主人公树立什么样的价值。同时在旁边一行,写下来与它相反的价值。你的主人公是真实,反派就是谎言,正面人物是白手起家,自食其力,反派就是不劳而获,贪人便宜。还有,你的主人公有什么样的长处,这个反派一定有办法去针锋相对地消解它。在《大时代》中,蓝洁瑛所扮演的罗慧玲是一个什么样的人呢?她纯洁,美丽,无私奉献,为了爱能付出一切。但是有丁蟹在,有丁蟹的神逻辑在,爱是不可能的。方进新又是一个什么样的人呢？他仗义，正直，充满理性。可是丁蟹一定要用自己的假仗义，来把大家的脑子搞乱，把理性彻底撵出这个世界。

在一个正面价值的对立面，未必只有一条负面价值，有的与之针锋相对，有的则只是构成矛盾。越是高概念的作品中，就越会出现针锋相对的价值。有人想要重振中华，扬我国威，就有人要卖国求荣，把侵略者引进山海关。这两个人只要碰上了，不是你打死我，就是我打死你。而在另外的类型中，一个职场剧，主人公在工作上做出了很多业绩，眼看就要升迁了，这时候坏人出现了，给他搞了一双小鞋穿。正面的价值是凭着能力获得认可，与之相反的价值则是人际斗争。虽然是斗争，可是不杀人。

第三条原则，是贴着主人公创造反派的原则。你的反派不是凭空而来的，他是根据你的主人公创造出来的。坏人不能瞎坏，要紧紧地贴着主人公坏。他跟你的主人公的相遇，是前世冤孽，今生来还，他人生的全部意义，就在于遇见你的主人公，给他捣乱。

请好好体会这三条塑造反派的原则。

现在，我们有了主人公，又有了大反派，这两个人物的扭结，就足以把故事贯穿下来了。其他的人物怎么办呢？我想我们应该记住，塑造全部人物的基本法则，这个法则就是"主人公中心制"。每一个人物，都是根据主人公的需求而创造出来的。

在高概念的作品中，我们可以把全部人物列成两类，第一类，是协助主人公完成他的使命。第二类呢，是阻止主人公达到他的目的。如果一个人，不在这两类当中，那这个人物就是多余的。如果你所写的作品并非高概念，那只要记住，价值不需针锋相对，矛盾不需你死我活，但是仍然要遵循主人公中心制，贴紧主人公来创造人物。举个例子，一本韩国小说，《82年生的金智英》，只不过在写女人从小长到大的那些事儿，人物也不过就是自己的亲人、同学、同事，或者大街上遇见的路人甲，可是从头到尾，在她生命的每一个阶段，都有小坏人跑出来捣乱。这些小坏人，就像太阳系中围绕太阳旋转的八大行星，没有太阳它们就不会存在。

故事训练第四步：

安排主人公身边的配角

关于如何安排主人公身边的配角，让我们从一些畅销的作品中找找灵感。让我们化身为这些书的作者，扔掉我们的读者身份，完全从一个作家的角度，研究一下，这些书是怎么写出来的，让我们从头开始，把这本书再创造一遍。

东野圭吾是日系推理的大师，迄今为止，他写下了近百本推理小说。现在让我们拿起一本他的小说《梦幻花》。在作者的创作手记中，他告诉了我们这本书的灵感从何而来。牵牛花是开不出黄色花朵的，可是在日本的江户时代，曾经出现过黄色牵牛花，为什么现在反而没有了呢？因为能开出黄色牵牛花的种子是一种致幻剂，它会令人莫名兴奋，长期食用会导致精神失常，所以当局故意销毁了种子，禁止黄色牵牛花流传，就像禁止人们种植罂粟一样。那，在这个设定之下，我们来讲一个什么样的故事呢？现在，在东野圭吾面前，浮现出来了两个人物，一个人，吃了牵牛花种子，变成了一个疯子，干了一件伤天害理的事；另一个人呢，找到了谜底，破了案。而其中最有趣的悬疑部分一定就是：人们看到了凶杀和破案，却看不破背后的秘密是黄色牵牛花。

让我们在这样的思路下，一起找到故事里的核心人物吧！

在这个悬疑故事中，一定要出现一起凶杀案，有一个人被杀死了。同时呢，他是因为黄色牵牛花的原因被杀死的。杀他的人，在牵牛花的作用下疯了，他为什么要吃牵牛花种子呢？他是一个艺术家，想要在麻醉药当中找到灵感，突破自己才能的局限。而他为什么要杀人呢？因为他想要更多的牵牛花种子，他杀死的这个人，手里有种子，却不给他。好，另一个人一定是个植物学家。

于是，疯子雅哉，是摇滚乐队团长；被杀的这个人是秋山周治，一位退休的植物学家。这两个人物被创造出来了。

这个案件，在故事的一开始就发生了。被杀的死人肯定不会是故事主人公。那么，主人公是谁呢？跟一切推理悬疑侦破故事一样，主人公就是那个找到谜底的人。现在让我们来回想"主人公"的定义：主人公就是那个干了某件事的人，是在压力下不断选择的人。他是谁？他是破案的警察吗？可以。但是不够好。为什么不好？因为破案者是警察的话，他就用不上这个故事的设定本身所具备的势能。让我们来仔细审查故事的设定，这个设定是悬疑的关键：黄色牵牛花种子能致幻。历史上曾经有过黄色牵牛花，但它们已经被大规模消灭了。如今没有人知道黄色牵牛花的秘密了。如果破案者是警察，那么他的任务到揪出凶手为止就完成了，他并没有一个动机，去揪出关于牵牛花的秘密。就算是在这个过程中，他发现了这个秘密，这也只是发现了一个冷知识而已，它无法引动读者的情绪，让读者从头到尾关心着这一株牵牛花。好，现在让我们看一下，东野圭吾，他是怎么样做的呢？

他给这个故事安排了两组人物。第一组人物，是凶杀案的事主,他们构成了一个闭环:彼此的关系,杀人动机,杀人手段,杀人现场。在这一组人物当中,必定会出现一个人,为了破案而百般努力,这个人出现了,那就是秋山周治老人的孙女秋山梨乃。第二组人物,是黄色牵牛花秘密的持有者,他把它设计成为一个由家族持有的秘密。请你记住,一个秘密被隐藏了,有人拼命想要把这个秘密揭开,这就是悬疑。很多年以前,有人因为黄色牵牛花而犯下了可怕的连环杀人案,破案之后,关于这种花的秘密只有警察本人和医生本人知道,并且世代守护着这个秘密,不让这种闯祸的种子在世界上出现。于是在第二组人物中,也会出现一个关键人物,他就是一个努力想要揭开这个秘密的人。东野圭吾把他设计成跟秘密无限接近,却始终被排斥在秘密之外的一个人……于是我们看到:他是家族的次子蒲生苍太,而牵牛花的秘密只有长子知道。由于被蒙在鼓里,不知道发生了什么,苍太对父亲和哥哥产生了误解,非常愤恨,得到真相才会释然。所以,到现在,这个故事的主人公已经浮现了:第一组中的梨乃,和第二组中的苍太,真相将由这两个人联手揭开。

作家,哪怕是悬疑小说作家,也并不是侦探,他显得如此睿智,只是因为提前知道答案而已。刚才我们进行的,就是知道答案以后逆推题目的过程。

我可以向你指出书中存在的一个小 bug,它代表了一种思维的轨迹:秋山周治是梨乃的亲爷爷,他俩在自杀身亡的鸟井尚人葬礼上重逢,爷爷对梨乃说,孙女,你要多来爷爷家玩啊!于是梨乃开始每周都去爷爷家,去了几次之后,就看到爷爷被人杀了,她成了第一目击者……在我看来,葬礼上重逢这个桥段就是一个 bug，因为：本来就是爷爷和孙女，他们不需要重逢。重逢这个桥段也许意味着：在作家考虑人物设置的时候，曾经有过一个思维阶段，梨乃跟被杀老人，本来是不认识的，他们相识于鸟井尚人的葬礼。后来，当作家已经把他们的身份设置成亲祖孙俩时，这个情节修改得不细致，仅仅对对话做了调整。这样的 bug，只有专业的小说研究者能看出来。由此我们看到了，从一个悬疑问题出发，经历了这样的心路历程，而出现了他的核心事件和人物的整个过程。

现在让我们打开下一本小说：江国香织的《寂寞东京塔》。它的写作并不出色，却有意堆砌了所有写作的机心和匠巧，所以大获成功。《寂寞东京塔》写的是中年女性与年轻男孩的年下之恋。诗史是男孩小岛透母亲的朋友，是一家精品店的店主，同样身份的女主人公你还能想起谁？《白夜行》里的唐泽雪穗也是精品店女老板，这种身份的女人，共同的特点是有钱有自由。她的年龄是 40+，而男孩呢？从 18 岁起就在跟这个阿姨交往了。一男一女谈恋爱这件事，在小说中比比皆是，但是由于这个有趣的设定——老阿姨跟小男孩的恋情，这种话题性的设计成了这本书独到的创意，也是必卖的保障。有了一个相当亮眼的精彩设定以后，哪怕事件非常普通，你的小说也会好看，创意往往体现于设定。现在江国香织想出了一个很好的创意——让老阿姨跟小少年谈恋爱，她怎样去完成她的小说呢？

首先是主人公的搭建。所有以不伦之恋为主题的小说，首要的任务就是要把"不伦"这件事合理化，因为这种小说存在的意义，就是让读者在卑微的、不敢越雷池一步的、各种不如意的日常生活中，展开一段精神化的想象，去幻想人生的另外一种可能性。一切人到中年，已经实现了大部分的生活理想、生活平淡无奇的中产阶级女性，似乎都很清楚一件事：她们这一生，恐怕不会再遇到什么激情了。像江国香织这样的作家，她的目标读者就是这样一些人，她专门为这些人写作，她就是要用这本小说来告诉她们：爱情会有的。请你们看一看这本书对小岛透的描写吧！这个男孩子，他是这样干净，纯真，痴情，他是如此这般地爱着诗史。

小岛透自从喝了诗史这杯酒，就从头到脚都散发着醉意了。从此以后，对透来说，世界是以诗史为中心构成的。读诗史读过的书，听诗史听过的音乐，没有比诗史更加迷人的女人了。小岛透根本无法从醉意中清醒。

江国香织呈现出来的，就是这样的一种诱惑。这不是色欲的感召，而是灵魂的呼唤。作为一名商业作家，你必须透彻地了解你的读者是谁，在哪里，喜欢什么。所以江国香织写了一个熟女勾引小少年的故事，这是一个不伦之恋，但是她清楚得很，这个不伦小说成功的关键就在于去除色欲，写成纯爱。她的目标读者，中产阶级女性，要从这部小说女主的形象中看到自己，她们要优美，有少女感，生活得从容，还要被爱。所以，我们看看这部小说的主人公是如何根据读者的需求设计出来的。

诗史："我爱你。我爱你。我爱你，透。你也许不会相信，我爱你爱到疯狂，爱到难以置信。"

　　诗史："透，我亲爱的，我最爱的，你跟我一起听过多次这首歌，假如你明白这首歌你就明白了我。这首歌讲的是一个女人哀求其他的女人，不要拿走我的男人：你是这样美，我完全明白我男人为什么要跟你走，可是你却不明白他是我的一切。

　　"透，你有很长、很长的未来。你会走到我走不到的地方。会有很多少女爱上你。她们当中的每一个我都比不过。所以我只能假装不爱你的样子。爱情是一场沉醉，我醒不来，我已经完全失控了……"[1]

　　像江国香织这种作家是在生产一种香槟酒，用来麻醉她的读者。她的读者想要什么，她就给他们什么。所以诗史跟小岛透之间充满了纯爱。与此同时，她设计了一组配角，也是男孩跟年纪大的女人约会，但那就充满肉欲色彩了，以此来跟主人公之间的关系形成对比，更加地突出了他们的与众不同。

　　在这样的分析之下，本来以为是高不可攀的作家，其实也经历了跟我们一样的心路历程，而只要知道往哪个方向努力设计，我们也可能成为他们那样的作家。

作业7　完善所有人物配置

　　当我们了解到此处，你需要再次打开你的故事，从头到尾带着新的问题去检查，并调整自己原先的故事——

1　出自喜马拉雅音频栏目《万茜・古今女子图鉴》（第2季），刘丽朵主笔。

1. 你的主题是什么？你是否围绕你的主题设计了合适的主人公？

2. 你的主人公的目标是什么？哪些人物是设计来推进他的目标，哪些人物是阻碍他的目标的？

3. 每一个人物存在的意义和作用是什么？有没有需要删掉的人物？有没有需要增设的人物？

4. 你有没有贴紧主人公设计所有的人物？哪个人物离故事主线最远？

5. 每个人物跟主人公的什么气质或什么魅力有关？

6. 有哪些充满机巧的设定，是有市场感召力，或者个人魅力的？你的所有人物能不能充分体现这个设定的势能？

7. 你有反派吗？他（她）够不够坏？他（她）与主人公是否势均力敌，或者在一个阶段极为强大，是主人公无论如何不可战胜的？

8. 你的反派跟主人公是否缘分深厚？

9. 你的反派代表了什么样的负面价值？他是否与主人公体现了相反价值？

10. 你的主人公与其他每个重要人物之间有什么样的情感勾连？利益纠缠？共同目标？他们之间的关系如何？主人公对他们的情感如何？语气如何？

11. 其他重要人物彼此之间有没有关联？他们互相之间的关系是怎样的？

检查完所有这些问题，再次调整你的人物配置。

弧光：精彩情节的底层逻辑

为了创造故事中的人物，你必须了解"弧光"这个概念。我们要创造具有弧光的故事，同理，故事中的人物也必须具备弧光。

什么是故事弧光呢？

弧，是一种形状。它是一条起伏的曲线。这个词的英文是 story arc，arc 就是弧，就是大家所熟悉的这道曲线。通常认为，弧是拱形的，它经历了一个高峰，最终又回到了跟起点差不多的高度。于是，美国评论界在 1988 年创造出了"故事弧光"这个词，用来说明故事发生进程中的一种现象。

什么现象呢？

这天老不下雨啊！我们等了二十天，终于下雨了。从天干地裂到普降甘霖，万物成长。这下好了，一切都改变了！——这就是弧光，一种从 A 到 B 的、彻头彻尾的变化。

你是否发现：在很多故事里，都有一种什么东西发生了变化？你是否观察到：一个故事发生之前的世界，在故事发生完了以后，已经不再是那个世界了？举个例子：一个小卖部老板，跟自己店里雇用来卖货的售货员发生了婚外情，被自己的老婆发现了。于是，老婆带着小店主的哥哥前来捉奸。他们撵走了售货员，让小店主回归了家庭，一家人又过起了从前的日子。

在这样的一个故事里，有什么东西改变了呢？

这个故事是作家阿乙的小说集《五百万汉字》当中的一个短篇小说，题目叫《意外杀人事件》。请看这段：

有段时间了，超市老板赵法才，每晚 7 点半提着酒瓶走到朱雀巷的石头边，坐到 10 点，去超市关门……他拉开闸，让烈酒燃烧内脏，湿气像毒针一样钻进脊椎。他发明了这个笨拙的自杀办法，在 42 岁时驼背，咳喘，白发苍苍。

让我们领悟一下这段文学性很强的表述当中所有隐藏的含义：生活回到了原先的轨道，那是因为小店主没有勇气逃离过去的生活、逃避生活的责任，但那件事所带来的后果，是他从此走上了慢性自杀的道路，用一种极为消极的方式，去默默抵抗生活当中的无奈，用这种惩罚自己的方式去向所爱的女人赎罪。因此，"事情看上去跟从前一样"是不可能的，那个故事还是把小店主的生活从此划分成两个时代了。

这样的一个故事发生之后，有一些东西改变了，改变的那种东西是默默无声的，甚至让一个鲁钝的人什么也感觉不到，但是这种改变却是非常重大的。这种改变，就是故事弧光。

故事弧光的经典定义，出自罗伯特·麦基："一大片弧形放射的变化之光，把生活从故事开始时的一个情境，带到故事结束时另一个变化了的情境。这个最后的情境，这一终极变化，必须是绝对而不可逆转的。"

现在请你默默回想一下：在你最喜欢的那些故事当中，有什么东西变化了呢？在有些故事中，也许是一股势力被消灭了，另一股势力和他所主张的一切获得了胜利；也许，某人从人生的失败走向了人生的巅峰；也许，缺乏自信、情绪抑郁的人获得了新的生命活力；又或者，平凡主妇变成公司总裁，带领公司走出巨大困局……这些是从"不好"变"好"的剧情。也有一些反方向的剧情，就像我们刚才所举的阿乙小说的例子，人们把这种故事称为"悲剧"，我们所熟悉的悲剧有：

《红楼梦》式悲剧：本来拥有一切，后来丧失全部。《俄狄浦斯王》式悲剧：一个人早已命定不幸，为此努力逃避，却终于发生了他所恐惧的一切。《罗密欧与朱丽叶》式悲剧：相爱的人最终不能相爱，他们被死亡永恒地隔开了。《麦克白》式悲剧：梦想获取的权力，终于化为锋利无比的武器，把野心家本人毁灭了……

无论哪一种悲剧，都让我们看到了不可逆转的变化。就像罗伯特·麦基告诉我们的：故事发生完了，有一些变化就发生了，而且变了就是变了，再也回不去了。

有没有不存在故事弧光的故事呢？

这是有的。

就像我在《中国童话》中所写的一个故事——《喜欢黑夜的皇帝和他的新衣》：皇帝只有夜里才出来，穿着黑色的衣服，坐着黑色的马车，他的所有随从也都是黑色的。在黑夜中，皇帝在自己的国土上转了一圈又回去了。第二天，臣民在地上捡到了珍珠和宝石，才知道皇帝的仪仗队来过。

这样的一个故事，是没有故事弧光的。皇帝等于什么也没有做，一切就像一场梦，也没有什么特别的价值在其中需要弘扬和歌颂。这是中国古典的故事模式。中国的一些故事人有种共识，叫作"人生如梦"。

"我要捍卫什么，我要改变什么，我要为什么而战！"所有这些有意识的、奋发的举动，或成功或失败，产生了有弧光的故事,而中国故事,有一种很特别的、没有弧光的传统,西方把没有弧光的故事称为"反情节"的故事。这是 20 世纪以来才会有的文学实验,而这,恰恰是中国的文学传统。

让我们再次打开写于中国明代末期的小说《西游补》,它是小说家董说写的一部《西游记》续书。这部小说的内容是:孙悟空做了一个梦,在梦里找不到师父了,他就到处去问,到处去找,他遇到的每一个人也没有给出他什么确定的答案,只是让他在万镜楼里乱钻,等他找到师父以后,师父也没有像往常一样,要克服一切困难往西天去,而是干了一些没意义的事情,比如听听评弹什么的。后来,孙悟空就醒了。

《西游补》就是反情节的小说,当它被介绍到西方以后,简直震惊了评论界,至今不停有人怀疑:这是一个 21 世纪的人,穿越到过去写下来的吗?

你有没有感觉到:没有弧光的故事,更像是一首诗?故事的主人公,他行动的目的性比较差,美感却很强。中国的古人早就发现了:大漠孤烟直!为什么直呢?长河落日圆!为什么圆呢?没有为什么,它们只是为美而存在的。我根据中国古代文人所写的文言小说重新创作的《中国童话》,其中有不少没有弧光的故事。但是我发现,理解一个没有弧光的故事是有难度的,想要让一个中国故事通俗易懂,而且为大众所接受,往故事里增加弧光是一个再妙不过的改编方式。

像《眼泪是珍珠的鱼人》这个故事,出自"鲛人泣珠"的传说,最早出自古代神话志怪小说集《洞冥记》。当鲛人伤心的时候,眼泪就会变成珍珠这个故事,有什么弧光可言呢?要攒够一万颗那么多，攒够了就能娶到美丽的少女。这样的剧情，让故事有了弧光。

假如一个故事没有弧光，它必须非常美，凭借着像诗一样的力量去打动读者。正因为中国故事，尤其是文人创作的文言故事，很多都没有弧光，所以，中国是一个诗的国度，而不是一个小说的国度。假如你不是一个诗人，不是一个前卫的文本艺术家，你只是想要写出卖座的、受到大众认可和欢迎的精彩故事，那你必须在故事中创造弧光。

我们经常听人说，这个小说"以情节取胜"，所以非常好看。可是，我们非常费力地想出来了各种跌宕起伏的情节——主人公得了白血病，看病的路上撞了车，开车撞她的是丈夫的小三，随后发现家中财产早已被转移。接着又发现自己是个私生女，亲生的母亲早已被害死，而害死母亲的那个人竟然是抱养她的养母！——如此种种狗血情节，可为什么就是不好看呢？同样是凭情节，为什么自己不能做到取胜呢？那是因为你不懂创造"故事弧光"。

如何创造故事弧光？

故事弧光存在于你的主线故事当中，也存在于你的每一步故事发展中；而故事的弧光，有相当大一部分，是以人物的弧光这种形式体现的！在每一个情节发生的时候，价值会发生变化，主要人物的内心状态也会随之发生变化。就让我以大家熟悉的《甄嬛传》为例，填写一个示例表格。

表 4-1

		初始	结束
总情节: 甄嬛从普通秀女变为太后	价值	爱	复仇
	状态	自由世界	权谋世界
	甄嬛	怀着绮丽幻想的少女	心机深沉不择手段的太后
	玄凌	冷酷好色、掌控权柄的皇帝	权力尽失、被算计死的先帝
	玄清	深情专一的清河王	为情而死于政治阴谋的清河王
情节1: 斗华妃	价值	爱	爱的失落
	状态	华妃辅助皇后统帅六宫	华妃身死名裂,后宫重定位次
	甄嬛	初入宫的纯真避宠贵人	手上沾有两人鲜血的昭仪
	华妃	爱皇帝,要夺宠	恨皇帝,含恨而死
	安陵容	无宠选侍	因甄嬛集团要与华妃对抗而得宠的芬仪
	沈眉庄	入宫承恩的贵人	因华妃的阴谋经历了起落,对皇帝心灰意冷再无恩义的婕妤
情节2: 斗安陵容	价值	爱的失落	移情别恋
	状态		
	人物		
情节3: 斗皇后	价值	爱在别处	深仇大恨
	状态		
	人物		
情节4: 斗皇帝	价值	至深仇恨	复仇
	状态		
	人物		

《甄嬛传》的总情节是甄嬛从普通秀女变为太后，故事价值从初始的爱变成结束的复仇，故事状态也从自由世界发展为权谋世界。至于人物：甄嬛从一个怀着绮丽幻想的少女，蜕变为心机深沉不择手段的太后；玄凌从冷酷好色、掌控权柄的皇帝，沦落为权力尽失、被算计死的先帝；而玄清则从深情专一的清河王，变成了为情而死于政治阴谋的清河王。

在后续斗华妃、斗安陵容、斗皇后、斗皇帝等情节中，故事的价值、状态和人物，也都出现了同样的前后转变。这里，请大家参考表格，可以自己试着填写，我们就不一一展开来说了。像这样一个示例表格，印证了我们前面所说的故事弧光的存在方式。《甄嬛传》的全部情节可以分为四个情节板块，而在每一板块当中，也同样存在弧光。如果说主情节是一个大弧的话，每一个情节板块就是一个小弧。这些小的弧线像接龙一样，让总情节向着最终的结局进展。这是一种相当理想的情节组织方式。

为什么很多人绞尽脑汁想出来的离奇古怪又狗血的情节，一点都不吸引人呢？只要填写这个表格，你就会发现问题所在了！

缺少弧光的情节，就会相当乏味：一个人得了绝症又撞了车，这究竟是为什么？有什么样的价值在其中实现了呢？情节得到了怎样的推进呢？人物的内心又获得了什么样的启迪呢？如果都没有，那么我问你：你在写一首诗吗？没有故事弧光的话，哪怕你的人物一分钟被撞死十多次，你的情节也还是不好看。

其实，在《甄嬛传》这种故事中，故事弧光的作用体现得尤其明显。因为像这样的小说，对抗性特别激烈，表面上是一部言情故事，其本质却是在打怪升级。所以，我们把它称为"大情节"的故事。大情节故事的特点是：外在冲突强迫主人公去行动。比如，甄嬛想要避宠，明哲保身，是不可能的事情。甄嬛这位主人公必须使出洪荒之力，发挥出所有潜能，才能从弧线开端的这头，走到结局的那头。

而像我们前面提到的阿乙《意外杀人事件》，则属于"小情节"的作品。主人公的全部力量用来解决他自己内心的冲突，而故事弧光也多半是在他的内心世界展开的。

最后你要明白的是，无论是大情节还是小情节，在故事当中创造弧光，都会让情节扣人心弦、动人心魄，而人物的弧光，也就在其中出现了，这样的人物，才有了深度和发展，你才完成了对他的塑造。

作业 8　设计情节与人物的弧光

在作业 4 中，你的故事有了结构，但在当时，你尚不了解"弧光"这个概念，你写出来的一系列事件，也许有意义，也许需要调整——假如这是一个没有弧光的故事，也许你要重新考虑一下修改它的情节。

以下所做的，就是对作业 4 的完善和调整工作。请你为自己心中的那个故事，填写这样一个表格：

		初始	结束
总情节	价值		
	状态		
	人物 1		
	人物 2		
	……		
情节 1	价值		
	状态		
	人物 1		
	人物 2		
	……		
情节 2			

第 5 课

类型的介入:
让故事走向市场

当故事训练进行到此时，我们每一个人都拥有一个看上去相当好的故事雏形了。它也许字不多，却很靠谱，你心中非常清楚：假如按照这种架构，把这个故事完成了的话，它会是很好看、很精彩的。

但是与此同时，我们还会产生一个疑虑：精彩的故事一定会受欢迎吗？其实，今时今日，写作之初，就应当考虑到它日后发表的媒介是什么，它的读者在哪里。

在一本商业营销类书籍中，作者会告诉你什么是"用户习惯"，用户习惯是如何养成的，以及什么样的商业行为能够有助于用户习惯的养成。在一个把故事当作商品的年代，"类型故事"便是这样一种用户习惯——当世流行的商业故事的类型是有限的、确定的，也是人所共知的；一种故事类型，有它相当确定、稳定的读者群；某种故事类型的读者群具有明确的用户画像，正因为投合和满足了这样一种画像的读者的心理，这种故事类型才能在他们当中流行；某种流行起来的故事类型有它在一定阶段极为流行的人物、情节、桥段、框架，它的读者习惯和渴望读到这样的故事；一个新故事要在习惯的框架和流行的元素中进行一定程度的创新，这种创新不是另起炉灶的全新创造，而是在现有故事基础上加以发展。

同时我们还要知道——

把自己的故事放在已有类型的框架下，会大大提升它跟读者见面的概率，会容易发表和受欢迎，因为出版单位和传播单位都在寻找精彩的类型故事。如果我们精彩的故事不能被放入任何一个已有类型中，那么它就不是真正意义上的商业小说，很难得到传播。

当我们要预估自己手上的故事的价值时，我们必须把它放在现如今的流行类型中加以考虑。

如今，商业文学、网络文学发展了三十年，已经构成了自己的叙事传统，甚至拥有自己的文学发展史。一位新作家如果把握和了解了类型故事往昔的风尚，就会发现：这是一种必须在以往成绩之上继续创作的游戏，这是一种与以往所有成功作家进行对话的游戏，这是一种并非立足于不世出的独家才华，而是立足于勤奋、立足于向往届作家孜孜不倦地学习，同时在他们已经开辟出来的江山内最大程度地发挥自己创造力的游戏。

确认你擅长的类型

如何确认自己要写的题材的类型？你是一位推理悬疑作家呢，还是一位历史小说家？你是写青春小说呢，还是要成为警匪片的金牌编剧？你能驾驭商战题材吗？你热爱吃瓜，对家长里短有着浓厚兴趣，有信心写那种充满了现实场景的都市生活小说吗？你是一个逗比，总能把周围的人逗得哈哈大笑，来部喜剧小说怎么样？

很多作家在从业之初，就已经决定了自己是什么类型的作家。东野圭吾现在已经写了九十多部小说了，它们无一例外都是推理小说，他已经把他对这个世界的全部看法都用这种方式表达出来了，他的粉丝对他极为了解，他们知道自己在某一方面的渴望总能被他满足，所以永远在期待他的下一部作品。一说起唐家三少，你想到的就是"一名身穿灰衣的青年正站在鬼见愁顶峰，凛冽的山风不能令他的身体有丝毫移动"，他是中国式玄幻的代表。

那么现在，在你心中，有没有浮现出你想要进入的那种类型？

选择你要进入的类型有两个要点，第一是根据你自己的才性和背景来选。比如你本来就是物理系毕业的，又对科学哲学兴趣浓厚，你可以选择写科幻小说；你做了二十年公务员，对官场生态有着细致入微的观察，那么你可以写官场小说，如果觉得现实中可能有很多禁忌的话，你可以写写中国古代的官场故事，等等，总之你要确保自己能够驾驭这种类型。第二是根据各类型的商业价值和稀缺程度，去确立你的方向。大家知道，青春校园小说是比较容易上手的，也非常地受欢迎，但是这种类型的作品实在是太多了，因为它几乎没有什么门槛。我要给大家的一个提示是：尽量从你个人独具的一些资源和见识出发，去寻找一个有门槛的类型，不要去无脑地跟随别人。我曾经有过这样的学生，古言类型写了好几十部，没有任何一部是红的。他付出了巨大的努力和代价，但是收获却跟他的努力不成正比。为什么不考虑一下别的类型呢？有些题材市场需要却又稀缺，比如，写一部发生在保险业的长篇小说，或者写代购业的故事，或者以一个从事高级古董珠宝鉴定的女孩作为你的主人公，又或者写创建一个二手车网站的故事，你要知道，光凭题材，你就有可能引起别人的兴趣，得到所谓的"自然流量"。有行业背景的现实题材作品，如果你能驾驭，在当今的市场上可以事半功倍。

但是这种题材也有一定的风险：它过时的速度非常快。微信是2011年推出的，它对我们的生活方式影响如此巨大，所以一部现实题材的作品当中不可能没有提到微信，2011年以前的全部现实题材作品因此都成了上一个时代的古董。MSN是2014年消亡的，如果你的作品中提到了用MSN，那么2014年10月31日就是你这部作品显得陈旧的日子。独生子女时代结束于2016年1月1日。2016年起直播行业才开始引人瞩目。2019年三星退出中国市场。2023年电子书KINDLE退出中国。现实生活是瞬息万变的，现实题材的作品只有两三年，甚至一两年的生命力，如果你决定写这类作品，那么必须立刻写出来，用最快的速度卖出去。

网文类型参考

一个新作家欲要了解"类型故事"及其每种类型的故事模板，有一个甚为简便的途径——打开如今最为火热的网络文学发表平台，研究它对于小说类型的划分，并且研究每一种类型下最成功的故事。

请注意：这是一个实时更新的工程，这是最具充沛活力的文学，这是跟我们当下的世界联系最紧密的东西。没有任何一家学院追得上这样的潮流，当教授们下定决心定义潮流的时候，他们所定义的潮流已经成了被拍死在沙滩上的"前浪"。一位正在进行类型文学写作的作家，才有可能是真正把握流行趋势的人。这其中的学问，不在任何一本书上，它需要你做第一个研究者，比全世界其他所有人都更早知道这些关于小说写作的秘密，你才能写出引领潮流的作品。

类型故事的基础分类，我们可以参考"起点中文网"的分类法：玄幻、奇幻、武侠、仙侠、都市、现实、军事、历史、游戏、体育、科幻、悬疑。但是我们发现其中缺少了"言情"，是因为起点中文网是传统的男频小说平台，"晋江文学城"恰好补充了它的分类——言情、纯爱、衍生/轻小说、无CP、百合。这些类型，全部隶属于言情。

我们想要弄明白如今的商业小说世界中存在哪些类型，还要清楚一点：对这些类型进行框定、划分的责任人是谁？不是文学批评家，不是学者，不是设立规范的权威机构，也不是作家协会和民间组织，事实上，是网站编辑独揽了这一责任。在网络上，人们给他们约定俗成的亲切称呼是"小编"。他们是身经百战、阅文无数的网络小说第一读者，是相当成熟的网文发展史亲历者，是万千草根作者的联络者，是亲手缔造或见证IP生成的人，是找上门来的影视动漫公司的洽谈者，也是大量好小说的推销者。他们每天阅读大量来稿，给其中一些作者提出指导意见，与作者展开讨论，为小说编纂目录和分类上架，查阅读者评论，利用一些工具发布排行榜，观察数据，制作PPT……正是这些人，亲手安排了他认为有助于读者快速找到自己想读的小说的分类，他们的出发点是"向读者和版权购买方推销小说"，他们的依据是"市场"，而不是某些规定、某些行业规范和准则。

其实，说到"类型故事"，我们首先要弄清楚的是："类型"意味着什么？百度百科告诉我们：

"类型文学"是指题材具备一定的明显特征，受众群体相对固定的文学创作形式，通常用于描述小说领域的现象，与严肃文学相对应。简单地说，类型文学就是易于归类，且在该类型中具备一定的套路和模式，能够满足大多数读者期待的作品。

然而这个概念并没有帮我们厘清类型故事最重要的关键词：类型。关于"类型"，特别重要的事实是：它是一种分类的艺术。何为分类？简单地说，便是依据不同的标准，把小说归为若干类。而通行的概念恰恰缺少了对于"分类标准"的规定。

类型故事是依据什么标准进行归类呢？你首先会发现一个事实，就是各大网站所列出来的并列类型，实际上是完全依据不同标准进行划分的，所以推敲起来，这些分类绝不是泾渭分明的，经常出现互相包含、互相覆盖的局面——言情、纯爱、衍生/轻小说、无CP、百合。晋江文学城的分类，在对网络文学一无所知的人眼中简直诡异："言情"不是包含后面所有吗？"纯爱""无CP"难道跟"轻小说"矛盾吗？为何偏偏"衍生"与"轻小说"是同一类？然而网络小说的资深读者会深谙这样的分类自有其道理：

普通言情是一类，特定题材、特定内容、特定风格的言情又有其特定的读者，轻小说在血缘上来讲就是跟同人文捆绑在一起的。

小说平台对于小说类型的划分，是一种"分类学"的艺术，它看上去并不科学，却自有其道理。你将发现："分类"这件事大有乾坤。让我们打开番茄小说官网，看看这一当下最大的小说阅读网站规定的类型都有什么。番茄小说将所有小说分为"男生"和"女生"两个大类，也就是大家常常提起的"男频"和"女频"，这是根据受众的性质划分的。而又把所有小说的分类标准划分成三种：主题、角色、情节。这是根据小说内容的不同而进行的分类。每一部小说，首先须从男频、女频中确认一种，再根据其主题、角色、情节的不同将其确认在某一位置。例如：科幻末世类都市异能赘婿男频文。

请看表格——

表 5-1

	男生	女生
主题	都市异能 末日求生 灵气复苏 高武世界 异世大陆 东方玄幻 谍战 清朝 宋朝 断层 武将	谍战 职场商战 日久生情 豪门世家 综漫 异世穿越 独宠 现代言情 古代言情 武侠 幻想言情

(续表)

	男生	女生
主题	国运 综漫 开局 架空 都市 玄幻 历史 体育 武侠	
角色	赘婿 大佬 大小姐 特工 游戏主播 神探 宫廷侯爵 皇帝 单女主 校花 无女主 女帝 特种兵 反派 神医 奶爸 学霸 天才 腹黑 扮猪吃虎	霸总 作精 大佬 大小姐 游戏主播 神探 将军 毒医 厨娘 律师 医生 明星 替身 双面 冰山 古灵精怪 天作之合 可盐可甜 无CP 病娇 反派

(续表)

	男生	女生
角色		萌宝 宠妻
情节	科幻末世 男频衍生 都市高武 悬疑灵异 悬疑脑洞 抗战谍战 历史古代 历史脑洞 都市种田 都市脑洞 都市日常 奇幻仙侠 玄幻脑洞 战神赘婿 动漫衍生 游戏体育 传统玄幻 都市修真 如懿衍生 公版衍生 红楼衍生 甄嬛衍生 四合院 电竞 双重生 乡村 同人 打脸	科幻末世 女频衍生 民国言情 悬疑脑洞 抗战谍战 青春甜宠 悬疑恋爱 双男主 古言脑洞 现言甜宠 现言脑洞 玄幻言情 宫斗宅斗 豪门总裁 动漫衍生 星光璀璨 游戏体育 职场婚恋 双女主 先婚后爱 医术 年代 种田 快穿 如懿衍生 公版衍生 红楼衍生 甄嬛衍生

(续表)

	男生	女生
情节	破案 囤物资 钓鱼 网游 奥特同人 求生 无敌 九叔 穿书 聊天群 大秦 龙珠 漫威 西游 神奇宝贝 海贼 火影 职场 明朝 家庭 三国 末世 直播 无限流 诸天万界 大唐 宠物 外卖 星际 美食	四合院 电竞 双重生 前世今生 乡村 逃荒 同人 打脸 破案 囤物资 钓鱼 HE 相爱相杀 暗恋 逃婚 带球跑 强强 一见钟情 双向奔赴 破镜重圆 契约婚姻 隐婚 闪婚 今穿古 古穿今 群穿 护短 虐渣 情有独钟 马甲

（续表）

	男生	女生
情节	剑道 盗墓 灵异 鉴宝 系统 神豪 重生 穿越 二次元 海岛 娱乐圈 空间 推理 洪荒	女扮男装 青梅竹马 无敌 民国 穿书 职场 家庭 末世 直播 兽世 清穿 星际 美食 盗墓 虐文 甜宠 灵异 校园 系统 重生 穿越 二次元 娱乐圈 空间 推理

这份表格内容很多，它的编纂出自编辑的心血，而且它是经常更新的，目前流行的情节经常会被更加流行的情节取代。比如像将玄幻分为"东方玄幻、异世大陆、王朝争霸、高武世界"这

种分类法，一定是最初某个小编的创造，但是很快在网络世界中被广泛接受，从此固定下来，成为一代人共知的定义。然而像这种概念还会层出不穷，或者在另一个平台被换了一种说法。仅仅是研究这份表格，就能让你学到不少东西。你能学到什么呢？

首先你学到男频和女频情节偏好不同，人物设定偏好也不同。"校花""女帝"这种高高在上的女主身份，它是属于男频文的，是男性读者心头所好，而"古灵精怪""可盐可甜""病娇"这种性格特征，则是女频文专属的，两者之差异，其一是"他者在外的感知"，其二却是"自我在内的属性"，男性关注人物的身份、权力、地位，女性则共情人物的心路、情绪和气息。研究何为男频、何为女频能令你深入思考男性读者和女性读者的阅读心理差异。而一直存在专爱男频的女性和专爱女频的男性，可见此处的"男""女"规定是一种特别的人物性格画像的规定，并不局限于生理学的男女。

第二，你将学到时下最为流行的人物设定、情节模式和情节组合套路。例如，女频中的"替身文"，会让你了解到这样一种设定：什么是替身呢？替身就是"白月光"的替身，"白月光"就是爱情的对象，当白月光不在或者白月光不能爱的时候，替身能够分润到一些爱，但短暂而且虚假，一旦白月光出现或者白月光决定接受爱，给她的爱就会被立刻收回；而替身总是想要得到更多，甚至到最后，谜底揭开：原来替身就是白月光本人。这样的设定有极强的能够生成情节的能力，也有很大的故事空间，所以可以流行开来，最终成为一种"类型"。男频的流行人设之一"扮猪吃虎"，说的是一种平凡的甚至不起眼的人物，最终被证明是实际上的大 boss。我们发现：能够火起来的很多人设说到底都是普通人的梦想，能够让很多普通人在阅读中代入自己。

这个表格甚至包括了很多相当小众的分类，让每一种写作类型和题材都能找到其用武之地。你大可以在这份表格中找出自己兴趣所在，或者贴近自己写作计划的内容，去研究这一类型的成功作品。

现在，让我们正确地认知"类型"，有这样一些关于"类型"的知识，是你作为小说作者必须要知道的——

1. 现存的、公认的大类型，是男频和女频。

2. 第二种分类的方式，可以把网文分成两种类型：幻想与现实。

3. 较为细致的分类法，把网文小说分成一些类型，有玄幻、仙侠、科幻、武侠、都市、言情、历史、悬疑、校园、军旅、年代、谍战等，但这些仍然是较大的分类。它们每一种的知名度都较高，被社会大众普遍接受。

4. 有那种按照情节划分的类型，属于类型小说的子目录，足以说明一段时间的情节流行风尚，但它们属于专业分类法，对于专业写作者来说，它是一种非常必要的知识。让我们来记忆这些类型：东方玄幻、异世大陆、王朝争霸、高武世界、现代魔法、剑与魔法、史诗奇幻、黑暗幻想、历史神话、另类幻想、传统武仙、古武未来、武侠幻想、武侠同人、国术无双、盗墓、灵异、鉴宝、甜宠、虐文、系统、重生、美食、快穿、种田、末世、推理、穿书、宫斗、宅斗、虐渣、闪婚、修真、霸总……这个目录是变动的、与时俱进的，也是经常被更新的，如果想要具体了解任一类型的代表作品和情节概况,可以自主去网络学习,本章亦会附一份书单。

5. 有那种特定的类型,由于某个非常突出的设定,而收获了一大批固定粉丝,成为一时风尚,可能正在流行,也可能已经过时,但你必须知道:先流行又过时就是它的宿命。像这种类型可能包括:无限流、乡村小神医、赘婿、先婚后爱、带球跑……如果这种特定类型正在流行,而你打算着手创作的话,请一定记住要快,因为它们的生命周期不长。

"古言"的写作密码:甜与虐

我将为你们剖析一些大类型的写作密码,首先让我们聚焦古言题材。

古言,即古装言情,是商业小说的一个重要类型,想要写好古言,你需要有一定的历史文化背景知识的积累,有写作能力,再加上一个好故事。这些要求,尤其是第一条,大部分作家达不到,所以在网文界有一个专门的词,叫作"架空文免考据"。其实,"架空文免考据"才是中国小说的正宗正脉。伟大的封建社会百科全书《红楼梦》在书粉眼中就是一个大宅斗戏,《金瓶梅》如果放在网文中那就是"古言宠文有肉男主腹黑强大",甚至连作者的名字也网感十足,叫作"兰陵笑笑生"。可是前者的故事"无朝代年纪可考",根本说不清楚发生的年代,研究者一直在争论是明还是清,也许都不是;后者当中的"清河",则是虚拟的地名,研究者一直在争论这是临清还是淮安,也许都不是。无论商业文学演变到了何种地步，无论新类型、新男女主、新情节发展到哪一步，这两本书都是我们写作古言必备的案头秘籍，猛读这两部小说最有助于大幅提升功力。

"古言"这种类型一般属于女性向网文，有一类小说虽然也是古装，却要跟古言区分开来，那就是历史小说。传统的历史小说作家有高阳、二月河、张大春等。让我们以"孑与2"这位作者为例，他写了《唐砖》，是一部有名的唐穿作品，后来他又写了《大宋的智慧》《汉乡》《明天下》等，很明显，他的趣味和志向聚焦于历史，是一位男性向的作家，还有黄易的《寻秦记》这样的作品，这些写作的共同特点是，男人想要到历史中，为某些问题寻找一个答案。哪怕其中有恋爱的桥段，它们跟古言小说也是大异其趣的，古言小说是一些专门谈恋爱的小说，"言情"是最核心的事件，无论你架构了什么样的世界观，或者讲了一个什么样的故事，你的真正意图都是谈恋爱，都是爱欲的设计和满足。所谓的"虐"，是在构造欲望，因为爱而不得，所以更加渴望。

"你知不知道她是我的妻，我这一生中唯一的妻？"他怒。

"可是我也是你的妻！"

"不，你不是！因为，我从来就没有爱过你！"他冷冷盯着她，一字一句彻底撕裂她的心。[1]

这就是虐。从逻辑上来讲：你不爱我你就滚啊！说这么多

---

[1] 出自不知名网络小说。

干啥,我也不一定非要爱你的,拆家散伙不是很好吗?可是就是有这样的经典剧情:在"你爱我、我不爱你、我却爱她"之间滚来滚去。而什么是"甜"呢?甜,就是欲望的满足。任他佳丽三千,只我一人得宠。别人想要他偶一回顾尚不可得,他却为我,甘愿放弃唾手可及的皇位。

在古言的空间里,可以做到两点现言(现代言情小说)做不到的东西:

1. 男主可以当皇帝,也可以当太子,也可以做王爷将军,总之,可以权势滔天;

2. 可以一夫多妻。"一夫多妻"非常符合戏剧冲突的设置规律,因为这就天然给主人公设置了捆绑在一起而且分拆不开的对手;而"不允许离婚"这个设定,则把这个局当中的男男女女捆得更紧了。离婚可以解决很多问题,而在古言的世界中,这些问题想要得到解决,必须斗个你死我活。

于是,男女主就都领到了任务,任务都很难,男主的任务是当皇帝,女主的任务是抢皇帝,或者抢各种皇帝变体(抢太子、抢王爷、抢老爷),这就是主流古言小说的核心事件:夺嫡、宫斗。喜欢看古言的姑娘们,难道你们都是一夫多妻制的拥趸吗?当然不是。大家偏爱这个设定,是因为这个设定虐得比较狠,也就甜得比较透。

甜和虐之间,曾经是相伴相成的。如果一切过于平顺,没有经历万千痛苦而顺理成章才子佳人一生一世,这样的故事完全不能打动人心,因此两个人之间必然有强大的、不可战胜的阻力,却又最终战胜了它。这些阻力构成了虐心的情节。阻力主要来源于哪里呢?《花千骨》,阻力是情敌夏紫薰;《琉璃》,阻力是魔族和正派叛贼乌童;《香蜜沉沉烬如霜》,阻力是恋人堕入魔道;《锦衣之下》,男女主之间有家族血仇;《东宫》,男主曾经杀了女主全家;《周生如故》,女主是未来的太子妃,却爱上了将军。(这个设定跟《镜·双城》当中的空桑太子妃白璎爱上海皇苏摩,最终为之堕楼殉情是完全一样的。)《楚乔传》,阻力是曾经的朋友的政治野心。(为了政治而非三角恋情关系而追杀男主,突破了"情敌追杀"套路而呈现新意。)《长月烬明》,恋人是极恶的魔神……

由以上这些阻力的形式和内涵,我们发现:阻力必须是一开始就设定好的、统摄全局、强大无比的,甚至是男女主竭尽全力也战胜不了的,所以才会导致最终的 BE(Bad Ending,坏结局)。

虐得肝肠寸断曾经风靡一时,对于古言作品,很多人"少年看虐不眨眼,老来偏爱傻白甜",最终走向了"小甜剧"。"小甜剧"又是怎样构成的呢?假如不曾有强大的、不可战胜的阻力,假如命中注定不是 BE 而是 HE(Happy Ending,大团圆结局),又是什么样的核心事件在支撑情节?

《梦华录》,男女主携手搞事业,把小茶坊开成大酒楼;《赘婿》,男女主携手搞事业,成为江宁首富;《传闻中的陈芊芊》,女主穿越到自己写的剧本中,成为死于第三集的角色,为了不死而努力奋斗——从女配到女主的逆袭之路;《双世宠妃》,一个女主的身体里挤进去了两个灵魂:穿越的现代女孩和原本的古代闺秀,"两人"各有所爱,因此女主可以在不同时间不同情境下跟两位男主"分别"谈恋爱;《御赐小仵作》,女主女扮男装,协助男主探案,破解惊天大案;《从前有座灵剑山》,男主搞事业成为绝世强者，女主成为他的辅助；《长风渡》，男主搞事业大获成功，有才能的女主成为超强辅助。最初设定是女主精勤老成，男主泼皮无赖，后男主逐渐逆转印象；《星落凝成糖》，姐妹易嫁，好姐姐误嫁入魔界，坏妹妹误嫁入神族，两对夫妇之间均气质迥异，却最终成就美满姻缘……

从这些甜剧的核心事件，我们发现："实现共同目标"是常见的结构方式；而虐剧的基本思路则是男女主互斗。男女主目标统一，合力克服外部矛盾，和男女主的敌对势力恰好是对方，是两种基本的思路。我们通常认为：男女主志同道合、三观一致、兴趣相投、互相欣赏，容易得到幸福的爱情，但是在这些以"言情"为基本任务的故事作品中，无论是虐剧还是甜剧，经常会制造与我们的期待完全不同的反差效果。在虐剧中，男主是大坏蛋、大魔头、血腥大 boss，在甜剧中，男主是小混混、小痞子、小无赖，为什么要这样设定人物呢？对于前者，男女主互斗其实是正面人物与反派的对抗，而对抗的结局不是谁打死谁，而是谁的"世界"获胜。男主是仇恨的世界，而女主是爱的世界，女主将毒刺从男主灵魂里拔出去，就赢得了对抗赛的胜利。而虐剧的结局往往是好人和坏人同归于尽——为情而死。好人打坏人，大多数情况下，只会让人觉得打得好、打得爽，而在言情故事当中呢？一边确实要打坏人，一边坏人却是唯一真爱，打他的话，自己的心是疼的。那么，打呢，还是不打呢？是稍微打打，还是打死呢？打到什么程度？打成什么效果？都让人无限纠结、肝肠寸断，唤起严重的情绪反应。而甜剧中的不激烈对抗中，男主如何塑造呢？其实，我们在本书第 3 课当中所学习到的"蜂蜜与毒液"的人物塑造方式恰恰适合。

关于古言,我们现在已经得到了一些结论,非常清楚:古言小说存在的意义就是谈恋爱。而谈恋爱的本质,是一个人与另一个人深入的人际关系。在"对抗"与"协作"之间,男女主发展自己独有的恋爱方式,这段关系引动读者(观众)深层的情绪,让他们感同身受、感受强烈。

传奇&爱情&罪案,现代都市题材怎么写?

现代都市题材距离我们的生活最近,每个人都非常熟悉,然而,它并不好写。在网络文学的世界里,现代都市题材存在各种各样的局限:主人公权力有限,顶多掌握一个集团,不像古装题材,动不动可以当皇帝;不能随便杀人,倘若杀人的话,那就走入了刑侦罪案领域,哪怕是正面主人公对待穷凶极恶的坏人,也不能杀了他解决问题;家庭关系只能一夫一妻,少了很多捆绑在一起的仇敌。

正因为这些局限,使得"传奇性"在都市文中很难展开,注重"传奇"的网络都市文中大多有异能、开金手指,也就是主人公凭借特异功能而实现人生开挂的设定,都是我国广电总局明令规定不可以影视化的内容。这就使得有影响力的都市作品,往往不是网文。

有影响力的国民 IP,往往都属于这一类型:书写了"一个小人物平凡的一生"而获得巨大成功的作品,有代表性的是《平凡的世界》。《平凡的世界》在 2020 年已经发行了两千万册,还在以每年三百万册递增,可以说,《平凡的世界》才是真正现象级的国民大IP,路遥才是塑造了中国人灵魂的国民作家。一个国民IP的养成不是偶然的,孙少安和孙少平不过是追求普通的幸福,可是我们每一个人的经验都告诉我们,获得普通的幸福并不容易,在达成目标的过程中,两位进城的底层青年所遇到的阻力,正是很多人都经历过的、同样的现实生活,因此构成了巨大的共情。一代又一代的中国人,含着热泪,在这部小说的主人公身上,认出了那个平凡的自己,同时,我们也看到了一种不屈的渴望,一种中国式的"我们要把日子过好"的朴素追求。

所以说现实题材作品仍然是目标和阻力的游戏,跟传奇类作品相比,它的目标要低得多,不过是普通人的生活目标,而它的阻力,并不在于大,而在于引起尽可能深刻的社会共情。让我来举几个书中的例子。书中的情节:新任地委书记田福军沿用了前任地委书记的秘书白元,这位白元对田福军的态度是什么呢?他是有几分瞧不起新领导的。在这里,路遥有一段议论:"生活中有那么一种人,你蔑视甚至污辱他,他不仅视为正常,还对你挺佩服;你要是在人格上对他平等相待,他反而倒小看你!"在这里的这段出自书中人物处境的议论,可以说在读者当中引起的共情程度太高了!这种人的存在,是大部分平凡人在生活中遇到的共同阻力之一。晓霞抗洪牺牲之后,孙少平来到省城奔丧,然后来到麻雀山九级古塔下,他们共同站立过的地方。这时有一段作者的议论:

多少美好的东西消失和毁灭了,世界还像什么事也没有发生。是的，生活在继续着。可是，生活中的每一个人却在不断地失去自己最珍贵的东西。生活永远是美好的，人的痛苦却时时在发生……

这也是每一个人在生活中的普遍经验。谁没有经历过痛苦呢？哪怕是至深的痛苦，当沉浸在痛苦中的人再次抬起头的时候，都发现世界还在照样进行，像鲁迅先生说的那样，"时光永是流逝，街市依旧太平"，一切经历过痛苦的人，都会从这句话当中发现当初那个不知所措的自己。

从"核心事件"来看，《平凡的世界》基本上没有什么引人入胜的激烈故事，却能沁人心脾，虽说是长篇小说，这个人一生中发生的所有事，都像是同一主题之下的小故事的串联，而每一个小故事，每一个场景，经常涌现让人感动的瞬间和让人顿悟的思考。而这种拉动共情式的写法，实际上是现实题材都市故事的流量密码。

我会承诺很多，实现很少，我们会面对面越走越远，肩并肩悄然失散。你会掉眼泪，每一颗都烫伤我的肌肤。你应该留在家里，把试卷做完，而不是和我一起交了空白纸张。对不起，爱过你。

这段煽情的文字，来自张嘉佳的《从你的全世界路过》，这是一本短篇小说合集，但是每一篇都有共同主人公，"我"。这段话所在的篇目是《初恋是一个人的兵荒马乱》。"煽情"的做法，跟"拉动共情"是不同的，所谓煽情，就是对这件事的社会共情没有那么严重，它并非每个人生活中都会遇到的那种事儿，但是，由你讲这个故事的时候，你会煽动读者原本没有的情绪，让读者理解你的情绪，让读者沉浸于这种私人的情绪中。

大学时"我"有一个女朋友是校花，她托人给我送早餐，在我有危难的时候挺身而出，帮我在校长老师那里平事儿，还约我一起学习、一起努力。后来，校花得了重病去世了，为了不让我伤心，死之前跟我打电话分手。这个故事听起来很平常，如果再加上主人公的人设——流氓痞子，那跟王朔的《永失我爱》简直一模一样。所不同的是：王朔版，是男生得了绝症要跟女生分手，张嘉佳反之。而王朔在当年创造的票房奇迹，跟张嘉佳如今的销量数字，则都说明了这个故事很好卖，而关键在于写作技巧。在结构上，《初恋是一个人的兵荒马乱》跟《永失我爱》也是基本一致的：几乎用全部力气去铺垫主人公痞、坏、赖的形象，铺垫女生对自己的好，和分手的残酷，结局处反转。这么写的言情效果则是：你是我这样一个混不吝的小流氓心中唯一的真情（白月光）。

再让我们来看"都市传奇"，它其实也是票房的热点。《水浒传》其实就是古代的都市传奇，而曾几何时，我们的国民故事刊物是《故事会》，这本伴随中国人民好几十年的地摊刊物，以发表反映中国当代社会生活的故事为主，它的特点是故事悬疑曲折，揭露社会的真相。今日在这个维度上成名的作品，我们可以借鉴徐浪的《夜行实录》。让我们看一下这些标题：

她用裸条借了五千元，然后死在了马路上
女人失踪后，发现被装在快递里

城市打工的女孩,每年都有几个失踪

她失踪四周后,工地多出个臭油桶

独居姑娘回到家,屋里多出仨烟头

就因为吐口痰,投资人被创业者推下地铁

三个白领收到请帖,一周后全都猝死

…………

这让我们想起《水浒传》:美艳少妇的包子铺,有人从馅里吃出毛发;神秘大汉行走江湖,脖子上戴着人骨做成的念珠;她背叛丈夫又杀了他,小叔子在一个凌晨提刀前来……这都是骇人听闻的都市传说,这种最贴近日常生活的恐怖,这种对平常人生中不正常变量的焦虑,这种社会集体无意识地想要挖掘出危险分子,以便提醒所有人人心惟危的倾向,都让这类故事很容易传颂于人口。快递、出租屋、地铁、工地、马路、白领、创业者……到处都是与我们的生活息息相关的事物。当我们学会了本书的写作技巧,倘若把社会新闻添油加醋,发挥想象,这类的"都市传奇"恐怕是层出不穷,它们个个都是好卖的故事。

都市题材下,最重要的类目是"都市爱情"。而都市爱情在中国的鼻祖是张爱玲。

张爱玲是这类题材的祖奶奶,当代的白先勇、施叔青、朱天文、苏童、王安忆等都曾被称为"张派作家",除此之外,三毛、安妮宝贝和亦舒也被很多人视为张派。有人对李碧华说:你是一个张派。这遭到了李碧华的激烈反对。奶奶影响太大,有些人不想活在她的阴影中,可是这种影响的痕迹,仍然是无法抹去的。

如果你想要深耕言情这一门类，奶奶的作品不可不读。如果你没有读过张爱玲，有一扇门对你永远是关闭的，终其一生，你也不会看见那扇门背后的景色。从开始读张爱玲的那一天起，本来的一草一木再也不是本来的一草一木了，你能获得一种文学表达的方式，世界增加了一个维。

　　让我们一起打开祖奶奶的小说《红玫瑰与白玫瑰》。振保第一次到巴黎，找了一个低等妓女破了他的童子身，但是整个经历并不轻松愉快，最不愉快的一幕是，当妓女穿上衣服时，振保在镜子里看到外国妓女的脸，"那是个森冷的，男人的脸，古代的兵士的脸。"然后她说，"振保的神经上受了很大的震动。"是什么样的震动？张爱玲并没有说，所以你只能从这一幕场景中寻找答案。这一幕场景的最为惊人但是又非常合理之处在于，对于生命中第一次与之交合的人，振保到现在才看清楚对方长得什么样。本来他不必介意她长得什么样，这个妓女在他的人生当中可以是完全没有脸的，她可以作为"非人类"存在，她只是一个象征物，可是他却看到了、注意到了，那不仅是一个人，而且是一个非常讨厌的人，而刚才他跟她完成了人生中重要的仪式，这是非常恶心的。那么你可知道：张爱玲为什么要在振保的恋情的正文展开之前，写这么一档子事儿？你知道这样写作的深心所在吗？请注意这一句：

　　从那天起振保就下了决心要创造一个"对"的世界，随身带着。在那袖珍世界里，他是绝对的主人。

"红玫瑰与白玫瑰"只是振保世界当中"对"的东西，尤其是红玫瑰王娇蕊，这是一段让他能够忘我投入，没有带来任何不适，最后也能恰当地全身而退的感情。张爱玲的男主人公振保是一个非常典型的"中国直男"，他的女人们期待着他的爱，可是他实际上无爱可给。所以这段爱情当中，只有女主的爱，而实际上并没有男主的爱存在，何其悲凉啊。张爱玲说："这世上没有一样感情不是千疮百孔的。"这就是她在自己的都市爱情小说中试图书写的人间真相。

在都市爱情这个类型中，张派的技巧非常重要。我们在生活中，在学习中，在人际交往中，一般来讲，需要向外部展现我们的从容、乐观、自信、正能量，可是在文学的世界里就不一样了。自古以来中国人就知道这个秘密，古人说，"欢愉之词难工，愁苦之言易巧"。意思是：你如果写一件悲伤的事情，你很容易就会写得很好看，很感人，可你要是去写一件快乐的事，很有可能，你用尽了力气，还是不感人、不好看。这就是文学创作的秘密。我的学生安妮写了一个故事，在这个故事里，女作家得了一种怪病，她的梦游状态每次会持续十天左右，就在她的梦游中，她遇到了男主，跟他恋爱，但是当她从梦中醒来，她就回到了自己家中，而且，一点也不认识男主。男主费尽力气找到了她，跟自己倾心相恋的那个她，却把自己当成陌生人。安妮的这个故事很好，只要她能把这个故事当中那种心碎的感觉写到位，就会获得成功，它对标的是岩井俊二的《情书》这一类的作品。而怎样才能这样动人呢？写好爱情故事的密码，就是让读到你的故事的很多人，都觉得这里面有着只有他自己才理解的一种高级体验。

到哪里去找到高级感呢？张爱玲曾经说过这样一句话，"一个人在恋爱时最能表现出天性中崇高的品质。这就是为什么爱情小说永远受人欢迎——不论古今中外都一样"。我们在热恋中，会觉得自己跟往常很不一样了，会觉得我们不再是芸芸众生中的一个，那个独一无二的自己出现了。我们有时觉得自己是遗世独立的风尘英豪，有时觉得自己光彩照人，我们回忆起了很多黯然无光的时刻，觉得人生中每一个那样的时刻，都是在为了今天被人彻底理解、被人深深爱着而做着准备。然而，不幸的是，这种生命中的高光时刻，其实也是千人一面的。人们在恋爱中的感受是如此相同，这就是一本爱情小说会感动无数人的原因。

我发现了一个秘密：祖奶奶张爱玲的徒子徒孙，不光在文学界为数众多，在流行音乐界，张派也是一统天下的。写都市言情的人，经常要到流行歌中寻找灵感和写作指南，而你们也可以学习这种方案，从一首歌中得到一篇爱情故事。

陈奕迅原唱的《富士山下》，是词作家"富士山爱情论"的产物，词作家认为，"你喜欢一个人，就像喜欢富士山。你可以看到它，但是不能搬走它。你有什么方法可以移动一座富士山，回答是，你自己走过去。爱情也如此，逛过就已经足够"。那么，为什么是富士山，而不是泰山，也不是太行山，也不是武当山，也不是五台山呢？这位作者是精通爱情意象的魔法的，富士山，比五台山更令人心碎万分，这就够了。我曾有一个学生，提出要用王菲的《尘埃》这首歌，写一篇关于抑郁症病人的小说，这其实是非常合宜的：

一粒尘埃在尘世中的日子／就这样／被吹起／又被掸落／被吸入／也被排放／没有意义／无所谓方向／不想怎样

　　这首歌里，好像并没有给出什么情节？你还需要一首歌给你情节吗？一首歌不是干这个的。一首歌里，全都是情感和情绪，在比较高级的流行歌里，我们能找到复杂的情感和高级的情绪，而且，大部分流行歌都是爱情歌，这就是我让你们去流行歌里，为你们的都市爱情题材找材料的原因。《尘埃》这首歌提供了一种情绪，一种失落的，万念俱灰，颓废伤感的情绪，一种认为自己的生命毫无意义的终极悲伤。你可以这样构建你的核心事件，让你的主人公逐渐向这种情绪靠拢，在你剧情的最高点，出现的就是这首歌，这才催人泪下，感人肺腑。

　　都市题材中还有一类最重要的：罪案。这种类型，跟传统罪案最大的不同，就在于它是以犯罪分子为重要人物来书写的，这种类型跟我们之前提到的"都市传说"有一定的重合，不过，"都市传说"是站在普通人的角度去猎奇罪案，罪案类却往往展开心理悬疑，深入到犯罪分子的内心。以雷米的《心理罪》为例：小说以心理专家方木为主人公，让他去破案，而不是让传统的刑侦警察破案，这意味着什么？这意味着我们的破案手段不是指纹、脚印、人脸识别和手机追踪，而是犯罪分子的独特心理。他为什么会形成这样的心理？背后一定有故事。这样心理变态的人又会做些什么？超乎普通人的想象。在这种新类型中的犯罪分子，不再是传统罪案剧中满脸横肉、负隅顽抗、挥着小刀子、吸着粉、文一身大金龙的社会大哥，而经常是一些文质彬彬的高智商犯罪者。

在高智商犯罪分子和高智商警察之间展开智力的角逐,是这种类型的主要看点,而由于高智商犯罪者能够想出各种方法为自己脱罪,逃避法律的惩罚,伪装自己,而使得这种类型的悬疑效果远远大于传统罪案剧。也正是因为《心理罪》所开启的这种新类型有着如此巨大的表现空间,才使得这种类型从2015年以来佳作迭出,屡有爆款。

有一个现实中的高智商犯罪者是吴谢宇,他把自己的母亲杀害了以后,在全国人民的眼皮子底下藏了好几年,被抓住的时候成了头条新闻。那么,他为什么要这样做?他看上去那么完美,又那么善良、乐于助人。这只是他的表象,他实际上就是一个魔鬼,还是他的确就是这么好,他杀人有着逼不得已的隐情呢?所有的答案,应当就隐藏在吴谢宇亲手写下的狱中札记中,有经验的医生和刑侦人员,都有能力在这样的文字当中,得到正确的心理画像。甘肃白银连环杀人案,曾经被列为中国数一数二的悬案,凶手通过大数据落网以后,人们惊讶地发现:这个人,太普通了。他极为残忍地杀了那么多人,可他竟然对自己老婆儿子还都挺好,邻居和亲戚对他的印象也不错,而且他的儿子都考上了名牌大学,说明他的智商应该也不差,他到底是个怎么样的人,有着什么样的心理构成呢?还有至今没有被破获的、号称中国第一悬案的案件:南京刁爱青案:南京大学的女生刁爱青有一天傍晚离校下落不明。凶手杀害了她以后,她的尸体被闹市抛尸,放在一些黑色手提包里,所有的碎肉都洗得干干净净,抹去了一切犯罪的痕迹。这到底是谁干的?每过几年,网上就会掀起一波讨论,而且往往在讨论中逻辑能力最强、最出风头的网友,会被认为是此案的凶手。

所有这些案件,之所以如此出名,引起最大范围内的讨论,那么多网友都在心甘情愿地做着业余侦探,时刻关注着案件的侦破过程,就是因为,它太悬疑了。因为没有答案,所以引人入胜。这种案件勾起了我们想要知道谜底的好奇心之外,还打开了我们的想象力:我们想象着,吴谢宇跟他的母亲之间,究竟是一种什么样的关系?一个每晚十点多都要打电话给他的母亲汇报情况的男孩,最终却杀害了他的母亲,这里面,有什么样的恩怨情仇,家庭纠葛?我们还在想象着,白银案的男主人公在杀完了"小白鞋"之后,回到家中,如何洗干净了所有血迹,晚上入睡前,如何带着一种甜蜜和兴奋,对家人答非所问?我们还想象着,南京刁爱青案的作案者,那么多年以来,每年都上网关注网友的讨论,时不时地还回个帖……我们对这些事情太感兴趣了,太想知道细节了,所有的答案永远不能让我们满足,而这,就是小说产生的时刻了。

我们之所以在《隐秘的角落》里得到大满足,就是因为这是一个充满了细节和真实的人性的恶性案件。秦昊所扮演的张东升,这个杀人犯,每次跟人说话之前,都要羞涩地笑一笑。后来,他的两句让人细思恐极的台词流传于网络:"一起爬山吗?""你看,我还有机会吗?"他们的人生困境,我们全都理解,可他们的个人选择——杀人,却出乎我们意料。看过这部剧的人,很多都认为,小孩儿朱朝阳,跟大人张东升,他们两个的人格类型是非常类似的。而实际上,一个人竟然可以做出杀人这种事,常常不是人们所想象的,本来他是不杀的,后来被逼无奈,为了什么迫不得已的原因而不得不走到这一步。不是这样的。杀人的人，有很多注定就是会杀人的，因为我曾经告诉过你们一个词，叫作"反社会型人格障碍"。这种人在很小的时候，就会发生犯罪的行为，而且终其一生，都会持续这样的行为模式。我想作家紫金陈在构建这两个人物的时候，他就是有这样的考虑，朱朝阳虽然侥幸脱罪，但他长大了就是另一个张东升。

这种都市罪案类的写作，其落脚点是人性与心理，细腻地把握凶手的心理历程和人格特质，会成为你致胜的关键。

幻想小说避坑指南

幻想小说是大 IP 的主流，也是商业上最成功的作家经常在从事的类型。很多人不假思索就开启了幻想小说的写作之旅，而并未做出相应的思想准备和阅读、技能、知识储备，从而注定了败局。这一章节将为你指明很多坑的所在，并且告诉你如何找到正确的打开方式。

幻想小说分四种：科幻、奇幻、魔幻和玄幻，它们都是什么意思，又有什么区别呢？

先谈魔幻。魔幻小说是"魔幻现实主义小说"的简称，指把触目惊心的现实和迷离恍惚的幻觉结合在一起，通过极端夸张和虚实交错的艺术笔触来网罗人事、编织情节，以图描绘和反映错综复杂的历史、社会和政治现象。当你写一些都市奇遇类的小说时，你写到灯红酒绿，整个城市就像一只吃人的魔兽，而你已经被吞噬到了它的胃里，你感觉到脸上火辣辣的就像是城市的胃酸，像这种描写，就很魔幻。有人说魔幻小说的代表作是《百年孤独》，也许，我们可以把刘以鬯的《酒徒》也放入这一类，而茅盾先生《子夜》的开头，吴老太爷到了大上海突然去世那段，就可以说相当魔幻了。

　　写作魔幻小说，需要很高的文学技巧，更重要的是，需要有"想法"和异乎寻常的深度。象征、通感、比拟、互文等高级修辞，往往在"魔幻"的世界中占据一席之地。拉美"文学大爆炸"的作品如《百年孤独》是魔幻文学的代表作。而像《魔戒》这样的大IP，它是魔幻吧？错了，《魔戒》是奇幻作品，而不是魔幻作品。其中包含一个充满魔法和其他超自然元素的世界的小说，更加适应普通读者胃口，是"奇幻"小说。奇幻小说的"奇"可以解释为"传奇"，其本源可以追溯到古代神话和传说。大部分奇幻小说都受到古代神话的影响，常见的情节包括英雄人物面对黑暗之神的灾祸并挺身而出解救世界。当我们说起奇幻，我们会发现奇幻囊括了无数世界级的畅销作品，它分为西式奇幻、中式奇幻、日式奇幻等。《魔戒》就是西式奇幻的源头，沿袭《魔戒》设定的小说往往才被视为是"真正的"西式奇幻作品。而日式奇幻又被一些人看作是"真正的"奇幻，有趣的是，日式奇幻并没有在写日本的社会，而是照着更发达的社会，更富庶和平的城镇与居民生活去幻想出来的欧洲中世纪的奇幻。

　　英文中的"fantasy"被我们翻译成奇幻小说，就好像"novel, fiction, story"都被翻译成小说一样，我们要回到它的英文原意，才能理解到底是什么意思。这类小说已成雄霸天下之势，除了被称为"两千年来最重要的书"的《魔戒》，《冰与火之歌》《暮光之城》《哈利波特》，它们都是奇幻作品。

有人说，《哈利波特》的作者 J.K. 罗琳，这位带着三个孩子的单亲妈妈在家务之余，突然间就写了一部印钞机一样的作品，其实，这只是一个励志故事，罗琳能取得这样的成就，主要得益于她在 fantasy 这种小说类型下是个老司机，她从十四岁就开始读《魔戒》了。

西式奇幻作品有自己的传统，就好像我们如果不知道何为内力、何为轻功、何为点穴、何为解药、何为武林盟主，我们就看不懂中国的武侠小说一样。西式奇幻的世界虽说是架空的，可早已形成了它的传统：经常以中世纪欧洲为世界模板，以基督教文化和欧洲神话为精神资源，还有一套自己的语言体系，魔法、精灵、矮人、剑、骑士、恶魔、先知、龙与地下城……这一系列"语言"和体系构成的世界观，早已约定俗成，完全没有背景知识的人不可能开始写作这样的作品。

中国网文作家进行奇幻小说创作，初代作品是烟雨江南的《亵渎》（2005）。虽然是中国人所作，但《亵渎》的主人公名叫罗格·奥塔·里弗斯，毕业于莱茵魔法学院，他的导师是炼金术士费斯；我吃西红柿也曾经写过《盘龙》，创造了恩斯特学院、玉兰大陆、鸿蒙宇宙，这些都是"剑与魔法"的传统下必然要设定的内容，此时，中国人写的奇幻小说是西方奇幻的一部分，它只是一个过渡阶段的产品，当中式的"玄幻"兴盛起来之后，很快就式微了。

有人也把"玄幻"小说称为"中式奇幻"，有人说中国文化就是一个大杂烩，它具有同化一切的能力，在五千年中国文明的历史上我们曾经迎来过很多次外敌入侵，各种部族都践踏过我们，占领过我们，可是结局却不是中华民族亡国灭种，而是这些入侵者被同化，全都成为中华民族不可分割的一部分。Fantasy小说在中国也遭到了一模一样的命运，在我们本土的玄幻小说中，不仅可以出现剑与魔法师，而且还可以出现丹和狐狸精。我们都知道西方神话里有海神波塞冬，可是在唐家三少的玄幻神作《斗罗大陆》中，则出现了海神岛祭司波塞西，而且这位波塞西，还爱上了作者唐家三少他本人的曾祖父！

曾经一度，玄幻在网文界是一种地位至尊无上的类型，有人说，一位网文作家没有一部玄幻作品的话，他是无论如何不能被封神的。而那些玄幻的经典作品，动辄在千万字以上，而且，往往成为整个网站的扛把子，撑起流量的半边天。那样的一个时代，已经随着网络文学整体衰颓，而一去不返了。

让我们看一下玄幻大IP发表的时间线——

2006，《朱雀记》，猫腻，起点中文网

2007—2008，《星辰变》，我吃西红柿，起点中文网

2008—2010，《斗罗大陆》，唐家三少，起点中文网

2009—2011，《斗破苍穹》，天蚕土豆，起点中文网

2011—2013，《武动乾坤》，天蚕土豆，起点中文网

2011—2014，《将夜》，猫腻，起点中文网

2012—2015，《莽荒纪》，我吃西红柿，起点中文网

2014—2015，《择天记》，猫腻，起点中文网

2015，《雪鹰领主》，我吃西红柿，起点中文网

从2006—2015，堪称中国小说的玄幻十年。写作长篇玄幻

作品首先要构筑宏大世界观,英雄和炮灰都在这世界里流连忘返,无论是写作这样的长篇大著,还是追更,都需要耗费巨大的心力和感情。而以上这些鸿篇巨制的玄幻网文,它们的核心事件又是什么呢?

《朱雀记》,续写西游,一个非著名少年妖怪神仙成长史;《星辰变》,以一个庞大的修真世界为背景,讲述了主角秦羽不甘于没落、努力修炼跨越先天不足的劣势,一步步踏上强者之路,最终成为鸿蒙掌控者的故事;《斗罗大陆》,穿越到斗罗大陆的唐三如何一步步修炼武魂,由人修炼为神,最终铲除了斗罗大陆上的邪恶力量,报了杀母之仇,成为斗罗大陆最强者;《斗破苍穹》,天才少年萧炎在创造了家族空前绝后的修炼纪录后突然成了废人,种种打击接踵而至。就在他即将绝望的时候,一缕灵魂从他手上的戒指里浮现,一扇全新的大门在面前开启,他经过艰苦修炼,最终成就辉煌;《武动乾坤》,落魄的林氏子弟林动在山洞间偶然捡到一块神秘的石符而走上逆袭之路;《将夜》,前半部分讲述主角突破修炼难关,提升了自身修为,报了家仇;后半部分讲述主角身边人物和环境突变,国运逢危,风雨飘摇,一众人竭尽全力,扭转乾坤,挽救危局;《莽荒纪》,纪宁死后来到阴曹地府,经判官审前生判来世,投胎到了部族纪氏。这里,有夸父逐日,有后羿射金乌,更有为了逍遥长生,历三灾九劫,纵死无悔的无数修仙者。纪宁也成为了一名修仙者,开始了他的修仙之路;《择天记》,在人妖魔共存的架空世界里,陈长生为了逆天改命,带着一纸婚书来到神都,与一群少年英雄伙伴并肩与黑暗势力展开了殊死斗争,同时也收获了爱情,在神都开启一个逆天强者的崛起征程;《雪鹰领主》，拥有太古血脉的少年东伯雪鹰为救母卷入正魔争斗。其间，雪鹰与神族后裔女子余靖秋相识相恋，二人一路披荆斩棘，最终成长为星耀东方的一代雪鹰领主。

于是我们发现，几乎全部的玄幻大 IP 都在讲同一个故事：一个人如何成为最强者。这个核心事件，已经约定俗成成为玄幻小说的唯一、不可更易、正根正脉的故事线，成为所有读者的阅读期待。而完全相同的核心事件，出产了这么多大 IP，它们的差别在哪里？看点又在哪里？

"构筑世界观"是玄幻小说的重中之重。而每本书的世界观由这几部分组成：

1. 宇宙秩序。主人公所生活的时间、地点坐标轴。统摄宇宙的核心力量（道、教、功、法）。需要有地图，画清空间秩序，甚至是立体地图，因为很多玄幻小说涉及到三界，或者是各星系的星图。要有各个互相对抗的国家或者种族、族群的地图，即什么样的人生活在哪里，领袖是谁，如何移动。时间的量级有多大，如一个情节的发生是用了两天，还是两年，还是二百年，还是两万年。

2. 人物关系。包括亲属关系、师徒关系、恩仇关系、敌友关系、各自属国与势力、前生今世的缘分设定等。其中可能还有一些非人类的灵物的归属关系。

3. 升级系统。怎样做能修炼升级，进入下一个等级需要完成的任务是什么。

4. 物品系统。各种法宝器物的设定。

5. 法术系统。设计每个人独有的法术，它经常与升级系统重叠,或许存在某些秘籍。

想要写出这样一部大部头的玄幻小说,前期的设定工作非常重要,需要熟悉主流传统,在此基础上设计出自己的世界观和人物。

而如今的世界,已经成了一个"短"的时代,保留一部分玄幻设定,把心力放在**特殊**的核心事件的构筑上,用"类型融合"这种方式,写出又玄幻又言情、又玄幻又热血、又玄幻又搞笑的作品。《长月烬明》的原著小说、藤萝为枝的《黑月光拿稳BE剧本》,实际上只有五十四万字。然而在拍成电视剧时,集数却并没有比大型玄幻小说少。(举例:《斗罗大陆》四十集,《长月烬明》也是四十集。)因此今日之创作,千万字级别的大玄幻已经不宜再开,小而美的作品正当其时。

而说起科幻,前期的知识准备尤为重要。刘慈欣曾经苦口婆心地谈过很多关于写作科幻小说的相当重要的话题,在我看来,这些都是提笔之前必须要知道的:科幻与理想社会的关系、科幻应当避免怎样的硬伤、科幻小说当中哪一部分是属于文学的,哪一部分是属于科学的……而这种类型的作品也是最有知识含量的,门槛极高,你的知识储备真的够吗?

完全没有相应的科学知识就去写科幻,是小白常见的做法,经常令我感到相当程度的震撼。我批改过这样的作业:有的同学研究出了一种炸药,想要把虫洞炸掉。有的同学认为科学家根据虫洞理论研制的时光机如果想要启动的话,必须要到海拔两千米左右的山洞中寻找一棵灵芝草。还有的同学,在虫洞的墙体上挂上了灯箱广告……

科幻在中国，本来是非常小众的。刘慈欣估计全国的科幻迷数量是50~80万人，他是按照《科幻世界》杂志的销量，来推出这个数字的。《科幻世界》所设"银河奖"，是中国科幻的最高奖项，我这里有两封来自《科幻世界》的退稿信，都是我的一位学生收到的。第一封信，是这样写的：这篇作品的文字比较出彩，故事的情感基调连贯，但是故事有些过于重视情感经历了，几乎让人认为这是一篇爱情科幻，影响了主题的表达。这封信是什么意思呢？这封信是在嫌弃：小说太软了。第二封退稿信，则是这样写的：这篇作品文字流畅，结构完整，氛围营造较为出彩，但故事的科幻构思比较常见，新意较弱，情节不够精彩，三个结局的设计并未让故事增色太多，这种尝试是不错的，但小说的版面呈现形式限制了它的互动性，因为没有互动的悬念。这封信则是在说：你所写的这个故事，文学性压倒了科学性。向《科幻世界》投稿，真是一段硬碰硬的生命历险，在科幻老司机眼中，是有一些绝对标准的。第一硬标准是"科幻要硬"，何为硬呢？以物理学、化学、生物学、天文学、心理学、医学等"硬科学"为基础的，以严格技术推演和发展道路预测，以描写极其可能实现的新技术新发明给人类社会带来影响的科幻作品称为硬科幻。没有理论基础，没有学术基础，就不要去发明创造任何一个东西。第二硬，是什么硬呢？是"设定硬"。也就是退稿信中所说的"科幻构思"。我举个神乎其神的"科幻构思"的例子，给你看看什么叫"硬"：

核战后，地球已不再适合人类居住。为了鼓励残存的人口移民，政府承诺，只要移民到外星球，就可以为每个人自动配备一个仿生人帮助其生活。这些仿生人渴望自由,他们就逃回地球,而地球上有赏金猎人在等着他们。我们的男主人公就是这样的一位赏金猎人,他其实在地球上过着非常不如意的生活,为了钱,他要在二十几个小时内找到六个叛变的仿生人然后杀死他们。这就是一代宗师菲利普·迪克在1968年写下的科幻神作《仿生人会梦见电子羊吗》。而这本书的科幻构思则是:假如机器也会思考、渴望自由,那什么才是真正的人类?

而我们所知道的刘慈欣是一位科幻构思之王,他笔下的宇宙大开大阖,穷尽了想象力。熟悉他的作品的人,你能举出几个给你印象极度深刻的科幻构思吗?我来举几个。

第一个是《三体》中的"古筝行动"。一艘巨轮在白日里行进在巴拿马运河中,默默无声,我们要消灭巨轮上的人,但是要保留巨轮里存储的信息,用什么方式?答案是用纳米材料"飞刃"做成的弦架在航道上,用比头发丝还细很多,但是强度足以切割轮船的材料,把这艘船切成一片一片的,人会死,但存储在电脑中的信息可以复原……第二个是《流浪地球》里的那个想法:假如太阳出事了,地球想要不被连累,怎么办?他竟然能想到把地球整个发射出去。第三个是《乡村教师》,一个破乡村学校的老师教会了一群穷小孩力学三大定律,这本来看起来是一件微不足道的事,让这些小孩去考个高中他们也未必能考上,可是恰好他们遇到了一场外星人决定要不要毁灭地球的抽样测试,并且恰好因为会牛顿力学定律而通过了。所以,他们拯救了地球。这是一部获奖作品,虽然看起来它太软了,可是到了结尾,几个小孩跟整个地球的命运联结起来,给人一种宏大悲壮的感动。

"他们的个体相互之间的信息交流方式是什么？"

"极其原始，也十分罕见。他们身体内有一种很薄的器官，这种器官在这个行星以氧氮为主的大气中振动时可产生声波，同时把要传输的信息调制到声波之中，接收方也用一种薄膜器官从声波中接收信息。"

"这种方式信息传输的速率是多大？"

"大约每秒 1 至 10 比特。"

请问，《乡村教师》里，这些外星人在说着什么鬼话？他们在说：原来地球人彼此之间交流的方式是说话啊！在他们看来，说话的交流效率太低下了。他们看不起地球人。要不是扮成外星人的刘慈欣提醒我们，还真是很难发现说话这种方式是这么原始呢！

关于大刘，你还能想起什么？至少，有一个词已经从大刘的科幻当中走出来，深深地植根于我们的生活了，那就是"降维打击"。这个词在刘慈欣的小说中出现时，有一系列复杂情节作为它的背景：外星人打算消灭太阳系时，向太阳系扔了一个"二向箔"，所有接触到二向箔的物体瞬间从三维变成了二维，整个太阳系变成了一幅画……这就叫"降维打击"。经常使用"降维打击"这个词的人群，并不一定都看过《三体》，很多人根本不了解《三体》中的这个情节，仅凭望文生义，将其理解为"恃强凌弱""以大欺小"的同义词。

大刘作为科幻作家可谓是简洁明快，因果清晰，基本上没有让人很难理解的部分，而且在伦理和逻辑上，也不存在困惑和纠结。但科幻作家往往并非如此，菲利普·迪克所写的小说里，主人公遇到的第一个仿生人，是完全不知道自己是仿生人的十八岁少女，后来他怀疑自己对仿生人产生了感情，就跟少女发生了一夜情，好印证是否如此。在科幻的世界里，经常充满了此类变态的事情，因为科幻的任务之一就是挑战人类的边界，道德的、伦理的、生理的、思维的、感官的、科学的……现在你明白了，想要写一篇成功的、够格的科幻小说，有几个要注意的：

1. 理论背景要站得住，幻想部分要有科学可依；

2. 科幻构思要有新意；

3. 最好戳中一些终极的、关系到人类命运的问题。

经常能够生成科幻小说的理论都有哪些呢？我试着列举一下：

首先是 AI，即人工智能有关的理论——机器人三大定律，生物智能，人工生命，半机械人，蜂巢思维，朱庇特大脑；第二类是跟宇宙探索有关的——戴森球，宇宙大爆炸，黑洞，时空旅行者，德雷克公式，大筛选，光束传送，等等；第三类是武器系列——激光，电磁炮，粒子轨道炮（动能炮），热粒子线，引力系武器，空间系武器，二向箔，因果律武器，高能盾，AT 力场，等等。医疗系列——干细胞肢体修复术，记忆移植（含换头术在内）的记忆编辑技术，植物神经控制技术，定制型 DNA 刻录技术，上帝型生物制造技术，纳米机器人，等等。

当我列举到这里，想必你已经有所知觉，那就是要写一篇科幻小说，首先要确定你写什么故事，从而确定你用什么样的理论。而科幻故事到现在为止，它有且仅有十二种，请你看一看，哪一种适合你：

第一种,世界探索类。比如,你进入了一个死火山,发现里面有一个神奇世界,生活着许多从未见过的动物植物。

第二种,时间旅行。

第三种,灾难、毁灭与重生。

第四种,人类和类人。就像我们前面所说的仿生人,属于这种。

第五种,平行世界。

第六种,战争幻想,比如说《星球大战》。

第七种,电脑技术与虚拟世界。我们无比熟悉的《黑客帝国》就是这个。

第八种,从社会科学的角度,去探索未来的世界将如何组织,如何规范。比如《发条橙》,竟然也是一部科幻小说。

第九种,虚构某项技术产生的历史。比如阿基米德发现浮力的那一则小故事到处流传,它是真的吗?它大概只是一个科幻。跟这个很像的还有瓦特烧开水改良蒸汽机,牛顿被苹果砸中了发现万有引力。啊,有趣的科幻。当然,你可以写得复杂一点,写成指南针是在你祖先的帮助下,通过一个恋爱故事,终于被发明出来的。

第十种,写一项人们不知道的技术被发明出来。比如我现在发明了一种机器,立刻就能从每一张照片上,还原当时拍摄时全部的周边环境。这个发明很了不起,它将破获很多千古迷案。

第十一种,文明之间的碰撞,就是我们跟各种外星人的故事。

第十二种,跟数学、化学等基础硬科学有关,我们来构建一个故事。例如利用拓扑学当中的"莫比乌斯环"构建奇异空间等等。

　　要写幻想小说，并不是容易的事，前期工作必不可少。"谋定而后动"，一部小说的成败，其实在提笔之先就已经能看出大概了。

故事训练第五步：

把握故事卖相

当我们的故事训练走到这一步时，你已经拥有了设定、完整故事线、主人公和所有的人物，这一切会形成一个简纲，我希望你的简纲不超过 2000 字。

现在我们需要检查：你正在写作的故事，它所属的类型，在如今，在此时此刻，是否已经形成了一个序列、一种传统。换言之：如果你正在写的是古言宫斗，或者是中式玄幻，那么你需要熟悉这种品类之下的神级作品，了解目前它的发展阶段，和最晚近成名的作品是什么。例如：《甄嬛传》是宫斗世界中绕不开的存在，欲提笔写古言宫斗，《甄嬛传》必熟。然而，一本完全一样的书并不能引起今日读者的兴趣，你必须了解到这一类型最晚近的杰出作品。《至尊红颜》《金枝欲孽》《宫心计》等，是宫斗类型的古早作品；《甄嬛传》《步步惊心》是宫斗的巅峰作品；《如懿传》《延禧攻略》则是宫斗较晚近的爆款作品；其后逐渐式微，而今日虽然没有现象级作品，在各网站流行的杰出作品却各有其面貌——

番茄小说：女频有"宫斗宅斗"一项分类，在 2024 年夏季的某个时段，榜 1、2、3 名分别是《另谋高嫁：这侯府夫人我不做了!》《主母日常》《追你时高冷,我嫁人了你哭什么》;晋江文学城:有"宫斗"标签,榜1为《满级绿茶穿成小可怜》。七猫中文网:"女生原创-古代言情-宫闱宅斗"分类下,榜1、2为《太子妃跳崖后,狠戾皇叔他疯魔了》《惨死重生,全皇朝跪下叫祖宗》。

我们于是发现了当下宫斗的小潮流:女强,或者男女双强搞事业。女对男的依附感减弱。强冲突复仇情节,则是加料的爆款因素。过往的卓异作品,也有当今的作家模仿不休。其中宫斗的要紧原则,为作家们耳熟能详、挥洒自如。假如你的写作离开了它的传统,哪怕你的故事本身相当出色,它也很难出售。富有阅读经验的读者和编辑都会一眼看出:它太老了。或者:某某已经写过类似的了。

假如你写的是一个类型故事,可是到现在为止,你对这个类型下的成功作品一无所知,那么建议立刻停止写作,你需要补课,把过去出现过的被称为"神级"的作品,一一速读一遍。在读的时候,弄清以下问题:

1. 这本书跟其他的书相比,它的创新点是什么?

2. 这书的独特魅力在哪里?

3. 这书的风格怎么样?有辨识度吗?

4. 让它畅销的原因何在?

5. 主人公是一个怎样的人?请用几个简洁明快的词总结他的特征。如果发现很难总结,想一想原因是什么,是他太圆了,还是作者写的这个人物前后不统一。

6. 每一个主要配角存在的作用和价值是什么?

7. 这本书的哪些设定现在仍然在被沿用?

8. 这本书有没有过时,哪些地方是过时的,为什么而过时?跟现在的流行作品差异在哪里?

9. 请记下本书的世界观和设定,考虑在自己的新作品中如何沿用。

做完这些功课不是一件简单的事,可能要花很久的时间。不过,这一番功夫绝对不会白费。

在网络文学的世界中建功立业的作家们,被称为"大神"。他们所创立的功业,绝对不可等闲视之,因为每一个爆过的产品,都留下了一笔对后来的作家们堪称"资源"的存在。例如,《凡人修仙传》这部书,开书于2007年,完结于2017年,它开创了"凡人流"的修仙小说,一时间,让仙侠领域内充满了"凡人"的声音。由这本书创造的设定,至今仍然被大量仙侠小说沿用,如——

修仙者。仙人不是凭空而来的,是凡人经过修炼而进化成的;灵根。若有灵根,修仙容易,如无灵根,很难登上修仙之路;升级系统。这本书把一个凡人修炼到与天地同寿的巅峰境界划分为若干个阶段,每个阶段的晋级都淘汰掉无数人,都极为艰难卓越。任务越难,对读者的吸引力越大。修仙者境界划分为"练气、筑基、结丹、元婴、化神、炼虚、合体、大乘"八大境界,主人公在不断晋级,得到药材、法宝、神功的过程让人有"开金手指"的爽感,而不断地杀戮敌人以夺宝或者抢占资源的过程,每次都是一个置于死地而后生的充满阻力的激烈冲突,更是让读者欲罢不能。

而怎样能够把一部书写到两万多页,每一页都引人入胜?怎样让自己的书吸引力十足,让人只要打开就合不上?无论是《甄嬛传》，还是《凡人修仙传》，还是其他很多作品，都具备这样的属性，而这种属性是由一个共同的结构带来的，这种结构叫作：升级打怪。

甄嬛跟很多娘娘争斗，陷害很多人，也为很多人陷害。正是因为甄嬛在这个过程中不保证必胜，有时候会面临龙颜大怒、位份一撸到底、被发配尼姑庵的局面，所以才让情节更加引人入胜。而当大家仔细观察《甄嬛传》的结构，会发现这就是相当严谨的"升级打怪"型：每次宫斗成功就会晋级位份。而《凡人修仙传》设立了层次更丰富、对抗更直接的升级系统，虽然主角韩立百分百会晋级，但是每次的困难都大到不可想象。

人类爽感的来源在于从下向上攀爬的社会进阶之路，在于打赢对手的生物学本能，在于未知结局的最终揭露，"升级打怪"完全满足了这些本能。假如主人公在跟人打仗，输赢未定，那么生物学本能会让我们一直看到决定输赢的那一页才肯停下来；假如主人公被人踩在脚底，那么他站起来的过程会让我们得到奇特的满足；假如主人公变强进阶，那么作为读者，我们也会觉得神清气爽。

超强的大神作者能够做到让紧张刺激的对抗环环相扣，上一战未息，下一战又开始了，而且变化丰富。虽然当我们合上书页，加以总结时，我们会发现这种结构简直乏味到无聊——不停打怪，不停升级；从弱变强，最初一定是最弱，最后一定站到巅峰；每一次情节其实都几乎一样，都是打打打被打到地上最终赢了。但，我们仍然停不下来。

至于主人公韩立，他的出身自带畅销体质。他的流行密码在于他的平凡：相貌平凡，资质普通，而且，他还别具中国普通老百姓韬光养晦、凡事不出头、闷声发大财的民间智慧。既然网文是写给无数普通人看的，那么让普通人最具代入感的主人公无疑会拉动流量。其实，韩立这个人，他是极其扁平的，是一个每天见面也还容易被忘记的、默默无闻的主人公。不爱说话、不爱表现、惯于隐藏自己是他的特征。然而有一项特征是绝对不可忽略的，也是韩立身上几乎跟"平凡"并肩而立的显著特征：他杀伐果断、冷酷无情。韩立几乎是个"没的感情的工具人"，杀人夺宝从来不会手软，也完全克服了男人好色的弱点，对修仙没有益处的事他完全不碰，也从来不曾对女人怀有怜香惜玉之情。至于他的双修伴侣或者侍妾，也都是他修仙路上的工具。总之，韩立是一个看不出什么个性，甚至不太有喜怒哀乐的"赢"的化身，他的这几项特征都让他在修仙路上一路开挂。

而这本书中除主人公之外的所有人物，都可以划分为三种：敌人，路人或友军。前者被灭，后者尚有正常人际关系。敌人与韩立构成你死我活的关系，因为他们想灭了韩立，却被韩立灭了，把他们的东西抢了过来。路人自不必说，友军这一序列，则又分为韩立供宝者、共生者、同宗者、依附者等。于是你发现：以主人公为中心，所有人物都是功能性的。这是《凡人修仙传》人物设置的宗旨，这本书就是要写升级，全本"搞事业"，完全不搞感情。

这本书宏大细腻的世界观，至今仍然被沿用。不仅创造了令人叹为观止的升级系统，而且还有——

1. 壮阔的地图和传送方案。
2. 丹药系统。

3. 法宝体系。

4. 妖兽设定。

5. 对"体质"的规定。

6. 极具创造性的丰富术法。

7. 阵法。

所有这些，都成为后来的玄幻小说取之不竭的资源。故事也许会过时，但这些设定和世界观却很难过时。

以上按类型研究经典作品和爆款作品的过程，非常占用时间，然而却会给你巨大收获。你一定要做到摸透往昔作品的经典设定和流行规律，再去决定自己写什么样的故事。

"跟风"听上去是一个很无脑的行为，但却行之有效。所谓"跟风"，就是跟随流行风气，模拟流行剧情，把一个正在流行的故事换种方式另讲一遍。而我们看到的市场规律，便是一个爆款故事生成之后，市场上立刻出现大量跟风作品。

跟风作品是有意义的：它有利于将爆款设定的势能穷尽。一部新出现的爆款往往是新设定成功的标志，例如：穿书。这种小说的基本设定是：一个了解到全部剧情的人，穿越到书里，成为那个马上就会死的炮灰。这个人在剧情中需要借助自己对剧情的了解，竭尽全力维持自己不死，从而保持了从始至终的紧张感。而穿书文的大盛，将这种基本设定的势能竭尽所能穷尽：穿成恶毒女配；改变原主性格；赢得男主感情；还有女主对剧情不那么熟悉等各种情节变体，也就是细小的新设定的增入，让这类文更加妙趣横生。

"跟风"是有一定技术含量的，它要求你透彻地理解新设定的剧情发动机。因此,成为一位"跟风"的作者,未必没有原创性,因为"跟风"并不是抄袭,而是令你在相对安全的市场预期之下(这种设定已经被证明是很受欢迎的)进行自己的创作。

当然,严禁抄袭。

根据以往的爆款作品,结合流行趋势,创造自己的新设定虽然有一定的风险,但比起完全不做市场功课,单纯凭热情来开文,还是要安全很多,而且屡有成功案例。你只要做到:

1. 你的新设定饱含情节的势能,充满张力;
2. 情节的紧张度足够;
3. 不违反现如今的三观道德;
4. 尽量创造为观众喜爱的主人公。

那就不会有太差的成绩。什么叫作"不违反如今的三观道德"?在流行商业文学的世界中,我们总要直接、最大限定、毫无"光环"保护地面对读者,也就是说:你的成败,完全由读者论定。此时,每一位商业小说家都不能违反如今为读者们所广泛认可的价值观。例如:琼瑶的作品在几十年以前脍炙人口,如今却被很多人批判为"三观不正"。

当做完所有以上功课,把自己的故事进一步确立下来,此刻,它的设定、类型、人物都非常过关了,而且也是为市场所饥渴的时髦故事。接下来,我们就要把大纲定型,而且开始书写故事的正文了。

作业 9 确定故事类型,学习类型传统

现在再打开你的故事。按照流行的分类法,确认你的故事属

于什么类型。你可以做以下工作——

1. 在表5~1（见174页）中找到自己的故事对应的类型。

2. 在"类型故事书单"表格中找到与自己的故事相同类型的作品，一定要把这部对应作品读完，将其与自己的故事对比——它会给你很多启发。因为你不是一开始就去读的，现在你的故事已经沿着自己的思路发展已久，研究相同类型的爆款作品会让你在另一个角度思考自己的故事并完善它。

3. 假如在第一个表格中暂时找不到自己的故事类型，那么它可能有点问题。现在开始问自己：它是幻想类，还是现实类？

4. 它是男性视角，还是女性视角的故事？你为男性读者写作，还是为女性读者写作，或者不分男女？

5. 假如它是幻想故事，那么它是有完整世界观的宏大故事，还是仅仅出自一个脑洞的小而美的故事？如果是宏大叙事，那么它的世界观传承自哪里？（请尽量放弃纯然原创的想法，积累尽可能多的世界观类型并做出你的选择。）

6. 假如它是现实故事，那么它的故事背景是哪个年代？哪个城市？哪个行业？你的人物处在哪个年龄段？你的读者将在你的现实故事中获得哪方面收获？

7. 对于那些没有找到自己故事的确切类型的同学来说，现在，尽量把你的故事调整到表格中已有的类型方向，除非你有极大的自信，认为自己的故事一定会受到市场的欢迎，如果是这样的话，请写下读者之所以欢迎它的理由。

◇ 类型故事书单

书单说明：

1. 本书单的主要书目取材于网络小说，因为这是当代类型故事的主流，但某些类目也囊括了出版项目和译制项目。在商业小说写作的道路上，中国当代网络文学极为成就卓著，甚至正在全世界开启了强大的中国故事势能。但当本土作家追逐流行风尚时，在某些故事维度上，一些外国故事也可资参考。

2. 各种网站对网络小说的分类林林总总，各有不同，而本书单的主要依据是：当有了相当有影响力的必读作品之后，这一分类才会被列出。有一些虽然早已存在，且不断产生新作品的分类，如"黑暗幻想"类，由于始终没有产生代表性作品，所以不被本书单收录。

3. 遵照广大读者的读书习惯，本书单亦分为男频、女频。大多数类型本身已经约定了类属于男频或女频，只有少数类型既有男频作品，又有女频作品。

4. 为了避免混乱和混淆，简单罗列一下各重要类型定义：

玄幻小说是融合多种幻想元素并且有明显的升级体系的小说；仙侠小说则是在传统武侠小说的基础上加入道教的仙术系统的小说。玄幻和仙侠两者常常分拆不开，因此常常在各种网站分类中被并入一类。本书单的"玄幻仙侠"分类标准是"拥有明显的升级体系"，因此像《悟空传》这样的作品，便不属于此列。"玄幻仙侠"是网络小说中的大类，盛产大部头作品，最具影响力的 IP 往往是这一类型的，其分类众多。其中"古典仙侠"的主线情节是一个人在人世中悟道修仙，"修真仙侠"则拥有严密的升级体系；西方玄幻的故事背景和升级系统都是在西方奇幻文化系统中的，充满了魔法、神话、冒险、巨人、矮子、精灵、兽人、吸血鬼等元素，"西幻"小说发展早于东方玄幻，且据说在《斗破苍穹》这种东方玄幻作品的代表作出现之后变得沉寂，但《诡秘之主》的火爆破圈，代表了西幻的强势回归。然而我把《诡秘之主》另设一类，因其更重要的意义应当是"克苏鲁"风格作品的代表作。所谓"克苏鲁文学",即采用了"克苏鲁神话体系"——以美国作家霍华德·菲利普·洛夫克拉夫特的小说世界观为基础,由奥古斯特·威廉·德雷斯等人整理完善,并由诸多作者所共同创作的一系列文学作品中构建的神话体系。然而"克苏鲁"的意味不止于此。《诡秘之主》作为西幻的胜出,和《道诡异仙》作为东幻的胜出,是同样的原因:它们都代表着克苏鲁的美学,代表一种重口味的怪异。而"高武世界"中个人的武力值极高,一个人的武力可以歼星,普通人的社会和组织对其来说毫无意义,随着《超级神基因》出海的成功,它亦成为创作热点。

女频小说中"无 CP"竟然成为一种主流,是因为其主线是大女主搞事业迎合了眼下潮流。宅斗文之经典如《知否,知否,应是绿肥红瘦》《庶女攻略》同时都被打上"种田文"标签,"过日子""发展家庭经济"是这类种田文情节主线,然而在文体发展过程中,概念有所变易,最新流行的种田文是真的在"种田",从耕种到收获到把食物端上餐桌的过程就是它的情节,如《重生小地主》。

年代文当中的"民国文",由于民国出身的作家自己已经在用白话文写作,且已经在写商业小说,其写作态度立足于对市场的追求,其传播媒介已是当时的大众媒体，因此学写民国年代文最好的途径是师从民国畅销书作家。一些当时红极一时的媒体作家，如包天笑、刘云若、苏青等，他们的作品如今很少被重读，而张爱玲、张恨水等有数几位，却成为当世影视改编热点和阅读重点，这都是有原因的。当世人写民国文，要像民国，却不能太民国，因为今日读者跟往昔读者所关切的问题、意识的格局已经产生了极大的变易。

而都市时尚类作品，其生命力相当短暂，有些昨日尚红极一时的作家作品顷刻已无人问津，因此本书单亦浅尝辄止，尤其注意避开近两年的流行作品。

5. IP小说是一种潮流现象，虽然有一部分经历了时间的考验最终成为经典，但大多数宛若年节的花火，经历一番万众瞩目的绚烂之后沉寂到永久的虚无。因此IP小说永远是常变常新的，每一个IP的价值每年都不同，这也导致了本书单有其并不很长的"保鲜期"——它迟早会变成一份陈旧的、仅有文献价值的书单。倘若你读到这份书单的时候，感受到了它的"陈旧"，这将说明本书的生命力超越了书单上的多数作品——这很正常，假如把书单上的内容比作一道道大餐，本书则是菜谱。

表 5-2

		男频	女频
玄幻仙侠	凡人修真	忘语《凡人修仙传》	
	洪荒流	梦入神机《佛本是道》	
	异世大陆	唐家三少《斗罗大陆》 我吃西红柿《雪鹰领主》	
	王朝争霸	老猪《紫川》	
	西方玄幻	我吃西红柿《盘龙》	
	高武世界	十二翼黑暗炽天使《超级神基因》	
	克苏鲁	爱潜水的乌贼《诡秘之主》 狐尾的笔《道诡异仙》	
	修仙探案	卖报小郎君《大奉打更人》	
	古典仙侠	萧鼎《诛仙》 辰东《遮天》 耳根《仙逆》	
	言情仙侠		九鹭非香《魔尊》(《苍兰诀》) 藤萝为枝《长月烬明》 苏寞《沉香如屑》 Fresh 果果《花千骨》
	纯爱		墨香铜臭《魔道祖师》
悬疑	无限流	祈祷君《开端》	
	武侠	藤萍《吉祥纹莲花楼》	
	本格推理	阿加莎·克里斯蒂《无人生还》	
	变格推理	江户川乱步《人间椅子》 横沟正史《犬神家族》 乙一《夏天、烟火和我的尸体》	

(续表)

		男频	女频
悬疑	社会派	东野圭吾《白夜行》 宫部美雪《火车》 叶真中显《绝叫》 紫金陈《坏小孩》	
	心理悬疑	连城三纪彦《一朵桔梗花》	
	谍战	马伯庸《风起陇西》 张勇《伪装者》 麦家《风声》	
	校园	玖月晞《少年的你，如此美丽》	
	古装探案	魏风华《唐朝诡事录》	侧侧轻寒《簪中录》
	盗墓探险	南派三叔《盗墓笔记》 天下霸唱《鬼吹灯》	
东方奇幻		今何在《悟空传》	
官场		周梅森《人民的名义》 小桥老树《侯卫东官场笔记》	
架空历史	宫斗		桐华《步步惊心》 流潋紫《甄嬛传》 《如懿传》
	宅斗	愤怒的香蕉《赘婿》	吱吱《庶女攻略》
	种田	弱颜《重生小地主》	
	言情		关心则乱《星汉灿烂，幸甚至哉》 匪我思存《东宫》
	甜宠		多木木多《清穿日常》
	权谋	猫腻《庆余年》	
	探案言情		清闲丫头《御赐小仵作》
	清穿		金子《梦回大清》

（续表）

		男频	女频
架空历史	秦穿	黄易《寻秦记》	
	穿唐	孑与2《唐砖》	
	穿宋	阿越《新宋》	
	三国	黑色柳丁《凤穿残汉》	
	东晋	贼道三痴《上品寒士》	
	穿明	月关《回到明朝当王爷》 三戒大师《官居一品》	
言情	虐恋		匪我思存《千山暮雪》
	无CP		墨冷《欢迎来到我的地狱》
	穿书		七月荔《洗铅华》
	养成系		长洱《天才基本法》
	青春校园	八月长安《最好的我们》	
年代	恐怖灵异		尾鱼《半妖司藤》
	民国	张恨水《金粉世家》 李碧华《霸王别姬》 张爱玲《半生缘》 墨宝非宝《十二年，故人戏》	
	抗战	都梁《亮剑》 莫言《红高粱家族》 兰晓龙《我的团长我的团》	
	建国至改革开放	金宇澄《繁花》 梁晓声《人世间》 都梁《血色浪漫》	
	商战	朱秀海《乔家大院》 陈杰《大染坊》	

（续表）

		男频	女频
都市	都市异能	三九音域《我在精神病院学斩神》《夜幕之下》	
	女性成长		亦舒《喜宝》《承欢记》《我的前半生》《流金岁月》
	都市生活	常书欣《余罪》 张嘉佳《从你的全世界路过》	
	草根逆袭	烽火戏诸侯《陈二狗的妖孽人生》	
	电子竞技	蝴蝶蓝《全职高手》	
	鉴宝	打眼《黄金瞳》	
	萌宠	陈词懒调《回到过去变成猫》	
	重生	奥尔良烤鲟鱼堡《重生之大涅磐》	
	医生		墨宝非宝《至此终年》
	刑侦		丁墨《他来了，请闭眼》
	职场		李可《杜拉拉升职记》
	家庭关系		阿耐《都挺好》
	商战	豆豆《遥远的救世主》	

第 6 课

走向专业写作：
确立故事风格

同样的题材，同样的情节，同样的人物，你，和张三同时开始写这个故事，你们写出来的会是一样的吗？

同样是雷峰塔下的法海抓了一条蛇，张三写了白蛇爱上许仙，你却写成了小青爱上法海，坐在你们后面的李四则写成了青蛇爱上了白蛇，闺密之情浓如春酒，睡在你上铺的王五则创造了一段许仙和法海相爱相杀的故事。在一个故事里，不可避免地要出现你的个人痕迹，你写的故事就是你写的故事，它跟张三、李四、王五写的故事，就是不一样。而且，在故事中，你的个人痕迹越明显、越强烈、越完整，辨识度越高，往往意味着故事写得越好，越成功。好莱坞著名剧作总监理查德·沃尔特说过，"写作者最应该写他自己的故事"。

方法1：找到叙事者声音

什么是你自己的故事呢？

在二十个世纪六七十年代的香港的贫民窟里，住着一个小孩，他有一个姐姐、一个妹妹，几个孩子全靠母亲出去做工养活他们。有一回,母亲已经有两个月没发薪水了,家里的孩子们好久都没怎么吃饱过了,这天饭桌上好不容易有了几只鸡腿,这个小孩抓起一只鸡腿咬了几口,就把鸡腿扔在了地上。母亲实在太生气了,抓起一根笤帚,使劲儿地打在这孩子的屁股上,然后,无奈地,捡起鸡腿,洗了洗,自己吃了。后来,过了几十年,这家人已经变得非常有钱了,讲起来以前的经历,孩子告诉他的母亲,这是因为看到母亲把所有好吃的都给孩子们,自己一口也舍不得吃,他觉得妈妈做工很辛苦,应该吃点肉补充营养,所以故意把鸡腿扔到地上的,因为他知道妈妈一定舍不得浪费,会把它吃了。

这个孩子就是周星驰。有人说周星驰的电影是后现代主义风格的,因为里面有大量无厘头的台词,而后现代主义意味着反对一切价值,让一切坚固的都烟消云散。可是当我们认真研究周星驰的电影,我们发现,星爷对于价值的态度是坚守的。周星驰一直坚持的价值是什么?就是"野百合也有春天"的那种价值,是一切小人物的梦想都值得尊敬,而且都有可能会实现的。《喜剧之王》和《新喜剧之王》,虽然出品年代不同,但是它们是同一个故事。在周星驰电影里,从来就没有什么救世主,也不表现达官贵人,都是小人物担纲主角。这些小人物,又猥琐又好笑又贫贱,我们总是情不自禁地笑话着他们:你看他那个苹果都烂掉一多半了他还那么认真地吃呢!你看她那个妆画得好吓人她自己以为多漂亮呢!可是在我们的内心深处,则有一种尊敬、一种怜爱、一种认同感不知不觉地强烈起来。我们经常说:虽然这件事失败了,可我并不灰心,因为"我是一只打不死的小强"!这句话的出处是哪里呢？"小强"这种说法，它就是在周星驰的电影《唐伯虎点秋香》里被发明出来的，它也真的象征了周星驰电影所弘扬的一种精神：小强精神，一种打不死的精神。所以，周星驰的电影风格不是后现代的，他有他明确弘扬的价值，他承认和鼓励每一个人去追逐心中的梦想，去成为想成为的人。而周星星、苏乞儿、至尊宝、唐伯虎、韦小宝、尹天仇……周星驰电影中所有的这些主角，都是那个把鸡腿扔在地上给他的妈妈吃的孩子。

周星驰的个人风格为何如此富有感染力？那是因为，他的主人公，为着正义的价值，善良的价值，爱的价值，干了一些非常讨打的事情，他们干这些事的逻辑是非常孩子气的，却因此贴近了我们心灵中最柔软的部分，所以当故事进展到真相越来越明确的时候，我们就被感动到飙泪了。周星驰一直都在讲他自己的故事，而这个故事早在他童年阶段就已经成型了。

"风格"就是：这是你的故事，不是别人的故事。

不要把生产故事的车间看作是一个流水线，它不是。香港的TVB有一个工作传统，就是把编剧工作分拆肢解，有人专写分集，有人专写分场，有人负责台词，有人负责动作。这么下来一点儿错没有，而且保证了产量。有人在TVB文学部门工作了一辈子，竟然都没写过一部完整剧本。这么下来后果是什么呢？后果就是几乎搞垮了TVB。好编剧是什么？TVB就应当用戚其义与周旭明这种编剧，他们的风格并不主流，格调非常灰暗，让人感到沉重、残忍和矛盾，他们的剧集里死的人非常多，有时候还会死主角，他们的收视率也未必都很高，有时也会排倒数。可是没有他们在就不会有整个香港商战剧的辉煌，因为他们的灰暗、沉重、残忍和矛盾的风格构成了他们的魅力。

也许在你心中，所谓的TVB风格是这样的：

你肚子饿不饿？我煮碗面给你吃。
你这样子做，有没有考虑我的感受？
说话是要讲证据的，当心我告你诽谤啊！
警察了不起啊？
发生这种事，大家都不想的。

从这些台词中，你能辨认出编剧的个人风格吗？你不能吧？所以事实证明，如果编剧打卡上班，一辈子只写分场大纲的第二稿的话，他是不会有机会表现他的个人风格的，他的一生平平淡淡、郁郁而终，而我们也不会有真正鼓舞人心、令人难忘的好戏看。故事的个性是不可重复、不可颠覆、不可替代的。而你职业生涯真正的开始，不是你开始写作的日子，而是你能够按照自己的风格去写作的那一天。日本如今最卖座的编剧古泽良太在他二十多岁的时候已经获了电视台的新人剧本奖了，但是他把《怪胎刑警》当成他真正的第一部作品，因为是从那个时候起他有了创作他自己喜欢的东西的自由。

那么现在问题来了，什么是你的个人风格，如何形成和创立自己的个人风格呢？我想直接给你答案，而且是从可以操作、可以实现的角度。

风格有两个层面，因为叙事学家把一个对象分成两个层面，一个是故事,另一个是话语。故事,意味着讲了什么;而话语,意味着这是怎么讲的。从"话语"的层面说:不同的人去讲同一个故事时,他们可能会使用不同的结构、语言、表现方式,他们甚至还会使用不同的体裁,比如《长恨歌》是一首叙事诗,《杨太真外传》是一部传奇小说,《长生殿》是昆曲,《王朝的女人·杨贵妃》就成了电影了。

当我们在话语层面上谈风格,你最重要的决定是什么?你首先要决定"是谁在讲故事"。也许你觉得这不是一个问题:是我在讲故事呀!是我打开了电脑,打开了电脑里面的 WORD,正准备敲字呢!但是这个问题并不像看上去那样简单,因为:这个正在讲故事的人,你能确认他就是你吗?他真的是你**本人**吗?请你想一想,当你打开一部《红高粱》,"我给你说我爷爷我奶奶的这段事",你不会真的以为,这个故事里的人物就是莫言的亲爷爷和亲奶奶吧?那我们再翻开一本《水浒传》,我们读宋江和阎婆惜的故事,宋江怎么样跟阎婆惜吵架,怎么样被阎婆揪住不放,又怎么样把她杀了,又怎么样被唐牛儿救了,唐牛儿被阎婆缠住了,此时突然来了一个人,谁呀?谁也不是,这个人不是书中任何一个人物,但是我们分明地、明明白白地听到了他的声音,因为这个人在说话:"毕竟唐牛儿被阎婆结住,怎地脱身,且听下回分解。"且听下回分解,听谁分解?这里是不是有个人呢?当我们发现这里有个人以后,我们再回头看,我们发现这个人一直都在。阎婆惜和宋江冷战时,宋江还没说什么,这个人就在那里说了:"自古道'欢娱嫌夜短,寂寞恨更长'。"宋江把阎婆惜杀了以后,这个人又闲不住了,来了一个"但见:紧闭星眸，直挺挺尸横席上；半开檀口，湿津津头落枕边……"，当时发生了什么，他全都看见了。那么他在哪儿呢？他是躲在床底下的张三呢，还是藏在房梁上的小偷呢？我们都知道，彼时彼境，其实是只有宋江和阎婆惜两个人在场。这个多出来的人是谁呢？他就是讲故事的人。

这个讲故事的人，他到底是谁？我们在《水浒传》这本书里看到了他的形象，他虽然没有出场，但是通过他的语气、议论和讲故事的方式，我们猜测，他富于社会经验，身居社会底层，紧紧扎根于生活，同时，他还不乏睿智，拥有特别多的民间智慧，《水浒传》就是这个人写出来的。但是我需要告诉你一个真相：《水浒传》不是一个人写出来的，也不是一个时间段写出来的，而是经过了好几百年，经历了无数民间艺人的手才终于写出来的。那么这个讲述《水浒传》的声音，他究竟是属于哪个民间艺人呢？

通过以上两个例子，一个《红高粱》，一个《水浒传》，你差不多知道了什么叫作"讲故事的人"了。这个"讲故事的人"，在叙事学上，有一个专有名词叫作"叙事者"，"叙事者"跟"作者"可不是一回事，在生活中，这位作者可能是个穷人，但是他偏就写了一本纸醉金迷的小说，在写的过程中，张口闭口就是："哎呀，这五百多根金条啊，也算不得什么，毕竟，还是一家人团圆最重要啊！"可是在现实中，他可能刚才还去敲邻居家的门，借了两百块钱。他做得对吗？他做得当然对，何止是对，简直是优秀。因为这是一个好作家的素质：在写作的过程中，真正地让自己化身为另外一个人，做一个合格的叙事者。我所说的这个例子，很接近张恨水，他作为一个穷记者，坐在小破屋里，吃着开水泡饭，却写出来了《金粉世家》这样的豪门恩怨。

《红高粱》使用第一人称叙事，说书人在《水浒传》中也泄露了自己存在的天机，但是在大部分小说中，这个"叙事者"是隐藏的，让你感受不到他的存在。当这本书不是用第一人称写作，当这本书里根本就没有一个人时不时地冒出来表达一下"这个故事是我写的"，这个叙事者，他就不存在了吗？他一定是在那里的。当我这样说，你或许觉得很玄，你或许觉得：我看了那么多小说，从来没有感受到过那个人存在啊！不会的，你其实早就感受到了，只是你不明白而已。我给你讲个例子，你就明白了。

明代的汤显祖写了一本《牡丹亭》，所有读到这出戏的闺中少女都认为他魅力四射，对之非常迷恋，有不少人表示：一定要嫁给汤显祖。有一位小姐痴恋汤显祖，甚至得了相思病，于是有人就安排他们见了面。她见到了真人，大失所望：原来你这么矮、这么丑啊！你骗了我！可是汤先生什么时候对她们说过自己高大英俊呢？这些闺中少女是凭什么得到这样的结论呢？这是因为她们爱上的不光是书中的人物、书中的情节，她们感受到了叙事者的灵魂，爱上这个叙事者了。

当一个人在讲一个故事的时候，他是一定会有语气、观点和态度的，我们一般会称之为"作者"，所谓的"读其书，想见其为人"，就是对这位"作者"的思慕。可是严格地说，"作者"并非写作的那个肉身的人，而是"叙事者"。"叙事者"是这位生物学意义上的作者所采用的语气、观点、态度、学养、性格……的综合体。

虽然很多情况下，叙事者跟作者本人无限接近，但也有不少的情况，叙事者跟作者是两个人。一个内心卑劣的人，写了一部正义凛然的书，或者一个拘谨害羞的人，写了一部大胆狂放的书，一个长相不佳的人，写了一部让人人看了以为他倾国倾城的书，这种情况很多见。本来，在讲故事的时候，我们的状态跟日常的状态就是有所差别的。而那个被所有读者记住的"作者"，他的本质，不是作者的这位生物学个体，而是那个"叙事者"！其实，作者本人是胖是瘦，是美是丑，是健谈还是结巴，是贫穷还是富有，是洋气还是土鳖，根本就没有关系！作者本人，根本就不重要，他完全可以永远隐藏在"叙事者"背后，给读者看"另一个自我"的表演。

让我来为你描绘一下这种状态吧！

一个人，他的胆子非常小，但是他把这件事当成自己的秘密，不让任何人知道。他写了一篇英雄小说，里面的英雄以大胆著称，经常走夜路，跟鬼打仗，从悬崖上跳下去但是毫发无损。而且，在写这部英雄小说的时候，这个人还经常写道："英雄又踏上了寻找怪物的征程。他深深相信，天底下的怪物没一个好怕的！难道不是吗？在打败了大黑熊、大野驴和大妖怪以后，我们已经知道了，在无敌的勇气面前，那些怪物都会变得像面团一样软绵绵的。"你能从这些文字当中，看出作者是一个胆小鬼吗？你绝对看不出来。那么我问你，这位作者本人胆子特别小，这件事，重要吗？

在写故事这个领域中，有很多作家，一旦拿起了笔，就变得跟往常的自己截然不同，就好像人格分裂了一样！我们如何确定，这个作家究竟会不会在写作中变成另一个人？这个正在写作的人，保留了作家百分之多少的真实性格？我们根本不需要确定，也不需要关心。我们直接把他们当成两个人就好了！这两个人当中，我们可以不关心作者，而只关心叙事者。因为跟作品有直接关系的，是叙事者，而不是作者。有一位作家说过一句非常通透的名言："当你吃了一只蛋，觉得很好吃，又何必去认识那只下蛋的老母鸡呢？"什么意思呢？作家就是老母鸡，而蛋只要离开了老母鸡的身体，就独立存在了，读者好好吃蛋就行了，因为一切都在蛋里了！（叙事者就在蛋里。）

在写故事之初，你先要确认你的叙事者是谁。这是什么意思呢？

你首先要确认用什么人称讲故事。如果用第一人称，这个"我"是谁？你需要对这个第一人称主体足够了解，因为它虽然被称为"我"，本质却是故事中的某一个人物充当叙事者。如果用第三人称，你常变成一个附体的幽灵，就算你使用了第三人称的全知视角，像上帝一样知道所有的事，可以没有任何边界地把一切都写出来，你这个上帝，也不同于其他故事里的其他上帝，有以下这些方面：

1. 语气；
2. 词汇；
3. 价值观；
4. 常用熟语；
5. 对人物的认同程度；
6. 对人物处境的灵敏程度；
……

如此等等，都是你这个上帝独有的。每一位成功的叙事者，都是一个具备鲜明、鲜活的个性的独特上帝，所以，只要看他们写的东西，你就能认出来：谁是张爱玲，谁是老舍，谁是三毛，谁是鲁迅，谁又是斯蒂芬·金。

想要创设属于自己的风格，首先要建立一个叙事者的声音，一个在所有作品当中都相当统一的叙事者，让人一听就知道"他来了"。他可以不是你自己，他可以比你帅、高大、有钱、学历高，当然你也可以剑走偏锋，你所创造的那位叙事者他是一个杀人如麻心狠手辣的反社会型人格患者。但是这个人一旦被你创造出来了，你就要一直按照他的声音去说话，按照他的意思去行动，换句话就是：你的人设千万不能崩。创建了这样的一种叙事声音之后，你就称得上是一位风格化的作家了。

方法2：搭建世界观

当你走上专业作家的创作之路，有一个概念是你无论如何都要掌握的，它就跟"设定"一样的重要，这就是"世界观"的概念。

在故事专业领域中我们提到的"世界观"，跟通常的、从前人生中我们接触到的"世界观"一词，完全是两样东西。从前我们知道：人的"三观"包括世界观、价值观、人生观，而"世界观"是指处在什么样的位置、用什么样的眼光去看待与分析事物，它是人对事物的判断的反应，是人们对世界的基本看法和观点。而从现在开始，你需要更新你的专业词库了——所谓"世界观",就是你的人物生活在什么地方,而这个地方又具有什么样的**规则**。

一个生活在当代都市现实中的人,假如把一把刀,捅进了挑衅之人的胸口,这种行为叫作"刑事犯罪";而一个生活在仙侠世界中的人,也干了同样的事,这种行为叫作"快意恩仇"。所以,离开了环境和背景,离开了主人公所生活的那个"世界",我们无法去谈论一个人物是好还是坏,是对还是错,是成功还是失败。

阅读本书过半,现在你已经知道了:设定对于故事的重要性,对于人物所生活的背景、环境和社会规则的设定,就是人物所生活的"世界",它是先于你的人物而出现的。作为作家,你必须知道:先有世界观,后有人物。

其实我们每一个人,只要你曾经有过阅读、观赏、体验故事的经验,你都曾经出入过不同的世界,而且对某些"世界观"耳熟能详。

00后熟悉的世界观,叫作"系统"。假如我们随便拽出一个00后,问他"系统是什么",他哪怕很难解释清楚,也心知肚明,觉得他就是知道。系统会给你身份,还会发布任务,会赐予你各种能力,会选中你"开金手指",也会突然启动黑暗的规则。总之,人物的命运基本上是由系统操纵的,你感觉到自己超级有能力,其实基本是系统赋予你的强大。这是不是让你想起了游戏?"系统"真的很像我们置身于一个游戏的世界中,我们不是现实生活中的真人,而只是一个游戏中的角色。"系统",就是一个异世界。90后熟悉的世界观,叫作"学院"。《哈利波特》的魔法学院,《斗破苍穹》的迦南学院,《斗罗大陆》中的史莱克学院……

与之相关，还有宗门、教派、宫殿、山谷等概念。一个人的一生都会出入学院、振兴宗门、山谷修炼，最终成为最强者。既然是学院，那就会有教学楼、图书馆、实验楼、操场、寝室以及供主角开挂的隐秘之地，还有学生、老师、教导主任、校园恶霸、学霸、三好学生等设置的角色。"学院"也是一个异世界。80后熟悉的世界观，叫作"江湖"。这个世界上不论少女老妪、大汉小孩儿，每一个人都身怀武功，武功的高低，根本不受体力和年龄的影响。事业的巅峰是成为武林盟主，而决定谁为盟主的事件，则是汇集各大武林高手的大会，比如华山论剑、英雄大会、屠狮英雄会、杀龟大会等。内功、神药、轻功、缩骨功、易容术、暗器、毒药等，都是江湖上常见的东西。"江湖"，也是一个异世界。

你熟悉的"世界观"是哪个？当我提到这些世界观的时候，你突然发现：虽然你一天都没有在其中生活过，但是对于那个世界的规则，你却熟悉到不能再熟悉了！而且，这些世界虽然并不存在，但都跟你的现实世界有一些联结。00后的游戏，90后的校园，80后的社会经验，似乎都在"另一个世界"中变成了寓言，那个世界的故事，往往会戳中你的爽点和痛点。而且，"另一个世界"的事物也会渗透我们的现实世界，其中的一些知识，往往变成了全民皆知的主流知识。比如："轻功"明明是完全违反物理学的，但二十年前的很多人从未怀疑过，人类的身体会像内置动力的小型发射器一样直冲云霄；而今天，明明时空穿梭只是物理学的一个猜测，从未实现过，却有很多人已经对"穿越"习以为常。

作为一位今天的写作者，你必须知道：很多故事产品被创造出来的前提，就是作者需要熟悉、进入某个世界，所以在创造世界之前，就需要做大量的功课。

我曾经看过很多同学的作业，都试图去写一个异度的世界，有的世界横跨好几亿年，有的世界包含了三界。除了人类以外，有的世界包含神仙和魔族的故事，有的世界涉及到好几个星球甚至星系……每当我看到这样的作业，我都会问：你究竟要写一个什么样的世界观呢？你的世界是什么样的呢？你的世界是你刚刚创造出来的，还是其他人都熟悉的世界呢？

对此，我的建议是：如果你要写一个具备宏大世界观的作品，建议你不要原创一个自己的世界，请你按照现成的、已经有很多读者的世界去创造。因为进入任何一个世界，都是有门槛的。读者如果不了解、不熟悉你的世界，就会被挡在外面。如果具备原创一个世界并让它深入人心的能力，你将成为一代宗师；在成为一代宗师之前，请学习现成的世界观。

有人告诉我：创造世界太难了，学习不同的世界观也太难了。于是，他决定放弃"高幻想作品"的赛道，按照已有的规则，去创作现实向的作品。这样是否就不需要了解世界观了呢？当然不是。除了某些类型的故事作品有固定而独特的世界观以外，还有那种跟"时代"相关的世界观。

20世纪末，香港作家亦舒的作品曾经大行其道。在当年物质文化尚没有今天这么发达的时代，很多人被亦舒笔下那个纸醉金迷的世界所诱惑，觉得香港就是充满物欲的，女孩儿就是应当拜金的。进入21世纪后，网络文学和少女杂志中渐渐出现了很多"豪门叙事"，"霸道总裁爱上我"的故事风靡一时。可是，这其中的"世界",跟亦舒的物质世界,可是完全不同的另一个世界。

王公子家位于本市最高档的小区里,是一栋白色的欧式独立小别墅——据说王公子特别偏爱白色。

这是摘自 2010 年左右的"霸总"小说里的段落,你很难在其中嗅到金钱的气息,而相反的是,总有几分没钱的气质。与此同时,还有这样的故事:

莎莎,我想你应该明白四个字:今非昔比。别以为只有你家有钱,我男朋友家也有钱。你爸有的,我男朋友家都有,你爸没有的,他家也有。我还真不怕你了。

你看,这类霸总小说的世界观是怎样的呢?是由尚未进入社会真实秩序的青少年对社会的幻想构成的,它跟真实的社会有点关联,但绝对不同。而后来涌入霸总小说这个领域的作者,他们并不是通过学习真实的世界,而是通过学习原有霸总小说的世界,去成为一名作者的!

我回过头,看见提着 LV 包包、踩着 GUCCI 小短靴的顾里朝我们走过来。她随手把一杯只喝了一小半的奶茶丢进路边的垃圾桶里。

这一段,出自郭敬明的《小时代》。当你读到此时,你能理解的是包包和鞋子的品牌，这是一些昂贵的奢侈品，你不能理解的是，为什么要把奶茶扔进垃圾桶。也许，扔奶茶的这个行为，就是表示我家里很有钱吧！而郭敬明，正是这一波霸总文学的集大成者。

在霸总文学的世界里，豪门联姻永远是经典又经典的情节。

> 顾源他妈坐到他旁边，说："袁艺哪点不好？人漂亮，家里条件又好，更何况她父母是我们的一个重要合伙人。"
>
> 顾源有点不屑地笑了笑："妈，你别演香港言情剧了，这什么年代了，别来和我搞政治婚姻那一套，演连续剧呢你。"

像这样的情节，几乎在每一部霸总小说中都会出现。与之伴随的是霸总多偶，同时拥有多段正式或不正式的婚姻关系，也成了此类世界的世界观之一。像匪我思存的《千山暮雪》，女主原本就是男主的外室；安妮宝贝的早期作品，也着力于刻画"被包养的女人"。

当我们回头看时才发现，像这样的"霸总小说世界观"已经不再流行了。这是因为：随着我们的生活越来越富有，扔奶茶、多线婚姻这些行为已经不再被赞美，而是受到唾弃。都市现实类娱乐产品的消费者，不是以女性为主吗？随着女性手里的钱越来越多，她们会更愿意看"大女主"的作品。在这样一种新的、更接近当下时代的世界观当中，女性既得到了钱，也得到了爱和尊重。

"霸总小说消亡史"的例子告诉我们：作家的"世界"虽然不同于现实世界，但都是从现实世界中延伸出来的，具有很强的时代特征，和一定程度的流行面貌。

这几年所流行的消费性故事，为大家所追捧的电视剧，跟前几年所流行的不在同一个世界中。当你作为一名商业作家提笔写作时，你要追上流行的风尚，第一要点就是要在当下接受度最高的世界观中写作。

你要知道，世界观是你在动笔之初就已经存在的，它甚至比你的人物更早地来到了这个世界上。

创造你自己的世界

其实，抛去那些令人耳熟能详的公用世界观不谈，每个具有风格的作家都有自己的世界观。

当很多人在固定的"世界"框架下写作时，也有一些作家创造了自己独特的世界观。有些设定是大家的共识，但有些并不是。有些作家，拥有自己个性鲜明的独特设定，而且由此形成了他的个人风格。

在言情领域，流潋紫的男主，会为了自己的利益毫不犹豫地杀掉女主；而匪我思存的男主，会为了自己的利益杀掉女主身边的所有人，然后为了女主杀掉自己。也就是说，前者的世界中，男人对女人没有纯粹的爱，后者的世界中却是"爱"高于一切的。

在纯文学领域，苏童的很多小说里，都有一个柔软、迷幻、颓废的世界，余华的很多小说中，则听得到一个小人物历尽坎壈却依然认真生活的声音，虽然同样是书写江南，他们笔下的江南气质迥然不同。刘震云笔下有河南人诙谐健谈、带着古风的中州气质，莫言笔下则有山东高密啸聚江湖的蛮荒气概，虽然都是乡土作家，他们笔下的乡土却带着不同地域的风土人情。

斯蒂芬·金特别擅长写变态，喜欢写杀人狂魔。与此同时，他不停去写乌鸦、猫、坟场、十字架。在他的世界中，末日的氛围时常提前来临。与之相比，阿加莎·克里斯蒂的世界却优雅而干净，即使发生过凶杀案，每一个人的行为仍然谨慎持重，自然风光也不会因为这区区的凶杀案而减少它的明媚。

以上这些作家，他们所创造出来的世界，都跟他们的个人性格、经验、经历、信念息息相关。而在你的阅读经验中，你当学会辨析作家的世界观；当你开始提笔写作的时候，你先要形成有个人风格的世界观，才能进入成熟的境界。

我曾经写过一本《中国爱情：聊斋故事》，它的前文本是蒲松龄的《聊斋志异》。假如我告诉你：在清代，有一位男作家告诉我们，家暴是值得称许的行为，你会怎么想？蒲松龄就是这么说的，在他的地方戏作品《聊斋俚曲》中，有这样一段：

家家房中有个人，
梳着髻鬏穿着裙，
扬起巴掌照着脸，
打得汉子没了魂儿。

没错，令你惊讶的是：蒲松龄老先生所指的"家暴"，是女人打男人，他认为女人就该打男人，这种行为叫作"降汉子"，"降"就是"降妖除魔"的"降"，一个女人只有把一个男人打服了，才足以获得尊重。这种世界观,你相信是大清朝的吗?

这肯定不是大清朝的世界观,这是蒲松龄自己一个人的世界观。蒲松龄为什么会有这种世界观呢?蒲松龄这一生,是居住在农村的一生,是贫穷的一生,甚至连他所使用的文言文,都跟文人士大夫所用的不太一样,要平实得多、朴素得多,反而别具一种魅力。在他的世界中,妇女必须担任重要的劳动力,没有一位女性是待着吃闲饭的。所以他的思想,尤其是他在婚姻与家庭、男人和女人这个维度的思想,是远远超前于他的时代的,他是最具革命精神的,妇女解放在蒲松龄这里,那简直不是一个问题。男女平等,女性当家作主,男女自由恋爱,女人掌握经济和政治,甚至可以出仕做官,狐狸精以修炼为重、远离恋爱脑……所有这一切,都是清代蒲松龄世界观的一部分。所以后来续聊斋、补聊斋的书很多,却没有一本达到过《聊斋志异》的写作成就。

而我在重述这些故事的过程中,接纳了蒲松龄的世界观,创造出一种大女主的"聊斋世界"——有两句台词被读者拎出来津津乐道,一句出自《画皮》:

很多男人的心,还不如狗的心好!

这个故事的原文是王生的老婆吃了很污秽的东西,回到家里从喉中吐出来一颗心给了王生,而我改写成了吃了一颗狗心,这是在布尔加科夫《狗心》那部小说中获得的启发,而王生从人心变成狗心以后,反而好好过日子了,也不闹事了。这些情节的改写,似乎就是为了引出这句让人发笑的话。这句台词真的是狠

狠地骂了见异思迁、无情无义的"王生"这类男人。另一句出自《逃不脱》,也就是《聊斋志异》里的《小翠》:

> 狐狸的一生真是太艰难了,就算躲得过雷霆,也躲不过爱情。

咦,这句话是不是很恋爱脑呢?其实,不是的。对于狐狸精来说,爱情是她不要的东西。《聊斋志异》中,不要爱情的女人——女狐狸精,不是很多吗?狐狸精一生的核心问题是修炼,也正因为修炼的缘故,她们跟平凡人类存在巨大的不对等——她们的寿命可达上千岁,可以永生不死,任何一个男人在她们面前,都是朝生暮死的,她们为这肤浅、短暂、易朽的爱情而搭上修为,那真是太不合适了!所以爱情,那真是跟天降雷霆一个性质:都是她们走向逍遥之境的阻力!所以狐狸精小翠、娇娜等,都为人类的男人付出了相当大的代价,也就是说:她们都是躲过雷霆、没有躲过爱情(对娇娜来说是友情)的生物。

读过《聊斋志异》的读者皆会明白她们为什么没逃过,而且都会深深理解她们的"逃不脱"。让她们为之沉沦人间的,是一种对于"爱"的正知正念。其实爱情是很复杂的,其中可能掺杂了欲望、征服感、倾慕、自我的投射、对安全感的追逐等复杂的情愫,而征服小翠和娇娜的,恰恰是一份纯真、善良的君子之爱——人类有限的生命中最为光辉的、被称为"人性"的那种东西。

"人性"征服了狐狸精的"兽性"和"神性",这是"中国爱情"的真谛,也是《中国爱情:聊斋故事》世界观的一部分。

故事训练第六步：

定位你的故事风格

当你确立了自己要写何种类型的故事之后，给它取一个恰当的名字吧！一个好的名字，既是在心理上让你跟自己的故事建立感情的重要步骤，也是在技术上实现这个故事、确立故事风格的关键一步。有时，光看名字，就已经能猜到你是一个什么样的作家，而这是一本什么样的书了。

让我们看看以下表格，表格中涵盖了三类题目：

表 6-1

含义隽永、死活猜不出故事是啥的题目	能猜出一部分内容的题目	一眼看去就完全知道内容的题目
活着 模范青年 平原上的摩西 一句顶一万句 榴莲飘飘 地球上最后的夜晚 苏州河 簪中录 千山暮雪 太阳黑子	御赐小仵作 法医宋慈 东宫 后宫·甄嬛传 坏小孩 斗罗大陆 步步惊心 谍局 盗墓笔记 爱丽丝漫游奇境记	穿越为清朝庶女 跟着爷来混日子 重生从漫改编剧开始 我有特殊的单身技巧 我有一百个分身 这游戏也太真实了 我只想安静的做个苟道中人 开局账号被盗，反手充值一百万

（续表）

含义隽永、死活猜不出故事是啥的题目	能猜出一部分内容的题目	一眼看去就完全知道内容的题目
庆余年 了不起的盖茨比 云中歌	红楼梦 小时代 那些回不去的年少时光	我的属性修行人生 穿越后被迫登基 女配在婆媳综艺爆红了 重生后我成了反贼的马仔 佛系女配拿了王者剧本

这三类题目，第一类是看标题死活猜不出内容是写啥的，比如《了不起的盖茨比》，不仅看题目明白不了，看完全文也还是不明白为啥题目要叫这个。这种让人类困惑的行为，多半都是文艺青年干的。第二类，属于看标题能差不多猜中范围的，这就落地多了，一般来说，大部分作家会采取这样的取名策略。第三类，这么取名的，一定是网文，甚至是不打算走传统出版渠道的网文。在现在的网文界，这样起名已经成为主流。

一个成功的标题，要用最少的字数，带出**最大的信息量**。小白的第一个问题就是不会起标题：《蝶恋花》《花明》《十只桃子》《午后红茶》……这些作业的标题几乎没有信息量，这就意味着败局已定。

也许你要讲：很多成名作家的标题也是这样，宫部美雪《火车》，有什么信息量？克里斯汀·汉娜《夜莺》，这也平平常常嘛！金宇澄《繁花》，什么玩意儿！《洗澡》，又是个什么东西？

人家这样的标题，是跟人家的内容浑然一体的，虽然只有两个字，信息量其实很大。以《繁花》为例，它的谐音是"繁华"，寓意着大上海，可是又很美，是花，美又易得凋零，同时，还暗示着这部书当中繁复的人物关系，这有多少信息量！像这样的标题，都不是随随便便想出来的，都经过了万般思虑、千般掂量。

余华讲自己的标题《活着》，是标题先到了他的心上，后来才慢慢地写出小说来的，为什么一个题目可以产生一部小说呢？因为"活着"这两个字本身，就蕴含着巨大的信息量，余华被这两个字里蕴含的力量震撼了，所以他必须要写出一部配得上这两个字的小说。跟《活着》这个标题比起来，作家路内的一部小说叫《慈悲》，跟《活着》在写作方法、题材上颇有相似之处，可是《慈悲》这个标题，就比不上《活着》，其中的差异，就在于信息量不同。"活着"的反义词是"死了"，而余华的小说标题叫《活着》，内容却是"死了"，小说里的人只活了一个，其他的全死了。这就是作家特地要写的东西：作家专门去写一部人物"全死了"的书，给它起名叫《活着》。所以，"活着"这个标题，暗示了小说的主题是生死，暗示了小说的内容是全死了，所谓的"慈悲"其实也包含其中，因为虽然这些人死了，但是有人在回忆着他们活着的时候。

宫部美雪的《火车》，题记是：冒着火的车子，用来载生前做过恶事的亡灵前往地狱。"火车"这两个字，早已不是你熟悉的意义了；克莉丝汀·汉娜的《夜莺》，在战争中，行动的代号就叫"夜莺"，它早已超越了一种鸟的含义；杨绛的《洗澡》，既表示一项公共事件，知识分子能不能接受当众洗澡，又暗含着精神上的"清洗"的含义。总之，它们都不简单。还有像《桃李》

《朱雀》《情书》《秘密》这样的标题，每一个都包含了脑洞，当我们谈到这里，你是不是已经感受到了由标题能够带出无限信息量的玄机？

关于标题，你想象一下一只巨大的气球，它可以膨胀到一栋房子那么大，但是没气的时候，它就会很不起眼。当它够大，它才够醒目，它之所以显得如此醒目，主要还是因为这里面的内容多，小说本身丰满。一个字数很少但是信息量无限大的标题，就是一个巨大的气球。

当你的内容没有那么丰富，没有那些多重含义，怎么办呢？很简单，换一个小气球。什么是小气球呢？就是特别具体、饱含信息量的题目。带有时间地点人物，而且暗示或者抛出了核心事件的标题是一个很好的选择：

《牯岭街少年杀人事件》《房思琪的初恋乐园》《法医宋慈》《占星术杀人魔法》《失踪的总统》《非自然死亡：我的法医笔记》《盗墓笔记》《幸存者游戏》《米小圈上学记》《牧羊少年奇幻之旅》《一个叫欧维的男人决定去死》……

像这样的标题，直接给出了"这里面是写的什么"这样相当清晰的指南，会在第一时间给到读者足够的信息量，在第一时间帮助读者进行选择。

请记住："给够信息量"将是我们起标题的第一法则。对于某些起名奇才来说，还可以在这条原则下面玩一些魔术。"给够信息量"可以变成"超额给够信息量"，比如日本的推理小说那么多,偏偏有大山诚一郎给自己的小说起名《诡计博物馆》《密室收藏家》《绝对不在场证明》,让我们以为看完这一本书,就等于把诡计、密室和不在场证明全部收入囊中了!像这种标题,就是通过"夸大信息量"这种方式而破圈的!

围绕信息量,还能玩什么魔术?你可以竭尽所能抛出本书当中最有**读者缘**的信息,像:探案、谋杀、刑侦、罪、秘、恋、疑、密、局等,都是信息量巨大的词汇,在标题中出现的概率也特别地高;地名也可以是一个故事的核心卖点之一,如《北京北京》《上海滩》《纽约人》《东京爱情故事》等,有趣的是,不同的地点可能含义迥然不同,如尾鱼的《开封志怪》,这个城市名并非意味着时尚,而是意味着历史;还有呢,让标题元素"互怼",也就是抛出有明显矛盾的词汇,凑在一起,会深深地扩大信息量,比如:《亡灵舞厅》,亡灵怎么会跳舞呢?《一桩事先张扬的凶杀案》,杀人不是要秘密进行吗?《过于喧嚣的孤独》,喧嚣与孤独怎么并存呢?《俗世奇人》这个标题中的俗和奇也是相反意思的,这是形容词的互怼,《王子与贫儿》《侏儒与国王》《没头脑和不高兴》,这是名词的互怼。

而一个标题直接就给出一个故事梗概,也是一种具有充分信息量的好主意,就像前面我们提到的《一个叫欧维的男人决定去死》,这是一个完整句子了,但更多见的,是我们在标题中启动一种生成情节的机制,也就是说,给出半个句子,例如,《假如给我三天光明》,这个标题,这是一个状语从句,但是暗示了整个句子是这个样子的:非常不幸,由于什么原因、什么原因和什么原因,我眼睛看不见,假如给我三天光明,我将干什么,接着干什么，然后干什么。请大家对比一下，在这个完整句子当中，是不是最关键、最能启发人想像的，是"假如给我三天光明"呢？假如海伦·凯勒这本书名叫《我的眼睛看不见》，是不是这个标题的吸引力要下降很多呢？因为前者能生成很多富于想象力和内涵、情绪的情节，后者却不能。这半个句子，还可以是主语从句，《偷自行车的人》《追风筝的人》《寻找时间的人》《偷影子的人》《造彩虹的人》……让你想象下去，这个主语连接着的后半句，实际上就是整本书的内容。所有这些，都是在标题中扩大信息量的方式。

还有一条跟"信息量法则"并行的法则，这条法则就是：吸引力法则。如果你能做到在标题中唤起足够的情绪，你就完全可以不给够信息量！请大家看这样的标题：

《你坏》《从你的全世界路过》《在世界中心呼唤爱》《你当像鸟飞往你的山》《梦里花落知多少》《我们爱过又忘记》《在细雨中呼喊》《鱼没有脚》《请以你的名字呼唤我》《带我回家》《且听风吟》《心是孤独的猎手》《不是我，是风》《你若安好，便是晴天》……

这些标题，其实没有给出任何信息量，谁知道里头写的是啥事呢？但是谁也不能否认：这些都是吸引力十足的标题。它们的吸引力体现在哪儿呢？它们给出了足够的情绪，它们是那种情绪特别饱满的标题。如果有几个字，能够充分地表达你在小说中试图唤起的那种情绪，是一句话也好，是一句诗也好，是半个句子也好，而且，它们具备情绪上的感染力，读者哪怕不具备任何背景知识,看到这句话就醉了,那它就是完美的标题。

当我讲完这两条法则,你要么遵循法则1,要么遵循法则2,从此再也不会起一个不痛不痒、没有任何作用,甚至毁掉你作品的标题了!

在这两条法则之外,还有一件事是你要知道的,那就是你在一个什么样的环境和传统之下,要写什么样的作品,而这类作品的读者,习惯上接受什么样的标题。正如我们前面表格所列,现在的网文读者很多都只看在标题上列出全部内涵的小说,所以你的标题必须叫《我在精神病院学斩神》之类的,这一类网站所要求的标题,你完全可以按照法则1"信息量法则"去应对。而像古代言情这类的小说,传统上经常有人会取带着古风的三字名字,例如:

《簪中录》《春日宴》《暮云深》《云中歌》《琅琊榜》

或者用一句古诗做标题:

《知否知否,应是绿肥红瘦》《寂寞空庭春欲晚》《木兰无长兄》

这种标题已经为读者广泛接受,所以你也可以采用。

确认了名字之后,就要确认自己这个故事的世界观和叙事声音了。我准备了一份表格,并且填写了示例,本书的读者可试着为自己的创作填好这个表格,作为第六步训练的成果。

"世界观与叙事者"示例表格——

表 6-2

作品题目	后宫·甄嬛传
类型	古言，宫斗
世界观	古言常规设定。皇帝好色且薄情。生育子女恩宠加成。外戚政治势力加成。妃位进阶和人员规定。选秀年限规定。斗争手段设定。女主将走向最后的全面胜利设定。
叙事者	第一人称，甄嬛
叙事声音（试写一个开头，找到叙事声音）	我初进宫的那一天，是个非常晴朗的日子。乾元十二年农历八月二十，黄道吉日。站在紫禁城空旷的院落里可以看见无比晴好的天空，蓝澄澄的如一汪碧玉，没有一丝云彩，偶尔有大雁成群结队地飞过。 　　鸿雁高飞，据说这是一个非常好的预兆。 　　毓祥门外整整齐齐地排列着无数专送秀女的马车，所有的人都鸦雀无声，保持异常的沉默。我和来自各地的秀女站在一起，黑压压一群人，端的是绿肥红瘦，嫩脸修蛾，脂粉香扑鼻。很少有人说话，只专心照看自己的脂粉衣裳是否周全，或是好奇地偷眼观察近旁的秀女。

作业 10　确认标题、世界观和叙事者

　　打开你的作业，试着沉浸到自己的故事当中。想象自己在对人讲述这个故事，你的声音和语气会是什么样的？讲述的人是你吗？也许不是你，而是故事中的某个人？也许不是你，而是一个比你更聪明/冷酷/天真/愚蠢/世故/坚定……的人？而讲这个故事的人，过着什么样的生活呢？他所认为的世界秩序是什么呢？他想通过这个故事表达什么样的价值？

　　最后，请按照本课中的起名方法，为你的故事确定一个名字。

第7课

大纲的成型

使用本书的读者，到现在，每一位都拥有了一个不错的故事，并且已经使用合适的方式，把这个故事记录了下来，以方便自己接下来的工作。而从"我知道这个故事是什么"，到"我能把这个故事写出来"，其实还有一段漫长的距离。本章的内容，就是帮助你解决这个问题的。

从本书最一开始，我们就在强调"结构"了，是否有结构意识，是作家跟小白的最大差别，而大纲，是扎稳结构的有效工具。一个一个事件构成了故事，它们的先后顺序是结构的一部分。却不止如此：这些事件的**长度**和**节奏**，也是相当重要的。

用什么样的格式去写大纲，也是这一章将要讨论的问题。

同时，这一章还会教给你若干种写大纲的工具，同时教你如何把握大纲的逻辑。

至暗与高潮：标记故事的节奏

对于故事来说，"节奏"是一个重要的指标——"这个故事的节奏太慢了，看着让人昏昏欲睡！"或者："那个故事节奏相当快,太刺激了!感觉我的小心脏都要受不了了!"快节奏的故事能够吸引注意力,而慢节奏的故事,有的可以让人放松,有的还可能产生其他的效果,比如让人压抑,或者表现得相当抒情。

这种"节奏",究竟是怎样达到或快或慢的效果的?作为作者,我们能够随心所欲地控制故事的节奏吗?我要先介绍几个名词,你要确切地了解它们的含义:

第一是"事件"。

在本书第 4 课,你了解到了什么是故事弧光,那么,在这里我们有了一个定义:形成一个完整弧光的故事,叫作一个"事件"。而事件有大有小,以《甄嬛传》为例:打倒华妃,是一个很大的事件,在这个事件下面,还有打倒余娘子、眉庄假孕、温仪公主中毒、甄嬛流产等一系列事件。每一个事件都有完整的弧光,也就是说,都发生了一些绝对的变化。而在每一个这样的事件下面,也发生了一些更小的事件。例如,甄嬛跟余娘子的这一场斗争中,就发生过:余娘子冒充甄嬛而得宠、余娘子在花园秋千下冒犯甄嬛、余娘子派人在甄嬛药罐盖子上下毒等这样的系列事件。

于是我们发现:大的事件统摄着一系列小的事件,小的事件有可能统摄着很多更小的事件,总是到了一定的程度,那个最小的事件就再也无法拆分了。

第二是"场景"。

场景这个词,让你感觉是一个视觉上的名词,似乎是摆在一个人的眼前,让他"看到"的。的确,对于电影、电视剧的编剧来说,"场景"是一个非常关键的词。一个电影中会有四十到六十个场景出现。可是我们也发现：不光是视觉作品，在一切叙事作品中，都有类似"场景"这种东西出现。而绝大多数小白，都因为心中没有"场景"的概念，而把一个故事写得一塌糊涂。

那么，场景究竟是什么呢？让我来给你抛出定义：那个再也无法拆分的、最小的事件，就叫作场景。比如："余娘子给甄嬛下毒"这个事件下面，就有这样一系列场景：

1. 温太医发现甄嬛药中有毒，共同定计要抓到凶手；

2. 没有抓到凶手，经研究是药罐盖子上有毒；

3. 审问宫女花穗，得到余娘子下毒的实情；

4. 甄嬛在棠梨宫布局，抓到传递毒药的小印子，拷打问出口供；

5. 甄嬛在皇帝面前巧妙应答，促令皇帝下定决心杀了余娘子。

这五个事件，不可能再拆分出更小的事件了，所以，它们当中的每一个都是一个场景。

第三是"节拍"。

节拍是比场景更小的单位。既然场景是最小的事件，那场景下面继续拆分的东西——节拍——并不能构成事件。它的定义是：具有明显区别的行为。

比如，抓到小印子这个场景。一开始，甄嬛在屋中等待，内心充满了不安；接着，她带着侍女和内监走到宫墙下，安排布置；然后，他们抓住了暗中传递毒药的小印子，甄嬛和她宫里的人便开始审讯……如此等等。你看，"甄嬛在等待"和"甄嬛带人去巡逻"，这是有明显区别的行为。而当甄嬛和手下审讯小印子时，不管是小声审还是大声审，或是挖苦、怒吼，这些行为都是审讯，没有明显区别，所以还一直算是同一个节拍。但是，当甄嬛决定拷打小印子后，打和问是有明显区别的，这就走入了下一个节拍。

当故事从一个节拍到了下一个节拍，在有画面的情况下，往往伴随着镜头切换。不过，不同节拍的切换方式也不一样。如果转化为影视镜头，"甄嬛在等待"的这个节拍会非常简单，可能一瞬就过去了，而"审讯小印子"这个节拍，则会包含很多台词和不同角度的镜头，时间会比较久。

于是我们发现：一系列的节拍构成了一个场景，一系列的场景构成了一个事件。了解事件、场景和节拍，会让我们更加透彻地了解：什么是"故事的结构"。

有位老编剧曾经告诉我说：故事先发生了什么，后发生了什么，所有发生的这些事件的顺序，就叫故事的结构。这是老编剧出自直觉的体会，而我给出的"结构"的完全定义，其实就是这个意思：

"故事结构"是构成主事件的一系列分事件的序列，以及构成事件的场景的序列，和构成场景的节拍的序列。每一个结构要素（节拍、场景和事件）的顺序和长度，都会对结构产生影响。

从本书一开始，我们就在强调结构了。此时给出的结构定义，对我们的写作，有什么至关重要的意义呢？

这跟"节奏"有关。当你写故事的时候，你会有一个主事件。比如,《甄嬛传》的主事件是甄嬛如何走上权力巅峰,在这个主事件下面会有一系列分事件,而当事件已经细到场景的时候,一个一个的节拍则构成了写作的具体内容。

你要知道,音乐想要动听,光有美妙的旋律是不够的,还要配合以精准的节奏。故事作品的创造也是如此!节奏是相当重要的。你大概从未见过这样一部作品:某个探长去破一桩杀人案,很快查了个水落石出,原来是小五干的!接着,探长动手去抓小五。可是,"探长抓小五"这件事竟然占据了全书的三分之二,连探长早餐吃了几根油条,这一天穿了什么颜色的内衣都写得清清楚楚,而他看到小五以后的心理活动,更是写了十五页纸:我是现在抓呢,还是五分钟后抓呢?我是用左手抓呢,还是用右手抓呢?我的表情需要很威严呢,还是很和蔼呢?

为什么你从未读过这样一本小说?因为节奏太不主流,绝大多数悬疑小说,一定是在查明"谁是凶手"这件事情上费大劲的,最后的抓捕用不了半张纸。

一旦节奏错了,故事的内涵便令人迷惑。所以说,节奏非常重要。

在好莱坞编剧布莱克·斯奈德的剧作理论书《救猫咪》中,有一个"布莱克·斯奈德节拍表",他把一个电影故事分成十五个节拍:开场画面、阐明主题、布局铺垫、触发事件、展开讨论、进入第二幕、副线故事、玩闹和游戏、中点、反派逼近、失去一切、灵魂黑夜、进入第三幕、结局、终场画面。而对于我们故事的作者来说,其中颇有可以借鉴之处。

比如,我们可以了解一下"中点"这个概念。假如整个故事有110页的话，第55页就是故事的正中间，叫作"中点"。在这个点，会发生什么动作呢？据说，写出这个表格的斯奈德，研究了无数部电影，发现它们共同的规律是：存在一个确定无疑的中点，也就是在故事的最中间部分，主人公要么到达人生的巅峰，要么跌到人生的谷底。这里，要么是整个剧情的最高点，要么是最低点。

真的存在这么一种神奇的规律吗？我们来随便打开一个故事：安徒生的童话《卖火柴的小女孩》，全文3271个字，现在，我们看看1600字的位置，发生了什么？在这里，小女孩划亮了第二根火柴，就是出现了满桌子的水果、烤鸡、烤鸭的那一段！相对于小女孩最后惨死的结局，这一段是故事的最高点；再看格林童话的《青蛙王子》，2285个字。在第1100个字的地方发生了什么呢？一只青蛙在叫门，让公主兑现跟他同吃同住的承诺，惹得公主心烦意乱。对比最后青蛙变成王子、跟公主一起幸福生活的结局，这一段算是故事中最惨淡的时刻。

果然"中点"这个说法，是有点神奇的！也许，我们可以试着记住这样一条关于节奏的规律：在故事的正中间，要么最高，要么最低。

而"失去一切"又是什么意思呢？斯奈德说，在故事的第75页，也就是故事进展到70%左右的地方，会有一个"失去一切"的时刻，这个时刻充满了"死亡气息"！

让我们把《卖火柴的小女孩》拉到2200多字，就在这里，天边掉下来了一颗星星，小女孩说，真可怜，又一个生命要结束了。而《青蛙王子》呢？走到1600字左右的时候，公主把青蛙拿起来，使劲地摔在墙上，要把青蛙摔死。

斯奈德认为：在一个结构得当的剧本里，"失去一切"这个点，是"失败的假象"经常发生的位置，看起来一片黑暗，其实是暂时的。因为这个位置是最为悲观的时刻，所以在你的故事里，如果需要结束一个人的性命，或者让他得绝症，都可以选择进展到70%的这个位置。

要特别说明的是，这里跟中点还有一个神奇的对应，假如你的中点是最低谷，也许"失去一切"这里，会出现一个稍纵即逝的、花好月圆的假象。比如，公主被青蛙纠缠，差一点我们就以为：她在"失去一切"这个时刻，终于摆脱讨厌的青蛙了！

那么从"中点"到"失去一切"，中间还有一个"反派逼近"，又是什么意思呢？据说，这是整个故事当中最难写的部分。当你的故事发生到一半的时候，主人公命运达到最高值了！但是很快，只要再进行20%不到，他就会"失去一切"。可怎么让他失去呢？请记住：对主人公不利的一切在这里聚集。假如他有五个敌人的话，这五个敌人的大招，都会在这一刻拿出来。这就是需要你拿出最大努力去写的那段最重要的戏。

让我们以"中点"为界，展开研究一下斯奈德的节拍表。

在中点之前，前八个环节分别是开场画面、阐明主题、布局铺垫、触发事件、展开讨论、进入第二幕、副线故事，以及玩闹和游戏。而中点之后呢？后续环节依次是反派逼近、失去一切、灵魂黑夜、进入第三幕、结局、终场画面。

透过前八个环节和后六个环节的对比，你发现了什么？

你会发现：基本上前八项都是不太重要的铺垫，一些看上去平平常常的东西，一些有趣的内容，而所有的血雨腥风、爱恨情仇、你死我活，基本上都发生在中点之后。

斯奈德的《十五节拍表》对你不一定用得上，也不必纠结于细节，但它给了我们一种关于"节奏"的意识。在我看来，它最大的价值是贡献了"中点"和"反中点"的概念和位置（所谓的"反中点"，也就是"失去一切"的至暗时刻）。我们并不必拘泥于其中多少页要出现什么节拍的这种刻板规定，不过，我们笔下的故事，也许可以得到这样一些启示：

1. 每一个故事都需要看似漫长、实际万分必要的铺垫。在这些阐明主题、触发事件、展开讨论甚至游戏嬉戏的笔法当中，潜藏着我们的叙事意图。我们要让读者了解背景，熟悉人物，了解主人公的处境，跟他建立感情，对他的命运产生真正的关心；

2. 你的铺垫要在故事的正中间结束，在这里给出一个至高或者至低的剧情，随着迅速翻转，调动起所有的相反力量，让剧情在短时间内进行一场大转折；

3. 无论你写的是什么故事，都要记住"铺垫可以漫长，反转必须神速"这个道理。

作业 11 设计故事里的"中点"和"至暗时刻"

现在，我们要开始写大纲了！

先给你的故事确定一下节奏吧！在故事的正中间，也就是"中点"，会发生什么？你的故事中主人公的命运有一个最高点或者最低点吗？请把这个"中点事件"写下来。

"中点事件"过后,会有一个极速的反转,这个反转又是什么?请把这个"反转事件"写下来。

这两个事件,在你故事的50%、70%的地方。请在纸上画一根时间轴,然后把这两个事件安排在时间轴的相应位置。

故事训练第七步：

故事大纲怎样写

掌握了"结构"的定义，同时有了"节奏"的概念，现在的你，很想把手上的故事，用一种靠谱的形式固定下来，以便让自己胸有成竹地按照既定思路创作，这就是大纲。

写故事大纲，是一位编剧的必备能力。小说的作者是否需要具备这种能力呢？其他体裁的故事作者呢？其实，世界上有两种故事创造者：一种是不写大纲的作者，另一种是写大纲的作者。这两种作家的创作个性完全不同。

据我所知，坚决不写大纲的作家是有的，可大多数不写大纲的作家，是因为尚未掌握写大纲的正确方法，尚未得到写大纲的好处。也就是说：他们不会写大纲。有这么一本书，《小说的骨架：好提纲成就好故事》。作者凯蒂·维兰德，从前一直是一位不写大纲的选手。她说，一直到写第六部小说的时候，她才开始写大纲，然后这第六部小说一举成为她最成功的一部作品：

那次写作之旅前所未有地顺利，前所未有地令人兴奋。创作时，小说如流水般自然涌出，这是我先前从未体验过的。我能取得这样的成绩，大纲功不可没。

虽然凯蒂·维兰德这么说，我们也应当知道：小说写得顺利跟写得优秀，毕竟还是两回事。举个例子，作家沧月的《朱颜》上半部和下半部长度差不多，上半部写了两个月，下半部却写了一年半，原因是什么呢？据作者的手记供述：作者在上半部把每一个主人公都逼到了绝境，下半部却需要把这些人都救出来，给出一个完满的交代。杀人容易藏尸难，追求容易分手难，害人容易救人难。当一个作家创作作品的时候，会发现他也不得不遵守上帝创造世界的这几条规律。所以从内容看，《朱颜》是上半部容易，下半部难。于是我们明白了：小说写得顺利与否，与难度也是相关的。

这个创作故事让我们发现：沧月是不写大纲的那类人，因为她的人物将往何处去，作为作者，她其实也并不完全知道。那么问题来了：我们需要强迫沧月写大纲吗？

不需要。

不写大纲也可以创作几十部成功的小说，这样的作者已经用成绩证明她不需要写大纲。然而这样的例子并不能证明：你也同样不需要写大纲。因为写大纲不是纸上谈兵，你如果真的学会了正确地写大纲，对于你的写作会产生极大的助力。

就让我们从大纲的作用谈起吧！

大纲有两种。一种是"让负责项目的人能看懂"的大纲，另一种则是作者的工作台本，是"只要自己能看懂就行"的大纲。这两种大纲的作用是不同的。

对外的大纲，往往是为了项目要求而去写的。编剧合同明确规定了，写完全部大纲并且被甲方认可之后，编剧团队可以拿到稿酬，这个比例相当高，甚至可以达到 40%。这就说明：完成了大纲，就被视为完成了整个项目的五分之二。

这种让资方能够看懂，并且认可的大纲，是怎么写出来的呢？

首先，这样的大纲必须齐备关键要素。资方最关心的一些问题，他必须在你的大纲中立刻找到答案。这些要素包括：立意、核心创意、结构、人物、主要事件、背景和环境。这些要素不仅要有，而且存在的位置得特别明确，令答案一望即知。

1. 故事的主线要清晰，要存在故事开始的 A 点和故事终结的 B 点，让人看到合乎逻辑的情节线，并确定关键情节点，把握故事的节奏。

2. 每个人物的命运曲线和爱情线、事业线等支线，要跟主线同频，有清晰的呈现。

3. 在故事的每个节奏上添加事件。

如果你的大纲是按照以上所说的这种方式呈现出来的，就是能让资方看明白的好大纲。

写大纲的能力与文笔无关，精彩的描写、感人的台词、高级的修辞、曲折的内心变化……所有这些体现你文学修养的因素，都不应当在大纲里出现。你写下的每一个字，都应当是围绕着核心创意和人物。写影视大纲时，你需要全程想着主人公，因为你的主人公可能一集的片酬是几百万，所以，你要让故事始终聚焦在他身上，而尽量少把镜头给到那些一集几千块的小配角。

很多大纲很长，体量几乎达到整个剧本的四分之一长度。还有的影视大纲整理一下，就可以作为小说出版。但无论如何，大纲跟真正的小说、剧本，都是很不一样的。资方能够在你的大纲里找到他关心的所有东西,能看到亮点,了解到这个故事的独一无二之处,你的大纲就会比较容易受到认可。

那么,作为工作台本的大纲呢?

其实,只有作为工作台本的大纲,才是"真正的大纲"。哪怕它写得除了你以外的任何人都看不懂,哪怕它没有任何格式,简短得不像话,都没有关系。只要它写得对、好用,它就能在你的创作中发生巨大的作用。而对工作台本大纲的理解,才是最为正确的大纲打开方式。

你的工作台本大纲,可以发展出被资方所接受的完整大纲,更可以发展出卓越的作品。因为工作台本大纲的作用和意义是:帮助你理清思路,保持故事的平衡和连贯性,避免错误,确保故事按照正确的节奏推进。这样的大纲,其实就是你作品的初稿。当你把大纲当成初稿去写的时候,你会理解真正管用的部分在哪里。

当我们拥有了一个思路,打算把小说写出来的时候,我们往往心急如焚,恨不得一天就把一百万字写完,可这是不可能的。也许你在写第一个字的时候已经下定了决心:男主要在故事结束的那一刻,从一个很高的山崖跳下来,一边跳一边喊着女主的名字,并且喊道"让雪山见证,临死前这一刻我还在爱你"。可是,距离你写出这段话还有半年时间,到真正写结尾的时候,你早已忘记了他口中喊的到底是句什么话了。所以写工作台本的大纲,第一重要的是:记下来你的全部想法,这其中很可能包含打动你、让你决定写这个故事的真正起因,别错过任何精彩之处。

在资方阅读的大纲中,心理描写、对话、形容词、性格描述等内容,都是不可以出现的,因为一旦出现,就会被认为不专业,从而否定你的业务水平。但在我们的工作台本中,你可以记录**一切**内容,只要这些内容真的会用在你的故事里。

把大纲当成初稿去写,能极大缩短第一稿的写作时间,不错过最初的任何想法,又能从头到尾测试这个故事的可行性和呈现方式。

让我们再来看看沧月的工作时间表:用两个月写完故事的一半,又用一年六个月,写完另一半。为什么如此不均衡呢?我们已经说过了:因为杀人容易救人难啊!我想,从故事刚打开的这一瞬间,沧月已经想好了以下这些内容:

《朱颜》这部小说是《镜》系列的前传,所以要交代《镜》系列小说主角的前史。但《朱颜》的故事,毕竟是围绕一对CP展开的,属于她所熟悉的"玄幻+言情"赛道,是空桑王朝沦陷以前的叙事。由于沧月并不打算写成悲剧,所以这个故事的结尾处,空桑王朝依然没有亡国之忧。

像沧月这样的作家,让她扑向小说的那种创作冲动是特别强烈的,她希望写下的每一个字都是新鲜的,甚至带有某种程度的惊喜,让剧情有超乎自己想象的发展。在这种情况下,直接写,是不是要比写好大纲再动笔更让人惊喜连连?

于是,在这个大框架下,沧月开始写作了。她选择在距离空桑王朝亡国还有九十年的这个时间段,展开她的故事。她的写作必须一波三折,这样才能把读者牢牢地吸引在故事里。为了这一点,她想怎么写就怎么写,想怎么跌宕起伏就怎么跌宕起伏。于是,小说才到一半,主人公就被她写死了!

于是,《朱颜》上册结束的地方,特别像是大结局。它有两个结局标志:第一,男主、女主和男二之间的三角关系,随着男主和男二的死瓦解了;第二,男主的命运预言实现了,他的确被他十八岁以前见到的女人杀了,而杀他的人就是女主。既然如此,这个故事怎么还会有下册呢?别着急,我们来看一看上册的结尾:

"别哭,这、这真的是最好的结局了……"时影的声音低沉,缓缓道:"你看,我终于做完了我该做的事——为空桑斩除了亡国的祸患,而你……你也终于做完了你该做的事——为他报仇。我们之间有恩报恩,有怨报怨,这一世……两不相欠,等来世……"

这段台词说完,读者耳边似乎都能听到女主接下来那句撕心裂肺的大喊了:

"师父!不要!不要扔下我!"

此处可真像是个结局啊!而刚刚了解到什么叫作"故事节奏"的我们,则会有一个清晰的认知:这里不是结局,而是"中点"。在故事的最中间部分,主人公要么到达人生的巅峰,要么跌到人生的谷底。既然《朱颜》是一个欢喜的结局,按照剧作的节奏规律,中点应当是最低点。沧月的安排一点都没有错,在此处写死主人公真是太棒了!

那么问题来了:沧月是按照剧作理论组织小说的吗?抱歉,

真的不是。一个好作家的手感，让她凭着直觉就知道：主人公此处该死了！

可是，假如沧月在整部小说开始之前试写一遍初稿，也就是全书大纲呢？

下半场一开始，最重要的任务是：男主起死回生。那么，如何让男主起死回生？下半场跟上半场最重大的变化是：三角恋解决了，男二已经被男主杀了！那么在没有男二的情况下，男女主恋情的阻力究竟来源于哪里呢？沧月必须找到一个原因，让男女主不能在一起，而又要在全部故事结束的时候克服这个阻力，让他们花好月圆。

第三个问题来了：怎样破除男女主之间的阻力？

你会发现，只要解决了这三个问题，下册的难点就解决了，整个故事也就呼之欲出了。所以，如果沧月写出了这样的初稿大纲，就基本上可以大大节省下册的写作时间。

这样的工作台本"大纲"，你值得拥有一个，你看：它的确是非常管用的。

几种大纲工具的用法

为了写好大纲，让我来为你介绍几种写大纲的工具。

思维导图

我要给你介绍的第一种工具是：思维导图。

思维导图的英文是 the mind map——头脑地图，是一个名叫 Tony Buzan（托尼·博赞）的英国人在 20 世纪创造出来的。这位 Tony 先生被称为"记忆大师"，因为他所创造的这种图像方法，被证明在两个方向有用：第一个方向是提升记忆，第二个方向是发散思维。

长期以来，人们更看重思维导图在提升记忆这方面的作用，却忽略了它实际上是一种天然的大纲工具，无比适合"头脑风暴"式的创意活动。现在就让我们开启第一步：尝试最简单的思维导图练习。

首先，拿一张纸，把你的核心创意用最简单的词写下来，写在中间。比如，我有一个学生叫肥猫，她写了一个故事，核心创意是"时间剪辑师"。让我们把时间剪辑师这几个字圈起来，以它为中心，画出十个分支，在每个分支上写下你一听到"时间剪辑师"这个概念，就会联想到的词汇、思路或者场景。要特别提醒你的是，最一开始想到的是最重要的，哪怕它看上去不是那么容易理解。如果十个分支不够，你也可以增加一些分支。

全都写好了以后，看看你都写了什么？

这里，我先来做一个示范。我想到的关于"时间剪辑师"的分支是：

1. 失忆
2. 她进入卫生间，出来的却是他
3. 一个人一年没有吃饭，所有吃饭场景都被剪掉了
4. 作为惩罚的剪辑

5. 没了过程，结果匪夷所思
6. 剪辑师受雇于某个机构或某个人
7. 恶意剪辑
8. 找不到某个人
9. 生命的缩短
10. 被剪掉的时间去哪里了？

这些内容都是我围绕时间剪辑师这个概念，所能想到的一些内容，而换作是你，想到的内容可能完全不一样。假如我们每个人都对这个概念，做一个简单的思维导图，然后去比对我们写下的内容，你就会发现一个神奇的现象：有一些答案，你想到了，别人也想到了！这种答案，我们把它叫作"共同答案"。通常来说，参加练习的人越多，共同答案越少，因为很少有那种所有人都会想到的内容。同时，我们的核心概念越具体、越丰富，共同答案会越多。这表示，有一些内涵是这个概念本身所携带的、非常明确而强烈的故事可能性。

当核心概念是"时间剪辑师"，我们所得到的共同答案一定要比核心概念是"人生"或者"时间"多很多。这种共同答案，往往承载了这个核心概念最重要的意义，而其他那些富有个性的答案，则代表着你的故事，和你与众不同的品质。

接下来是第二个小练习。这个练习是在你第一次所写的十个分支上，给每个分支画个圈，然后再拉出来若干分支，把这个思路补充完善。比如，我以刚才写的第四条分支"作为惩罚的剪辑"为例，它的进一步分支可以是：

1. 想杀谁，把他的时间全剪了！

2. 要对剪辑师的权力加以限制。

3. 剪掉所有的快乐时光会带来什么？

现在你知道怎么操作了吧？再接下来的练习，自然就是在新的分支上又增加新分支，你要准备一张巨大无比的纸，如果你擅长画图，也可以用图画的方式画下来。就这样进行一番神奇的操作之后，这一张大纸上的内容，应当就是你完整的小说了！

你曾经肯定也有过把某些灵感赶紧抄在小本子上的经历，因为你怕自己很快就忘记了。可现在你不用担心了，利用思维导图这种工具，会让你的灵感源源不绝，而且全部都能清晰地呈现在纸上。虽然这张思维导图可能只有你自己能看懂，这也够你创作一篇完整的小说了。

最后记得一点：当这张图完成后，一定要用最快速度，把上面最重要的内容提炼成文字大纲。为什么我强调一定要快呢？很简单，因为在你天马行空、一气呵成、灵感爆表的创作过程中，所产生的那些了不起的想法，是用只有当下的你才能看懂的简短文字记录下来的。假如你不立刻写下来，我保证，过半个月再看这张图，很多内容就像天书一样看不懂了。

图片文件夹

接下来，我要教你一种放在电脑中的大纲工具！

首先，创建一个新的文件夹，名字就用你要写的那个故事的名字。这个文件夹里装什么呢?

假如你是一个视觉导向的作者,是不是会希望看到自己笔下主人公的形象呢?当你要写一个时间剪辑师,他是邪恶的还是正义的?也许,你心中对他的定义是"神秘、高雅、不露声色、高深莫测的中年男子",于是,出生于黎巴嫩的基努·里维斯完美符合这样的标签。

图 7-1 《疾速追杀》剧照

产生了这样的启迪后,你去搜索了基努·里维斯的很多形象,有一张面带伤痕的《疾速追杀》剧照引起了你很大的注意。由此你展开联想:时间剪辑师会在他的工作中承受什么?也许他是由于个人生活的某个创伤印记,而突然间被赋予了这种超能力?也许他本来就是一个平常人,这项技能将怎样改变他的人生和决定呢?

接下来,你开始研究视频剪辑师的工作方式,这让你思考:

时间剪辑师是怎么工作的呢？他如何知道一个人接下来的命运？又是如何知道这个人以前的生活的呢？在他的面前，是否有这个人的生活画面？

图 7-2 视频剪辑师工作图

于是，你把视频剪辑师相应的工作图片也保存了下来，作为写作大纲的参考。

当你想写一个小村庄，你可以去搜索相应的村庄图片；当你要写一个海滨城市，或者男女主人公在海滩上的场景，网上这样的图片应有尽有；当你要选择一个外国城市展开旅行，要求那个城市的广场上有鸽子，尽管输入关键词进行检索。当你的图片文件夹变得非常丰富的时候，大纲也就可以动笔了。

地图

我将为你介绍的第三种工具叫作：地图。

我曾经为农民工诗人陈年喜绘制过一张地图，用于写作对他诗歌的评论。陈年喜的工种是爆破工，他走过的地方多半是人迹罕至的矿山。我从他所写过的诗歌和博客当中，提炼出地名，把它们一一用小星号标注在地图上，以此说明，他的足迹如何地踏遍了祖国的万里山河。假如我们现在想要写陈年喜一生的传记，从这张地图入手就是一个不错的方式。所以你想过没有？地图，也是一种很好的大纲工具。

对于玄幻小说家，你想象出来一个异度空间，某个神奇的大陆，它的地理是什么样的？每一个民族生活在哪个板块？它跟什么样的国家接壤？它有多少海洋的成分？如此种种，都可以用一张地图表现出来。以《红楼梦》为例，贾宝玉进入太虚幻境，要先进入一个花园，然后看到一座石牌坊，转过牌坊，便是一座宫门，上面横书四个大字：孽海情天。接着有二层门，两边配殿中有几处是"痴情司""结怨司""朝啼司""夜怨司""春感司""秋悲司"等。这个地方位于离恨天之上、灌愁海之中的放春山遣香洞，是不是"太虚幻境"的地理相当清晰呢？

科幻小说家也一样。拿《三体》为例，三体星和其他星星在哪里，都是无比清晰的。这也许不叫地图，而叫星图，但意思完全一样。

言情小说家需要地图吗？当然需要！《甄嬛传》里的棠梨宫、景仁宫、延禧宫都在哪里？哪个妃子跟哪个妃子挨着住？她们从一个宫殿走到另一个宫殿的时候，要经过什么地方？她们会选择什么地方施展才艺，以便让路过的皇帝注意到自己？所以你看，流潋紫在写《甄嬛传》之前，一定也会有一张地图。

一个作家假如要把自己作品中的世界呈现出来，他必须要说得清楚里头的地理，对很多小说来说，没有地图，会让事情一团糟。

日历

我要介绍的第四种工具是日历。

日历是很有趣的一种东西,就算这一年只过去一天,无论多么精美的日历,都不会作为礼物去送给别人了。旧日历有什么用?好像这世界上最没有用的东西,就是一本旧日历了。可对于小说家却不同,它是一种很好用的大纲工具!

把日历作为小说的时间轴来使用,听起来怎么样?就像地图一样,时间轴也是小说里必不可少的重要元素。假如时间轴不够清晰,小说一定就会呈现出乱七八糟的状态。悬疑小说家西蒙·伍德说过:"写作时最痛苦的事,莫过于发现自己的作品中一周有九天,这可是我亲身经历过的。"而在我曾经收上来的作业中,有的同学甚至把一个月过成了二百多天的效果。因为在故事中,时间是跳着过的,一不注意就会出现时间线错乱的情况。

当我们运用"定时器"的时候,故事中的每一天甚至每一小时都显得非常重要,于是,时间轴成了特别重要的东西。假如我们的定时器,把某个事件安排在了一年以后,那么这一年应该如何度过呢?这时候,日历也是个好东西。

因为我们的故事很有可能有两条情节线,一条事业线,一条感情线,这两条线的时间轴必须统一、融合。很多作者会在此时出错,直接导致情节线出现重叠、错序等问题,而一旦我们利用好日历这个工具,就可以把所有的情节都清晰地安排好日期,从源头上避免时间混乱。

这几种大纲工具:思维导图、图片文件夹、地图、日历,你不一定每次写作都用，也不一定固定用哪一种，只要是你喜欢的、需要的，就可以用起来。

提问法，自动生成合理的情节

在本书第二章，我给出了故事的新公式：

让一个故事万分精彩的核心事件＝引人入胜的设定＋这个设定之下所能发生的最好的情节

当你开始写大纲时，也许突然感到情节不够。或者情节的数量不够，或者它们的紧张度、创意不够。而我在一本书中学到了一种很管用的、自动生成情节的方法，或许会帮到你。这本书叫作《如何让读者手不释卷》，副标题是：《贵志祐介的72个小说写作要点》。作者是日本小说家贵志祐介，现在，贵志祐介被翻译到中国的小说有《青之炎》《来自新世界》《上锁的房间》《玻璃之锤》等，小说家执笔去写如何写小说的指导书，自然要比一般的学者更加有发言权。贵志祐介说："为了扩宽想象的范围，我时常进行这样的思维训练：如果……是……会怎样呢？"

这句话是什么意思呢？我将它翻译成咱们已经熟悉的表达，意思是：假如我有了这样的一个设定，那么，会发生什么样的情节呢？举个例子：如果女儿在一场事故中灵魂出窍并消散了，匪夷所思的是，在同一场事故中亡故母亲的灵魂一瞬间意外住进了女儿的身体里，这个家会怎样呢？你是不是会第一时间想到一个伦理困境：这个人究竟算是女儿还是母亲？如果爸爸得知了真相，究竟要像爱妻子一样去爱"现在的女儿"，还是像爱女儿一样去爱"现在的妻子"呢？这个男人对死去之人的思念和愧疚，会因为妻子和女儿各有一部分存活而减轻吗？还是反而会由于这种情况，更加思念她们呢？再往下推进一步，如果爸爸带着这样的"女儿"去外祖父家做客，事情会怎样呢？对于住在女儿身体里的母亲的灵魂来说，她见到父亲是会开心还是难过呢？而家里面发生了这种事，他们敢不敢让世界上的其他人知道真相呢？

在之前的训练中，我一直让你努力做到：在有了一个上佳设定的前提下，找到最好的情节。最好的情节是怎样出现的？就是在这样一步一步"如果怎样，将会怎样"的设问下出现的。就这样不停地设问下去，我们得到了东野圭吾的一部小说《秘密》。这个小说所写的故事是：妻子在车祸中去世，灵魂却附着到了在车祸中变成植物人的女儿身上，继而活了下去。你看，刚才我们所提出的一个个问题，答案都在这部小说里了！

所以从理论上讲，只要你一直对自己问"如果怎样，将会怎样"这个问题，就会像一个小说生成器，情节就会自动生成了。

回到贵志祐介的书，他向我们介绍了两个脑洞：

1. 如果流感病毒带给人们的不是"痛苦"而是"快感"，会怎样呢？

2. 假如人类不受控制地"变大"会怎样呢？

在这样的两个脑洞下，你能想出什么样的情节呢？比如，一个人为了想要感染流感病毒，故意靠近那些得了流感的人；有的流感患者，收费提供上门传播病毒的服务；我一百岁的太爷爷有三层楼那么高、一吨那么重,所以每当小坏蛋欺负我,我就让太爷爷出面灭了他……在这样的设定之下,我们每一个人都可以走出来说上一堆情节,提出很多种可能性。我们曾经以为自己的想象力不行,但是经过这样一次又一次"如果怎样,将会怎样"的灵魂拷问,想象力似乎开始行了起来。

贵志祐介的公式看上去非常简单,可是却暗含玄机。而这样一种方法给我们的更大的启迪,在于"检查自己的情节是否合理"这一方面。一个几乎所有写作小白都会犯的错误,就是始终以读者思维在写作,怎么也难以转换为作者思维。我认为:"如果怎样,将会怎样"的提问法,它最重要的价值,不是开启伟大的灵感,而是给了我们一种"作者思维"的训练方式。

读者思维跟作者思维有什么不同呢?我告诉你一个非常有趣的秘密:作为作者提这个问题,和作为读者,是很不一样的。作为作者所开启的"如果 A,将会 B"的问题,到了读者那里,会变成"如果 -B,将会 -A"。

让我来举个例子。

之前我布置过一个作业,结果交上来的时候有的同学是这么写的:皇后要杀了太子,把她的计划说给太监,而太子的心腹正好在窗外偷听,听完了就回去对太子和盘托出了皇后的刺杀计划。这样写的小白作者,似乎从来没有考虑过:皇后凭什么把这么隐私、这么重要、这么可怕的计划告诉一个太监呢?而太子的心腹好巧不巧,恰好在窗下偷听呢?小白从来没有这样想过,这个问题似乎处在他们思维的盲区,归根结底,乃是因为他们还是读者思维。

如果你正好是小白中的一员，在写这个故事时你想的大概是："太子是我的男主角，所以他不能死，我要让皇后刺杀太子不成功，怎样才能让她刺杀太子的行动失败呢？皇后势必不能考虑周全，一切能让她自己计划成功的方案，都不能用，我必须得让她的计划失败啊！否则男主不就死了吗？男主死了，我的小说还写个屁啊！"请问，你笔下的皇后真的要刺杀太子吗？

而作者思维是什么呢？——"如果皇后要刺杀太子，她怎样做才能成功刺杀太子？"真正的作者，他的皇后是真的要刺杀太子，所以她会万分缜密，既不会把事情告诉太监，也不会在表面上露出对太子的敌意。她要挑选恰当的人，用合适的方法让他知道自己的任务。而皇后最终刺杀太子没有成功，势必是因为——作者的另外半个大脑已经想好了，"如果太子能够感觉到围绕着自己的危险气息，他将怎样做才能避免被皇后所杀？"

作者的本领，就在于每一次都恰当地问出"如果怎样，将会怎样"的问题。如果你能够养成这样一种本领，那在写作的道路上会少走很多弯路。我们所犯过的很多错误，其实也都在于我们把这个问题问错了。我刚看过的一份学生作业，是这样写的：

警方在一座别墅中发现了一具男尸，并在现场提取到两个陌生人的DNA。不久，其中一个DNA嫌疑人被发现自杀于出租屋中，是一位女性。于是，警方开始全力寻找第二个DNA嫌疑人，并最终锁定了真凶。原来，DNA1和DNA2都在同一个女性身体里，死去的那位是替真凶自杀的。因为自杀的女性曾向真凶捐献骨髓，所以真凶体内有她的DNA，而她之所以死，是因为自己得了绝症，所以以死托孤，希望真凶替她照顾女儿，也希望真凶能够忘记曾经发生过的悲惨命运，好好活下去。

光是看懂这段大纲，就已经非常困难了，理清其中的故事逻辑，必须要有180以上的智商。写作课老师是值得同情的，因为包括未来的你，很有可能都会写出这样的故事交给我，时刻考验我的阅读理解能力，让我把头发薅秃。但是没关系！让我们用"如果怎样，将会怎样"这种方法，一起来把这个故事理顺。

首先是一个特别核心的问题：一个人代替另一个人去自杀，将会达到怎样的效果呢？替别人去杀人这种事，我们经常在小说中看到，替别人"自杀"却很难看到。本应当放弃生命的是另一个人，但最终死去的却是这个人，那么，势必有特别强大的理由，让一个人替另一个人去死。让我们看看作者原先的说法：这个人自杀，是希望让对方忘记曾经的悲惨命运，像一个从未受过伤害的人一样好好活下去。这，可能吗？如果一个人受过很多伤害，所以悲观厌世，另一个人替她自杀，绝不可能达到让她不再悲观厌世的目的。这个世界上总有一些事不可假手于人，比如进食和如厕，自杀也是一样。因为厌世而想要自杀的人，必须"亲自自杀"。所以，刚才的故事大纲之所以很绕，乃是因为作者没有把"如果怎样，将会怎样"的问题搞清楚。符合逻辑的情节只能是这样的：如果一个人代替另一个人去自杀，将会达到使凶手完全脱罪的效果。于是，就出现了第二个问题：如果现场只出现了一个人的DNA，一个人代替凶手自杀，将会令凶手完全脱罪；如果现场出现了两个人的DNA，那么这个人自杀，并不能替凶手脱罪。

当大家想清楚了这两个问题，刚才那个故事也就立刻出现了合理的形态。于是，我们把大纲修改成这样：

警察在一栋别墅中发现了一具男尸，并在现场提取到了凶手的 DNA。警察正准备进行社会排查，在一个自杀身亡于出租屋中的女子身上，发现了和凶手完全吻合的 DNA，于是"凶手杀人后自杀"成为该案的结论。

结案在即，警察却在调查杀人原因时，意外发现了自杀女子的不在场证明。一个人并没有去过作案现场，是如何杀人的呢？一时间案情陷入僵局。

警察转而怀疑死去男人的仇家某女，努力了一段时间没有任何进展，正准备放弃，却发现了自杀女生前曾与某女的秘密交往，于是，警察怀疑某女买凶杀人。

最终的调查结果出乎所有人意料：某女曾经接受过自杀女的骨髓移植，所以身体里有两套 DNA，其中血液中的 DNA 是自杀女的，其他部分的 DNA 则是某女自己的。后来，警察在现场又采集到了某女的另一套 DNA，坐实了她才是真正的杀人凶手。

那么问题来了，自杀女为何要以生命替某女脱罪？

你看，是不是故事改成这样，我们每一个人都能看懂，而且都会承认这是非常好看的剧情？作品大卖的推理小说家和作为小白的你之间，其实就差这么点东西：会不会问"如果怎样，将会怎样"。

小白很少有意识地去考虑这个问题，出于读者思维，小白经常会从结局出发，去安排前面的剧情，也就是潜意识当中的"如果–B，将会–A"这样的构思。对于刚才的案件，小白会想到：如果我要写出有两套DNA这样的核心诡计，把警察支使得团团转，那么有其中一套DNA的人将会被警察发现，好让有另一套DNA的真凶隐藏起来。这样的构思，就是故事一开始呈现的那种形态。小白创作者潜意识当中的思维过程，也就是先出现答案，再为答案匹配谜面的操作，它往往会把生活的常识变成作者视野中的盲区。这样造成的效果就是：作者仿佛没在地球上生活过，竟然会出现"一个人替另一个人自杀，就可以帮助真凶重振生活信心"这样离奇的想法。

经过这样的一番讨论，你发现问题所在了吗？其中有没有你犯过的错误？现在，赶紧使用这种方法，去检查你写下来的每一个情节是否合理，如果能够生成新的情节那就更好了。

让思维导图变成故事大纲

"如果怎样，将会怎样"的提问法，不仅会帮助你找到创意点，还会帮助你理清故事逻辑，同时，它对于写好大纲也是有用的。

"如果怎样，将会怎样"这一方法出自日本作家贵志祐介的书《如何让读者手不释卷》，而美国作家凯蒂·维兰德在《小说的骨架》这本书里，也提出过完全一样的方法，并且告诉我们：不停地提出"如果怎样，将会怎样"，将帮助我们顺利地完成大纲。

我们刚刚学习了如何使用思维导图这种大纲工具。有了这种工具，实际上是相当形象地把"如果怎样，将会怎样"的问题和答案，变成了一目了然的图形。只不过，从一个想法出发，继而产生出来的创意是发散的，它还不是一个完整故事。我提醒过你：当一张思维导图完成后，一定要用最快速度，把上面的内容提炼成文字大纲。

现在，我们就来讲把思维导图上的内容提炼成文字大纲的方法。还是以《时间剪辑师》为例，我们先来看一部分思维导图，请见下页图7-3。

首先，这张图表明，我们在"时间剪辑师"这个概念下写出的各条创意，只是灵机一动、随机想到的点子而已。它们之间，有可能重复，也有可能互相包含，或者根本就不在同一个层级之下。但是没关系，写出这些创意的过程，正是提出"如果怎样，将会怎样"这个问题的过程。我们的创意是前半个问题"如果怎样"，而后半个问题"将会怎样"，则会在子目录下得到回答。

记住，创意可以天马行空，"如果"两个字可以"如果"任何事，而"将会怎样"会把逻辑呼唤出来。比如，第二条创意：她进入卫生间，出来的却是他。为什么会发生这种事呢？因为场景中有一段时间被剪辑掉了。按照正常的逻辑，应该是一个女孩进入卫生间又出来了，然后过了一会儿，一个男孩进入卫生间又出来了。如果我们把中间部分剪掉，是不是就会出现"女生进入卫生间，出来的却是男生"这样的现象呢？如果"她进入卫生间，出来的却是他"的现象发生了，又意味着什么呢？

你想过没有，在这样的一个桥段中，剪辑师剪掉的是谁的

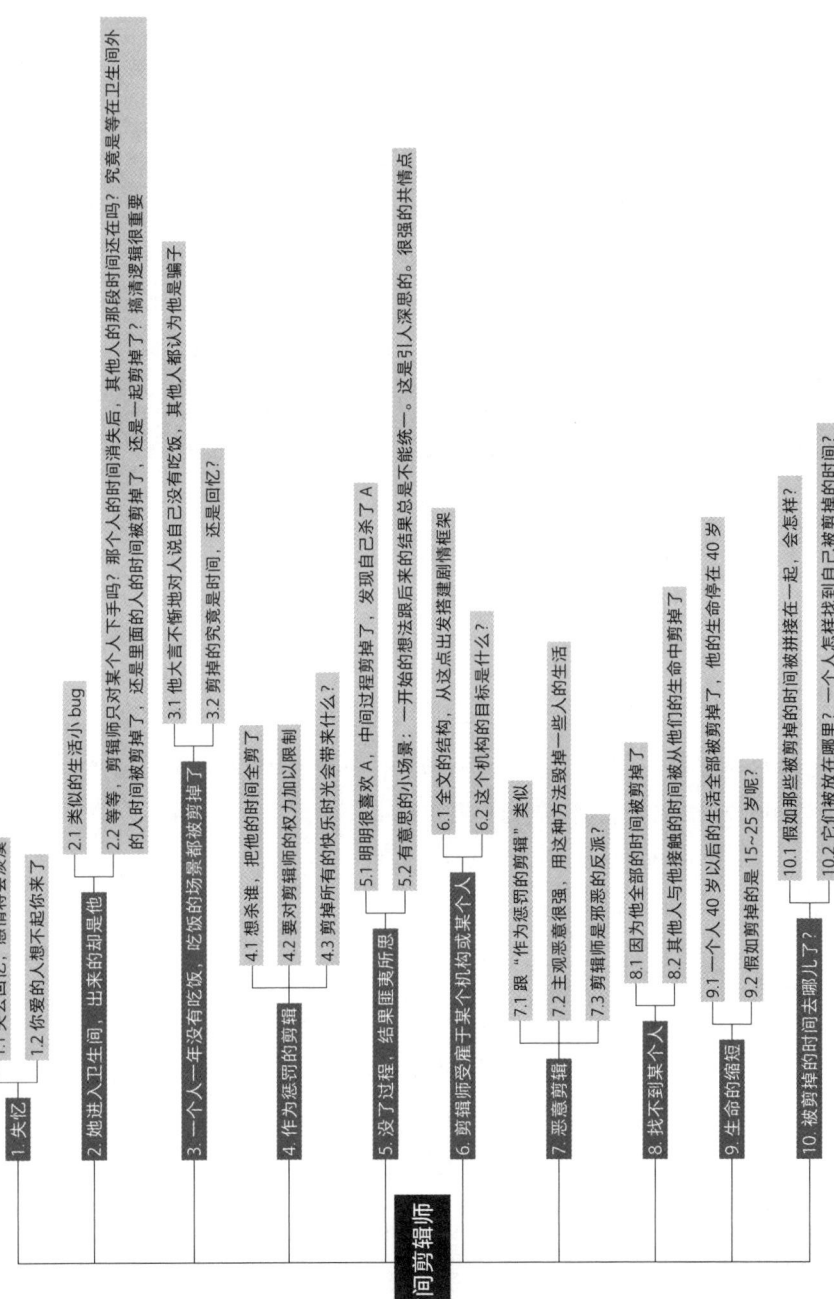

图 7-3

时间？如果剪辑师剪掉的，是从女孩即将离开卫生间，到男孩刚进入卫生间的这段时间。那么，故事场景就会变成：女孩刚才还在卫生间，下一刻却在公司的会议室发言，而男孩原本正在写邮件，却莫名其妙发现自己置身于卫生间。

那么问题来了，会议室中同事的时间，也随着女孩的时间一起全部都被剪掉了吗？还是说，只有女孩一个人的时间被剪掉了呢？如果只是剪掉了女孩的时间，会议室同事又是如何理所当然地跟女孩一起开会的呢？当女孩发现自己坐在会议室的时候，她会惊愕吗？她能从容地把会开完吗？会去寻找自己丢失的时间吗？

当然，还有一种可能性，是女孩和男孩的时间根本没有被剪辑，被剪辑的是守在卫生间外的那个人的时间。所以，他才会看到"进去的是她，而出来的却是他"。

你看，我们从"如果"发生的事情，想到了那么多"将会怎样"的结果，触及到了很多这个设定之下的逻辑困难。只有将这些逻辑困难——解决，才能把时间剪辑师的设定做好。那么，我们面前出现的逻辑困难有这样几个：

1. 时间剪辑师剪掉的是一个人的时间，还是所有人的时间？
2. 剪掉的时间是根本没有发生过的吗？还是仅仅剪掉了记忆？
3. 被剪掉时间的人会不会错愕？

我们不妨先来思考一下：如果剪辑师只剪掉一个人的时间，将会怎样。在这个设定下，会议室同事的确在女孩被剪掉的时间里见过女孩，也就是说，在被剪掉的时间里，女孩是在其他人的生命中存在的，却不存在于自己的生命中。

这样的一种设定，会产生很多妙趣横生的情节，即便它在逻辑上会出现一些不可能被堵上的漏洞。如果我们认真起来,也许要一直追问:出现在会议室同事目光中的女孩,她究竟是谁呢?但是这种漏洞,可以通过我们巧妙的情节安排,而把它藏起来。这就是为什么很多电影实际上存在一些说不通的逻辑,观众绝对不能较真,经不起追根问底,却依然是好电影的原因所在。

顺着这个"如果",我们接着往下走,继续追问另一个"如果":如果一个人生命中的一部分时光被剪掉了,对于他来说,意味着幸福还是痛苦呢?基于这个逻辑,我们有了两种联想:一个是"作为惩罚的剪辑",另一个是"恶意剪辑"。

从"作为惩罚的剪辑"这一种联想出发,剪辑师似乎是正义的化身、生命的主宰。假如一个人做错了什么,剪辑师有权剪掉他的快乐。让我们设想一下:一个孩子用欺诈手段骗来了另一个孩子的糖果,那么作为惩罚,剪辑师剪掉了他吃糖的过程。

可是,如果从"恶意剪辑"的联想出发呢?那这个剪辑师可能不是什么好东西。他是邪恶的化身,看到别人幸福快乐就会心如刀割。所以,他抡起他的大剪刀,剪去了恋人相爱、美梦成真、享受美食、一家团圆等美好的时光,让这个世上只留下争吵、折磨、倾轧、反对和受苦受难。

这样一来,你的故事主人公是哪一种剪辑师呢?是好的,还是坏的?

顺着这个"如果",我们又能追问下一个"如果":如果一个剪辑师的权力不受任何限制,他将会做出什么样的事情?

通过刚才的畅想,你会发现,剪辑师的权力太大了,他甚至有可能毁掉这个世界!他的人品和性格,将会影响到每一个人的生命体验,甚至改变历史的进程!于是,我们有了一个设定:时间剪辑师的权力需要加以限制。怎么限制呢?也许,剪辑师并不是时时刻刻都能剪辑时间,他需要做某些事情获得某种能量,这样才能够得到剪掉某一段时间的权力。如果是这样的话,剪辑师一开始出场的时候,大概会是一个并不知道自己拥有这项特异功能的普通人吧!他会是谁呢?他有什么样的生活呢?他是怎样知道自己成为被选中的时间剪辑师呢?

当我们问出这些问题,并且不停地在纸上写写画画,最终就会变成了一张特别大的思维导图,而根据这幅图,我们会展开很多页的构想。故事大纲,就是从这样一个不断追问的过程中逐渐浮现出来的。

在思维导图讨论过程中,我们其实已经形成了各种各样的故事、各种各样的可能性。在一个创意性的设定下面,本来就包含了各种不同形态的故事,这也就是为什么在好莱坞的世界中,受人欢迎的故事从来都在不断出新续集的原因。

我们想要写一个"时间剪辑师"的故事,它也许是校园题材的:少女突然发现自己具备剪辑时间的超能力,她每次打完网球就能切掉另一个人生命中的一小段时间,比如五分钟。她情窦初开,喜欢某个男孩,并且把这项超能力用于恋爱。

也许是黑帮题材的:某个黑帮老大之所以能够成为老大,是因为他拥有剪辑时间的超能力。不管是对于组织内部,还是对于警察,这都是他的一个秘密。他总是能轻而易举地战胜警察,而一个神勇的超级警察,是怎么样在被剪辑掉大块时间的情况下,战胜这位黑帮老大的呢?首先,他需要参透这个秘密,然后,才能找到赢的方法。

也许是爆笑喜剧：有一个心理变态扭曲的人，得到了剪辑时间这项超能力，一看到别人处在快乐巅峰，他就会情不自禁拿出大剪刀，把别人的快乐时间剪去。于是，意识到这一点的人们想方设法跟变态对抗，以追回他们生命中的快乐时光。

所有这些都是容量很大的故事，我们已经把设定做出来了，接下来，就是用"如果怎样，将会怎样"的提问法，逐渐生成情节。下面，让我们选择爆笑喜剧这条线，写一个充满"剪辑时间梗"的短剧吧！

如果只是剪掉几秒钟的时间，什么样的几秒钟被拿走，会让人觉得痛苦万分，同时又能让旁观者感到滑稽万分呢？

我想到的是：嗑瓜子。一个人不停地重复嗑瓜子这种机械的、毫无乐趣的活动，而吃瓜子就是他的犒赏。人们为什么会沉迷于嗑瓜子这种消耗时间还令人发胖的活动？乃是因为嗑瓜子的过程，就像是游戏当中的打怪或者开宝箱，不断的犒赏让这个活动引人入胜。假如一个人一直在嗑瓜子，每次吃瓜子的一瞬间时间都被剪掉了，他会不会恼羞成怒呢？

我们还想到了：初吻。万般羞涩，百种准备。前一晚的失眠，书包里的小纸条，费尽心机躲开所有人。但是甜蜜初吻的瞬间被剪掉了，只剩下"初吻不再"这样的事实，是不是太让人恼火了？

我们又想到：演讲。一个学生明星准备了一篇精彩的演讲，信心满满地站在演讲台上，然而下一刻，他就收到了鲜花和无数称赞。"你讲得太好了！"这让他感到懵懵的：我讲什么了？走下演讲台，他努力想从同学录下的视频里一睹自己演讲的风姿，可是很不幸，一打开视频，他的时间又被剪掉了。

像这样有趣又充满笑料的梗有很多，我们可以一直追问"如果怎样，将会怎样"，从而列出很多让人笑出眼泪的时刻。

现在，我们来给这些出现在段子里的人物取一些名字，并且把这些段子合理地分配给这些人物。问问自己："什么样的人有可能做出这样的事呢？"

哎，我们的人物小传就这么生成了：

哆啦A梦，快乐的胖子，喜欢嗑瓜子。

大雄，有点懦弱的普通男生，喜欢静香。

胖虎，拥有时间剪辑能力的小坏蛋，最爱欺负同学。

小夫，自鸣得意的学生明星。

有了这些人物之后，我们的短剧就可以一集一集地写下去了，而每一集的故事，其实都是从我们的思维导图里拉出来的一截创意线头。如果你要写一个长故事，那就试着把其中一截线头无限延伸，自然，这个过程会需要你提问无数个"如果怎样，将会怎样"这个问题！

这样一种提问式写大纲法，你学会了吗？

作业 12　完成2000字大纲

把你的故事时间轴拿出来，此时，这是一个只有两个事件的时间轴。请问这样的问题：

如果怎样，将会发生这个"中点事件"？

"中点事件"之后,如果怎样,将会导致反转?

以上提问将会带来更多事件。而你其实早已在作业 8 完成的时候,就准备好了一系列的事件,只不过没有按照时间和因果顺序把它们串联起来。请一直使用"如果怎样,将会怎样"的方法,将时间轴上的事件补充完整。

之后,请把这个时间轴上的所有事件,用故事的形式,写成 2000 字故事大纲。

第 8 课

开始写作的重要技巧

到现在为止，本书的前七课内容全部是关于"如何创造一个故事"的。学完七课以后，你会得到一个非常优质的大纲，而我还没来得及教授给你如何去写故事的正文，其中唯一涉及到正文的写法的，是本书第6课关于风格的部分，"找到叙事者声音"是正文写作的关键之一。

而本课将要跟你探讨的，是另外一些同样重要的问题。

从"怎样写开头"讲起，接着讲"怎样写第一章"，接着，让我们展开最重要的对白与台词部分。

3种开头，立刻抓住读者

如果到现在，你已经拥有了一个完整的、绝妙的、从头到尾都符合逻辑的、具备延展性和节奏准确的故事大纲，就可以试着开始你的创作了。

你可以试着写开头了。

开头怎么写？

假如现在是1924年，一百年以前，我在教你如何写开头，我要讲的内容会跟今天完全不同。《红楼梦》是怎么开头的？

此开卷第一回也。作者自云：因曾历过一番梦幻之后，故将真事隐去，而借"通灵"之说，撰此《石头记》一书也。

《西游记》是怎么开头的？

诗曰：
混沌未分天地乱，茫茫渺渺无人见。
自从盘古破鸿蒙，开辟从兹清浊辨。

你看，从开辟鸿蒙、盘古女娲说起啊！那说起来话可长了呢！外国人也都差不多，比如歌德《浮士德》的开头：

天帝。天上群仙。靡非斯陀匪勒斯随后。
三位大天使带头前来。

这一看，一时半会儿他也扯不完。这种开头的方式，我们可以称之为"古典派"，或者可以说，这是以"从头开始讲"的方式开头。那么今天，还有人这样写吗？也许我们可以拿出王安忆《长恨歌》来举例子：

站一个制高点看上海，上海的弄堂是壮观的景象。它是这城市背景一样的东西。

这就是《长恨歌》的开头。第一章讲弄堂，第二章讲流言，第三章讲闺阁，第四章讲鸽子，第五章才介绍了一个主人公叫王琦瑶。王安忆用了整整五章去开头，尚还没有进入故事。《长恨歌》这个开头非常有名，堪称"当代文学史上最有名的开头"之一。

这是否就是一种古典派的开头方式呢？

我认为：非常不一样。《长恨歌》开头五章是修辞的狂欢、技巧的盛筵，是文学的女王在宣告自己的王者地位。它表面上看是一种古典派，其实早已超越了古典派，变成了一种独特的个人风格。有趣的是，我所看到的小白作业，大部分同学，都采用了"古典派"开头：上来就介绍我是谁，我住在哪里，我的身世如何，然后才开始发生故事。

于是我发现：采用古典派开头是小白的标志。古典派开头正是一个完全不懂得如何写作的人，面对一张白纸，于心慌意乱之间，能够一下子抓到的开头方式。有经验的编辑看到这样的开头，就会马上放弃你，不会继续读下去。作家可以随便采用古典派开头，随便他们吧！因为他们有足够的能力去驾驭。而小白，最好多学两种开头的方式，以免在编辑那里轻易被放弃。因为时至2024年，风气完全变了，今天的作家，其主流风尚绝非古典派开头。我马上就为你介绍：今天的作家是怎样写开头的。

在那本叫作《像托尔斯泰一样写故事》的书上，我读到了这样一句话："没有哪本好书想催眠，它只想让你穿着内裤从床上跳起来，狠狠追打作者。"这个说法相当清新脱俗，也非常准确，一个好的开头，会让你追着作者打几条街，请看这个：

"鬼来了！鬼来了！"

这是李碧华《生死桥》的开头。你想打开一本小说消遣消遣，可是她一上来就喊"鬼来了"吓唬你，是不是很想打她？不过与之相比，真正让我产生过打人冲动的，是劳伦斯·布洛克的《八百万种死法》，它的题记是：

美丽女人的死亡，毫无疑问，是世上最有诗意的主题。——埃德加·爱伦·坡

如果说"题记"也是开头的一部分，那这个开头简直欠打到了极点，追着打几条街的效果绝对是有的。简直扭曲！美丽女人怎么招惹你了？虽然书里从第一页第一行开始，每一句话都在写出场的那个美丽女人怎么怎么美，可是我就是觉得：这个作者不怀好意。

再回到《像托尔斯泰一样写作》那本书，书里写道："作为一个作家，你的责任是要让读者要么爱你，要么恨你。"假如让你在开头就恨上作者，那这位作家可以说是提前完成任务了。这个开头一定是一个很好的开头。

为了在开头就"抓住"读者，开篇即发生命案的概率，要比在全书当中任何一个地方发生命案的概率都大。以东野圭吾为例，在开头第一章（包括序章）就死人的作品，有《白夜行》《悲剧人偶》《假面山庄》《白金数据》《梦幻花》《白马山庄谜案》等等。《嫌疑人X的献身》第一章没有死人，但是美里拿着一个

铜花瓶，朝富樫后脑勺砸了下去；《圣女的救济》第一章也没有死人，但是绫音想着藏在抽屉里的白色粉末，想着"老公……你刚才那些话杀死了我的心，所以请你也去死吧！"。所以，它们也都是"抓住"式的开头，因为没有什么比死人更能引起读者的注意了。

　　这样的开头，起到了"抓住"读者的效果，在读者心中引起了情绪的震动，引起了他们的好奇心和求知欲。在我们这个时代，这样的开头方式是优秀的，因为这是一个快节奏的年代，每个人的注意力持续不了太久。尤其是那些短视频、短剧、微电影、视觉系或者听觉系的大众传媒产品，几乎达到了开头定乾坤的程度。当你用手指刷抖音的时候，你决定这个视频究竟要不要看下去的时间只有不到一秒，所以这种产品的创作者，往往要努力研习"一秒钟抓人法"。而随着我们阅读小说的媒介从纸面到电子，将会有更多的读者跟你"狭路相逢"，他们不是传统阅读时代，专程到书店去询问你的新书是否上市了的那种读者，而是根本不认识你的人。所以每一位陌生读者给予你的时间都不会太久，要想让他们认识你并跟随你，一个抓住他的开头尤其重要。

　　"抓住他！抓活的！"这就是一部分作者对于开头的追求。尤其是那些无所不用其极要抓住读者、求读者追更的网络小说家，他们最喜欢这种"抓住他"的开头方式。于是，在穿越文里，"我"穿越成了自己书里的恶毒女配，一睁眼，一把雪亮的剑就对准了自己的胸口，而在前世的记忆中，"我"就是在这个情节中把女配写死的！

请记住"抓住他！抓活的！"，这就应当是你对于开头的首要追求。从现在起，推翻你过去所写的内容，重新设计一个开头，无所不用其极地去追求"语不惊人死不休"的效果，用你的全部力量设计一个能让你被读者追着打的开头。当你这样做成了一种习惯，就会逐渐找到写开头的真正感觉。

其实，在《像托尔斯泰一样写作》这本书里，提出了三种开头的建议：**抓住、邀请、诱导**。刚才说的"抓住"，只是开头的一种方式。

如果说一个"抓住式"的开头，能把跑得很快的读者，像抓兔子一样抓住，那么一个"邀请式"的开头呢？这种开头在我看来，它的特征是：从第一句话起就引导读者，使之掉进故事。这个过程，就像大家都熟悉的童话《爱丽丝梦游奇境记》当中发生的那样：一只兔子突然跑过爱丽丝的身边，于是她跟着兔子跑了起来，没跑几步，兔子就跳进了一个洞里，爱丽丝也跟着跳了下去，从此，在这个洞里，她的命运再也不由自己做主了。所以，一个"邀请式"的开头，本身就是那样一只兔子。

多年以后，面对行刑队，奥雷里亚诺·布恩迪亚上校将会回想起父亲带他去见识冰块的那个遥远的下午。

这是半个世纪以来，被人提到的次数最多，也是被模仿的次数最多的开头：《百年孤独》的开头。这就是一个典型的"邀请式"开头。这只"兔子"一下子就引诱了你，让你朝着故事的方向跑过去。

其实，这个开头的信息量很大：多年以后，上校，行刑队，父亲，冰块。虽然所有这些人咱们都不认识，但是已经从中感觉到了故事的气息：上校为什么要被处决？他怎样从小男孩变成了上校？见识冰块有什么重大的意义？

如果对你来说，《百年孤独》这么难的小说有些太飘了，那么咱们拿一部大家都能看懂的小说来说事儿。马伯庸《古董局中局》的开头：

事情发生的那一天，恰好是我三十岁生日。

小时候，算命的说我命格是"山道中削"。什么意思呢？就是我前半生好似一条山道，走起来弯弯曲曲，十分坎坷，走到一半的时候，突然"咔嚓"一声，眼前的山路被什么东西给削断了，没啦。你接着往前走，运数将会有一场剧变——究竟这剧变是福是祸，是吉是凶，算命的没说，我也没问。总之他的意思是，让我在三十岁那年千万当心，有事。

我万万没想到，真让他给说中了。

从《百年孤独》的神仙示范，到《古董局中局》的踏实落地，我们感受到了"邀请式"开头的魅力。"我告诉你前头肯定有事儿！""好哟好哟，那我就跟着你走呗！"你看，这就是像兔子一般的"邀请式开头"跟你之间展开的对话。

让我们再看看另外一段极其出名的开头，那就是狄更斯的《双城记》：

那是最好的时代,也是最坏的时代。

为什么?你凭什么这么说?于是,你又跟着兔子跑了。

我们看到了"邀请式"开头的两种形式:第一种是暗示了以后的情节,让读者一下子被吊起了胃口;第二种是内涵式的宣言,同样也吊起了读者的胃口。有一部小说,结合了这两种开头的特长,那就是张爱玲的《红玫瑰与白玫瑰》:

振保的生命里有两个女人,他说一个是他的白玫瑰,一个是他的红玫瑰。一个是圣洁的妻,一个是热烈的情妇——普通人向来是这样把节烈两个字分开来讲的。

也许每一个男子全都有过这样的两个女人,至少两个。娶了红玫瑰,久而久之,红的变了墙上的一抹蚊子血,白的还是"床前明月光";娶了白玫瑰,白的便是衣服上的一粒饭粘子,红的却是心口上的一颗朱砂痣。

这个示范,既是故事的预兆,又是内涵的宣言。此外还有第三种开头,就是"直接掉进兔子洞",看这个:

我第一次见到周琪源是在警校外的餐馆。在青云谱这条窄街,开着几十家商店、理发店、餐厅、游戏厅、录像厅、台球厅以及卡拉OK厅,黄昏时,老板们走出来,亲切地看着穿草绿色制服、到处游荡的我们,仿佛彼此相识已久。

这是阿乙的小说《模范青年》的开头。这是一种在当代小说家中相当经典、占据主流的开头方式，从第一句话起就让你掉进兔子洞。这，也是一种邀请式的开头。

什么是诱导式开头呢？

这种开头，使用的是迷人的叙事腔调，营造了如诗如梦的氛围，一上来就让读者醉了！法国小说家杜拉斯最擅长这种开头方式。比如《情人》的开头：

我已经老了。有一天，在一处公共场所的大厅里，有一个男人向我走来，他主动介绍自己，他对我说："我认识你，永远记得你。那时候，你还很年轻，人人都说你美，现在，我是特为来告诉你，对我来说，我觉得现在你比年轻的时候更美，那时你是年轻女人，与你那时的面貌相比，我更爱你现在备受摧残的面容。

这是文学界最有名的开头之一，在一开始便确立了整部小说这种哀婉悱恻，又带着时光印记和隐秘伤痛的腔调，具有"杜拉斯式"一唱三叹、自言自语的风格。而这，就是诱导式的开头。

第一章 从中间开始

学习"如何写开头"的方法的确非常重要，因为我能确认一件事：大部分小白新手都会在第一页失去编辑的欢心，能挺到第二页的并不多。这是因为：你的开头写错了。

小白的思维方式是：把一件事从开头讲到结尾。而走出新手村的第一步，就是打破这种思维方式。

开头写什么，第一章写什么，这件事非同小可。写故事要有结构意识，第一章写什么，是跟故事结构息息相关的。

琳恩·巴瑞特-李的《小说创作基本技巧》一书，给出了一个非常好的建议：永远在事件的中间开始写作。让我们先看几部很好的小说，看看作家们是如何炫技的。

首先让我们打开余华的《活着》。第一章，一个收集乡村民谣的叙事人，看到村里的福贵在田里跟老牛说话，用很多个名字喊老牛，引起了他的注意。于是两人攀谈，坐在了一棵树下，福贵开始讲述自己一生的故事。你会发现：故事一开头，就是一切故事都已经发生完了的那个时刻，而按照正常的顺序，这开头部分应当是全书的最后一章。

我们再打开余华的《兄弟》。一开头，是李光头坐在镀金马桶上掉眼泪，而他的兄弟宋钢已经在三年前死了，接着，书里才开始回忆李光头一生的事迹。按照正常顺序，开头这部分也应该是全书最后一章。

于是，我们可以得出一个结论：有些作家，习惯上把全书最后一章的内容放在第一章。这样的作家，往往在第一章就发出一些人生的感慨，隐隐地暗示着全书的主题。其实，这样的第一章，你也能学会。比如：八十岁的主人公李大主，至今仍喜欢喝掺了牛奶的红茶。在什么样的阳光下，他总喜欢来上这么一杯；而在什么样的房间里回忆起他的人生，他会永远回避使用字母Z，这是因为他的柜子里珍藏着一个什么东西。总之，这样云山雾绕一番以后,埋下若干线索,于是顺利进入第二章——李大主只有二十岁的那一年。

你看,以最后一章作为第一章,集齐了"抓住、邀请和诱导"这三个元素,既有意思,又暗示了什么事的发生,同时还可以感慨万端,所以,有些作家会喜欢这样做。

须注意的是,我所说的"章",含义是第一个叙事场景或第一个事件,不是所有小说都论章。"第一章"是我对第一个事件的代称,请明确这一点。

在我们阅读的经验中,大部分小说的第一章,在时间顺序上还是比较靠前的。让我们打开东野圭吾的推理小说《白夜行》:第一章写的是在一座废弃的大楼里发生命案,接下来写查案,最终得到了侦破的结论。看完了整本书之后,你才会明白:第一章得到的结论,并非是案件的实情。整个案件的真凶另有其人。是谁呢?特别让人意外,真凶竟然是案件中的两个孩子,死去的男人的儿子,和死去的女人的女儿,是他俩分别杀死了自己的父母。他们俩为什么要这样做呢?原来,这一切都跟两个人悲惨的童年遭遇有关,他们这两位的父母,在他们的童年阶段给予他们深深的创伤,是作恶多端的大人。而这段童年故事在哪里呢?在时间上看,所有这些杀人的原因,都发生在第一章之前。

假如我们画一张图,可能会看得更加清晰(见下面图8-1)——

从这张图表可以看出,《白夜行》完全是按照时间线索向前发展的,而第一章的内容并非故事的起点,故事的起点是本书的两位主人公:雪穗和亮司的黑暗童年,按照时间轴,现在的第一章的内容应当是故事的第二章。

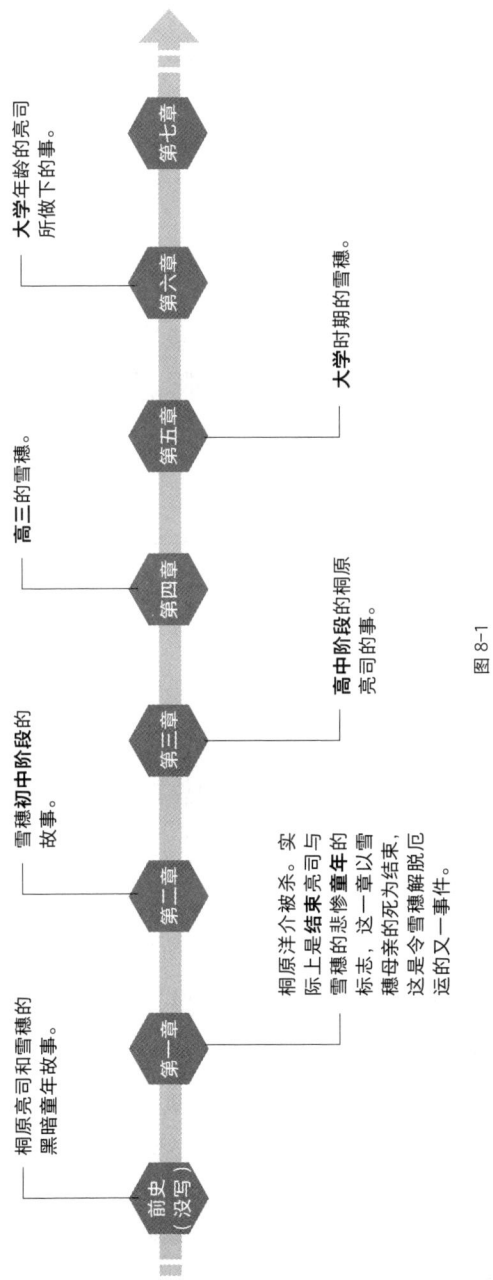

图 8-1

从《白夜行》这个例子，你可以看到作家隐藏第一章的原因：因为时间轴上的第一章是谜底。书中的第一章用来杀人，导致杀人的那个故事则发生在第一章之前，这是很多悬疑小说从第二章写起的共同原因。

"我是谁，我有什么样的性格，我是干什么的，我以前干过什么事"——新手非常喜欢在第一章安排这样的内容，而很多时候，这就是我们被编辑立刻放弃的原因。但是，老练的作家在他们写得最好的作品中，也是有这么干的！让我们打开《肖申克的救赎》，这是斯蒂芬·金的名作：

我猜美国每个州立监狱和联邦监狱里，都有像我这样的一号人物。

这样的开场白，是什么类型？很明显，这是"抓住读者"的开场白。那么在第一章中，这部小说供述了以下这些事实："我"是个犯人；"我"被判重罪，必须长期甚至永远住在监狱里；"我"的特长是能帮犯人弄到任何他们想要的东西。到了第二章，书里开始写安迪的故事，我们这才意识到，原来安迪才是这本书的主人公，而不是第一章里的那个"我"。所以你会发现：这样的第二章，原本应当是第一章，因为这本书的故事是这样的：安迪是一个为他没做过的事情而锒铛入狱的冤种，他在狱中被人各种欺负，所幸的是，他想到了周密的方法逃生，为此求助于"我"。"我"是牢里的老江湖，能为安迪提供他想要的任何东西。

那么，就这样把第一章和第二章调换了位置，这有什么意义呢？它的意义在于，隐藏起安迪是个好人的事实，而这，正是这本书的悬疑点。故事里的"我"用自己——一个十足的、十恶不赦的坏蛋，先跳出来引起读者的注意。怎么个坏法儿呢？"我"把自己怀孕的太太炸死了，就因为"我"给她买了保险，"我"想要钱。于是，这就给了读者先入为主的印象：这个牢里关着的，都是这样的坏东西吧？然后，故事再来谈安迪。安迪的案子究竟是怎么回事，作者一点都没有剧透，只是冷静还原案发现场和庭审内容。于是，人们毫不怀疑安迪罪有应得，在他们心中，安迪就是一个相当冷静的高智商犯罪者。

其实，作者还在隐藏的一个事实是：这位第一人称的叙事者，这位牢里的老江湖——"我"，早已悔过自新，变成了好人。在本书的第一章，作者是这么写的："你问我，我改过自新了吗？我甚至不知道什么叫改过自新，至少我不晓得那在监狱里代表了什么意思，我认为那只是政客爱用的字眼。"从这段里，你得到结论：这个坏东西一点也没改！可是，在故事进行到一半的时候，你读到了一段叙事者凝视镜子的描写："一九三八年进来的那个男孩，那个有着一头浓密红发、懊悔得快疯了、一心想自杀的年轻人不见了。"也就是说，叙事者老早就懊悔自己过去的所作所为了，所以叙事者早已变成了一个好人。这时，当你回头去看这个故事的时候，你才意识到：在第一章里说的"我不知道什么叫改过自新"，其实跟你理解的含义不一样。叙事者的确在行动上改过自新了，只不过，他很厌恶"改过自新"这种说法，有什么不行吗？于是我们发现：语气和调性，竟然也可以成为悬疑的一部分。

从《肖申克的救赎》这个例子，你又发现了作家把第二章变成第一章去写的另一个原因：作家故意在第一章写不重要的东西，是为了奠定全书的叙事语调和调性。这其实特别重要，因为情节是一方面，小说的气质则是另外一个很重要的方面。对于《肖申克的救赎》来说，开篇即"一个重刑犯在跟我们讲一些可怕的事情"，这样的第一章可以说是震撼人心。

让我来示范一下，随手写下一个这样的开头：

我有一个玻璃杯。它由十二种颜色的玻璃拼成。在我十二岁那年我打碎了它。我的手上全是鲜血，满地都是五彩纷呈的碎片，我愣愣地看着我的手，母亲在旁边尖叫……我闻到了药水味。他们费了很大的力气才掰开我的手，在我的肌腱深处找到了蓝色和橘色的玻璃……

这样的第一章，玻璃、颜色、鲜血、碎片、尖叫、药水……立即就确立了全书的调性，接下来，这个故事想必是充满神经质的。第二章，也就是本来的第一章，哪怕用很平静的语气去叙述，也会让你觉得暗藏恐怖。

作为获得星云奖的小说，刘慈欣的《三体》是典型的把第二章当作第一章来写的范例。小说一上来就是纳米材料科学家汪淼，被几个奇怪的人薅去开一个奇怪的会——

汪淼觉得，来找他的这四个人是一个奇怪的组合：两名警察和两名军人。如果那两个军人是武警还算正常，但这是两名陆军军官……

这是《三体》的第一句，接下来，汪淼跟奇怪的人发生了奇怪的冲突，到了会场以后，也并没有弄清楚这群人是哪里来的，以及这是一个什么会。他只知道，这些都跟一个神秘的军事活动相关。到此时，故事又突然话锋一转，开始进入第二章，从头谈"一年前，汪淼当时是'中华二号'高能加速器项目纳米构件部分的负责人"。很明显，这是第一章和第二章颠倒了位置。

刘慈欣为什么要这样做呢？你看得出来，跟前面几种比起来，《三体》开头的第一章更加典型，而且更加适合新手小白，难度也更小。因为他的做法是：把钩子放在第一章。你有什么谜，直接从这个谜写起，先把谜语抛出来，再去用"一年前""其实某某本来怎样""很长一段时间了，某某都在做什么""某某是干什么的，刚才的事情是他在做什么时发生的"……这些话术，把谜语的背景补充完毕，也就是：把故事再从头开始讲出来。

再让我们看看之前提到它的开头的那几部小说，看看它们的第一章是怎么写的——

李碧华《生死桥》的第一章：三个小孩子在玩，跑来了一只猫，是王老公的猫。这个王老公是当初慈禧太后身边的一个太监，几个小孩子去送猫，王老公给他们以后的命运一人算了一卦。一个是生不如死，一个是死不如生，一个是先死后生。这是什么样的第一章呢？这是设谜的第一章。

阿乙《模范青年》的第一章：写自己第一次见到主人公周淇源的场景——

我们敞开外衣，解下领带，将一只脚踩在凳上，松松垮垮，而他仪容整齐，还用一根绛红色的大腰带扎紧腰身。他坐下时，双腿并拢，上身笔挺。这是听话的好孩子，也许睡觉时也是笔挺的。

这一章用来写自己是个怎样的小流氓，而周淇源是个怎样的好孩子。到了第二章，第一句话是："现在想起来，警校三年，周淇源就像雾中的影子。""现在想起来"，这是一个什么标志呢？这是一个第一章和第二章对倒的标志。这是确立调性、埋下伏笔的第一章。

"我已经老了"——很明显，杜拉斯《情人》的第一章是把结局当成第一章的范例。我们现在已经有了一些认知，一般这样的第一章都会感慨万分，这样的小说都会谈到人生的意义。

东野圭吾《嫌疑人 X 的献身》的第一章，是数学老师石神沿着隅田川慢走，绕远道去上班的场景。这个场景看起来毫无意义，实际上却暗藏着整部书的答案。也就是说，这本书的第一章是谜底。

总之，第一章很有玄机，它有可能是全书实际上的第二章，或者是最后一章。

那么，有没有真正用第一章开头的作家呢？当然有，在网络小说家之中尤其多见。那种《红楼梦》式"开辟鸿蒙"的开头，在玄幻小说当中大有人在。网络作家猫腻的《庆余年》《将夜》《择天记》，每一部都是这样的开头。

你们还需要知道的是："从中间写起"的第一章，它实际上是当代小说的标准格式，而很多网络小说，他们遵循的则是古典小说的格式。

对白即谎言

对白，也就是对话。大多数叙事作品都需要写对话。我们能找到从头到尾没有一句对白的小说，那位作家之所以这么写，是因为那正是他所追求的风格，因为小说是一种至为广阔、至为驳杂的文体，它容得下一切文本实验。你只要不把它写成一首诗，那它就可以是小说。除了这些个性化的作品，对白，往往是叙事作品重要的组成部分，写好对白非常不容易，因此许多初学者都对此感到挠头、难以提升。"为什么我的对话写得索然无味、让人读不下去？""什么时候应当是叙述，到什么时候转成对话？"这是最常见的两个问题，它其实反映了你完全不知道"对话"是什么，所有问这两个问题的人，都约等于是在问："对话跟叙述，有啥区别？"

罗伯特·麦基写过一本叫作《对白》的书，然而它太"英语"了，对白的灵魂首先是活的语言，是被说出来的话，而麦基把对白研究做成了"活英语语法研究"，不足以为我们的写作提供更多养料。况且，麦基之所以特意为"对白"写一本书，乃是因为他是一位电影教学研究者，在电影中，除了镜头语言，基本上绝大多数的人类语言都体现为对白。在麦基眼中，对白就是我们闭上眼睛听到的电影。我现在所要教给你的对白法则，则是罗伯特·麦基几乎没有提到过的。

我突然之间透彻地领悟了对白是个什么东西，而且能够真正让我的所有学生瞬间领悟对白的秘密，是从发现**"对白是谎言"**开始的。

"我告诉你们，之所以你们搞不清楚叙事和对白有什么差别，之所以你不会写对话，你不知道对话应该从哪里开始，也不知道哪句台词交给谁说更合适，就是因为你们太实诚了！你们一定要求自己在对白中说实话！说什么实话呀？网络用语'瞎说什么大实话'，就是送给你们的！从现在起，每一个同学都要深深地记住：你的作品里的对白，就是说谎。而且，是'瞎话'在推动剧情，而不是实话在推动剧情。"

所有理解了我这段话的学生们，都很快领悟了对白的"谎言"精神，这对他们的写作起到了非常正面、积极的作用。这个精神，当然不能从肤浅的意义上去理解，比如："我要写的作品中，每一个人都是诚实的，他们不说谎的！""对白是谎言"这个原则，跟你的主人公是否诚实并没有关系。

当你检讨一下自己日常所说过的话，每一个人都会发现：在自己的日常对白中，"谎言"的比例并不低。我们经常不知不觉地言不由衷，而"谎言"的诞生往往不是出于卑鄙的目的，说谎的原因往往是：

1. 避免麻烦。

2. 急于结束话题，避免让别人追问下去。

3. 客气。

4. 构建自己在别人内心中的正面形象。

5. 怕别人担心或者恐惧。

6. 掩饰自己一些不愿意让别人知道的、无伤大雅的小缺点。

7. 害怕造成实际上的损失。

8. 掩饰错误。

9. 唤起别人美好的期待。

10. 怕真实情况伤害到别人。

……………

大概会有一千个以上的原因导致我们说谎。刘慈欣在《三体》中，构建了一个不知道谎言为何物的外星世界，在三体星球上，每个人都可以一眼看到别人的思维。这个设定必然连接着另一个设定：在这个星球上，不存在语言和文字，也就是思维就是思维，没有任何载体去表达它。只要有一种表达思维的形式，误差也就随之产生了。误差一直存在，你有时感觉词不达意，正是思维和语言之间的误差太大的结果。误差无处不在，没有任何一种语言会彻底、完全、不带遗漏的表达思维。而谎言，则是特意制造的语言和思维的割裂。

情境一：白云是一个相当自私而冷漠的人，父母病弱，兄弟姐妹轮番照顾，她却很少上门。亲戚们都对她议论纷纷。有一次亲戚家喜酒，白云出现了，她的舅舅昨天刚听完白云母亲跟自己的抱怨，于是举杯向白云敬酒，他会说什么？

答案1：你这个不孝女！你爸你妈都这样了，你从来不回家！竟然还有脸来喝喜酒！

答案2：白云啊，好久没见了，都还好吧？昨天还见着你妈了，她最近腰疼病又犯了，你不知道吧？她怕耽误你工作，不愿意告诉你，我们老人都这样。所以我劝你，赶紧回家看看你妈吧！

答案1是实话，答案2是谎言。可是在现实生活中，遇到这种情境，大部分人口中说出来的，都会是类似于答案2的这种话。这说明，在小说中，你应当写像答案2这样的对白。但是有趣的是：从来不会在生活中说出答案1的你，偏偏在你的小说中，让你的人物像答案1这样说话。

情境二：费尽九牛二虎之力，地下大侦探终于跟他的目标——一个穷凶极恶、老奸巨猾的坏蛋面对面过招了！地下大侦探需要劝说他认罪伏法，放弃无效的抵抗。这不是他们俩的第一次见面，却是彼此都知道对方身份后的首次狭路相逢。当此之时，他们俩会说些什么呢？

答案1：

地下大侦探：啊哈！现在你已经知道我是谁了，怎么样？你服不服？

坏蛋：哼，我早就在怀疑你了！果然是你！

地下大侦探：是我，确实是我。既然你从一开始就没有认出我，就说明你是我的手下败将。不要再做那些无效的抵抗了！这会让你的罪孽更深！你！认罪吧！

坏蛋：休想！休想让我屈服！看，我的暗箭正在向你射去！

答案2：

（天台上，经过一番搏斗，地下大侦探和坏蛋两个人互相用枪指着。）

坏蛋：挺利索的。

地下大侦探：我也读过警校。

坏蛋：你们这些卧底真有意思，老在天台见面。

地下大侦探：我不像你，我光明正大。

地下大侦探：我要的东西呢？

坏蛋：我要的你都未必带来。

地下大侦探：哼，什么意思，你上来晒太阳的啊？

坏蛋：给我个机会。

地下大侦探：怎么给你机会。

坏蛋：我以前没的选择，现在我想做一个好人。

地下大侦探：好，跟法官说，看他让不让你做好人。

坏蛋：那就是要我死。

地下大侦探：对不起，我是警察。

坏蛋：谁知道。

答案1，是不是很容易会让你想起《奥特曼》?《奥特曼》是为儿童制作的剧集，大量动画片是按照儿童的智力所能理解的程度写成的。而答案2，它其实就是《无间道》中那段最为有名的"天台经典对白"，地下大侦探是警方的卧底，叫陈永仁（梁朝伟饰），坏蛋是黑帮的卧底，叫刘建明（刘德华饰）。

《无间道》这段话当中，有多少谎言呢？

陈永仁问："我要的东西呢？"刘建明绝对不会说"我知道你可能会骗我，我怎么会带上来给你？"（大实话）。刘建明的回答是"我要的你都未必带来"，什么意思？他就是不说"你要的我没带"（大实话），他说的意思是：你若是我，也不会带，所以我虽然没带，你也应该理解（潜台词）。所以，"我没带"三个字，潜藏在"我要的你都未必带来"几个字的后面，这就构成了一种"谎言"，这种谎言的类型是：不正面回答问题，兜圈子，构建逻辑陷阱。

刘建明说："给我个机会。"这也是一句谎言。因为他没有说："完了，你竟然是警察，并且看穿了我是黑帮，看来我惨了，你不会放过我的，我可是对你们干了坏事的。"（大实话）对方会给自己机会吗？其实，刘建明自己也知道，机会不太大。这种谎言的类型是：用明知道没有意义的话拖延时间。

刘建明说："我以前没的选择，现在我想做一个好人。"谁信呢？已经做过那么多错事了，这阵营是说变就能变的吗？谁都知道，这种谎言的类型是：为了引起对方的同情或者取得对方原谅而假装楚楚可怜。

虽然刘建明的心理活动可能比我们说出来的更加复杂，虽然他的谎言里可能掺杂着部分的真话，不过，仔细推敲起来，这段对话中，好人说的也好，坏人说的也好，没有一句是"大实话"（哪怕掺有真情的谎言也是谎言），句句都是"谎言"。越是情节复杂、人物复杂的作品，对白中的"谎言"越多。

至此，我需要给出"实话"和"谎言"的定义——

实话：以你对人物的了解，你所确切知道的你的人物在这种场景下的真实想法；谎言：你的人物在他所处的环境中，以他的个性，他会说出来的那些并不符合自己真实想法的对白。

除了以上那些谎言的类型，还有这样的谎言：为煽动他人情绪，而夸大真相的话语；为了掩饰尴尬，而故意说出的笑话；为了表现自己的幽默感而稍微扭曲真相；使用隐喻、比喻、拟人、类比等修辞方法文饰真相；说出部分的真实，而隐瞒另外的部分；为表示安慰，故意强调坏的真相当中蕴含的正面意义……（类似的情况可能有几百种。）

虽然我们发现，对白当中的确有不是谎言的部分，人物的对白有时跟他的真实想法完全一样，而我们写对白，却应当按照"谎言法则"：你的人物，永远不应当按照他内心的真实想法去说话（也就是说实话），他应当按照他的个性，说出在这种环境下应有的对白（跟真实想法有出入）。

是否了解"谎言法则"，是否能成功构建对白的谎言，是你成为作家的关键一步。让我们回到同学提出的那个问题：叙述和对白的分野是什么？很简单：叙述是真实，而对白是谎言。作为作者，对读者的讲述是诚实的，虽然我们拥有各种神秘的写作技巧，但是再老练和有个性的作家，也会在叙述中对他的读者保持绝对的真诚。而你的人物对其他人物所说的话，则不是这样的了！你的人物有什么义务，替你向你的读者交代事实呢？那不是你作为作者应该做的事吗？你的人物前有猛虎，后有追兵，上有秃鹫，下有悬崖，身上还有致命的伤口正在流血，当此万分危难之际，他还需要替作者向读者们交代一番："我是一个穷途末路的人！我的处境真是万分危险啊！只要过了这个坎，我就能得到巨大的赏金了！所以我必须不停地想办法！要不然我就死定了！"在你的人物的嘴里，凭啥要说这些啊？他都这样了，还有力气分心吗？他说这些无非是为作者分忧。你到底是个什么倒霉作者，你的人物都这样了，你还让他想着你——一个在他的世界里根本不存在的人？在彼时的情境中，如果这个人嘴里真的要说话的话，那他说的大概就是一个字：

"啊——"

"叙述"用实话让读者充分理解主人公的处境，"对白"则用如临现场的谎言把读者带入当时的情境。在叙述、对白／实话、谎言的交替中，读者的入戏是不知不觉中的。而你的跟叙述混为一谈的"大实话对白"之所以乏味无比，乃是因为真正的对白是缺席的——真正的对白的特征就是：人物在他自己的世界中生活，他从来不对故事以外的人说话，也不为故事外的人代言。

"实话对白"是一种特别的修辞

而如果作家作品当中的某个人物一直在说大实话呢？

"实话对白"，是一种特别的修辞。我们只需要看看这样一个大家熟悉的例子便清楚了：

第二天下午，许三观把许玉兰带到了那家胜利饭店，坐在靠窗的桌子旁，也就是他和阿方、根龙吃炒猪肝喝黄酒的桌前，他像阿方和根龙那样神气地拍着桌子，对跑堂的叫道：

"来一客小笼包皮子。"

他请许玉兰吃了一客小笼包皮子，吃完小笼包皮子后，许玉兰说她还能吃一碗馄饨，许三观又拍起了桌子：

"来一碗馄饨。"

许玉兰这天下午笑眯眯地还吃了话梅，吃了话梅以后说嘴咸，又吃了糖果，吃了糖果以后说口渴，许三观就给她买了半个西瓜，她和许三观站在了那座木桥上，她笑眯眯地把半个西瓜全吃了下去，然后她笑眯眯地打起了嗝。当她的身体一抖一抖地打嗝时，许三观数着手指开始算一算这个下午花了多少钱。

"小笼包皮子两角四分，馄饨九分钱，话梅一角，糖果买了两次共计两角三分，西瓜半个有三斤四两花了一角七分，总共是八角三分钱……你什么时候嫁给我？"

"啊呀,"许玉兰惊叫起来,"你凭什么要我嫁给你?"

许三观说:"你花掉了我八角三分钱。"

"是你自己请我吃的,"许玉兰打着嗝说,"我还以为是白吃的呢,你又没说吃了你的东西就要嫁给你……"

"嫁给我有什么不好?"许三观说,"你嫁给我以后,我会疼你护着你,我会经常让你一个下午就吃掉八角三分钱。"

"啊呀,"许玉兰叫了起来,"要是我嫁给了你,我就不会这么吃了,我嫁给你以后就是吃自己的了,我舍不得……早知道是这样,我就不吃了。"

"你也不用后悔,"许三观安慰她,"你嫁给我就行了。"

这是中国作家余华的名著《许三观卖血记》里的一段。余华的《许三观卖血记》里的对白几乎全部是"实话对白",也许我们可以因此揭开《许三观卖血记》的写作之谜:这个文本为什么具有如此的魅力?为什么这些微不足道的小人物至为卑贱、穷苦的人生读起来如此有趣味,如此让人温暖又着迷?为什么它会成为迷人的、颠倒众生的文本?

为了去写穷苦的人民,作家们用尽了各种方式:写他们的破衣服,写他们为钱所迫干一些不得已的事,写他们斤斤计较,构建一些情节写他们悲惨的命运……但是余华是这样做的:他把"实话对白"创造成为一种修辞方式——只有未经文明熏染的心灵,才会脱口而出"大实话",那么这种纯真的心,除了孩子具有,那种未受过教育、"未经开化"的淳朴的底层人民也会具备。余华并没有做多少事,他只是让《许三观卖血记》里每个人脱口而出他心里最真实的想法，而我们透过这些对白，毫无障碍、不经媒介、直截了当就掉入了人物的世界中，而这些人物，他们就像光一样透明。假如你像我一样生活于过分文明的地区，那么我们从未在生活中见过这样的人，他们直白的对白每一次说出来，都让我们微微震惊，因为我们身边谁也不会这么说话，于是，我们透彻地了解了他们的单纯、质朴、愚蠢、善良和全部的心机。我们被《许三观卖血记》感动的密码便在于对白。

于是我们完全理解了：一个有效的、有魅力、推动剧情的对白，要出自人物的处境和性格。"对白是谎言"的法则就是这么来的，存在那种光说实话的人物，也是这么来的。

但这个法则，掌握起来是有难度的。故事里的人物瞎说大实话，还有一种可能性，就是这个作品写得不好。我们总是一再看到：作家们在他们的作品中忍不住说实话。他们实诚到吓人的程度，最可怕的诚实，就是悬疑小说中凶手的诚实——

"塞拉斯按照预先订好的计划，突然闯进威力特堡，从你们手中夺走了拱顶石，因此一方面使你们免受伤害，另一方面也给我开脱了罪责，也使你们不至于怀疑我在跟塞拉斯串通一气。不过，当我看到索尼埃设置的密码有多复杂时，我决定再利用你们一会儿。一旦我知道可以单独干下去时，稍后我也许就会派塞拉斯来盗走拱顶石。"

这是《达·芬奇密码》当中大反派提彬的台词，当我们阅读到这里，基本就会十拿九稳男女主将反杀提彬，绝不可能让他的诡计得逞。因为他太诚实了——除了确认男女主已知的事实外，还提供了很多自己下一步行动的计划和思路。接下来，虽然他用了很多花言巧语对付男女主，但由于上述这段话的不良效果，女主索菲正义凛然地对他说：

"我决不会和杀害我祖父的凶手一起宣誓。除非我发誓能在监狱里看到你。"

既然没有丝毫好处，还让自己在敌人面前分外被动，提彬为什么说这段话？正是这样的一些细节，让我们发现《达·芬奇密码》是一本写得很糟糕的书。很多写得很糟糕的小说中的凶手都会在一些关键时刻收不住自己的表达欲，说出那些对自己非常不利的台词。

有一些话，是你的人物绝对没有必要说的。"我是个坏人。""我无恶不作。""我过去就是这样对付你的！而我以后将要怎样对付你！"——这都是可以避免的台词。你们要知道，"我是个坏人"这种台词往往只有良知未泯的人才会说出口。假如真的是剧中人所说，那么有可能证明作者所刻画的人物没有坏到底。大坏人的典型台词是"我是个好人"，如茅盾的《子夜》中，有这样一段对话：

何慎庵冷笑着说，将手里的香烟头用力掷在痰盂里，拿起茶杯来喝了一口。

"什么？大阴谋？……难道打胜打败也是预定的圈套么？"

"岂敢！所以不是我们运气坏，是我们太老实！"

这两个认为自己"太老实"的人是两个什么人呢？一个是盘剥农民放高利贷的放债人，另一个是拿钱捐官刮地皮的贪官，他们俩究竟老实不老实呢？他俩之间的另一段对白说得很清楚：

"云卿，说老实话：用水磨工夫盘剥农民，我不如你；钻狗洞，摆仙人跳，放白鸽，那你就不如我了！"

就性格逻辑而言，只有坏人才时时恨自己"太老实"，因为他巴不得更不老实一点；很多坏人从不说自己是坏人，反而要指着好人说他才是坏人，比如《农夫与蛇》中蛇埋怨农夫不肯救人救彻底，《东郭先生与狼》当中狼叫唤东郭先生真狠心，不把自己给它吃；号称自己"无恶不作"的坏人是有，但全盘托出自己将来的"作案计划"实属不智。像《达·芬奇密码》所犯的这种错误，正是小白最容易犯的错误：作家屈从于叙事目的，而不惜去违反人物原则。

让我们看看《风声》给出的正确示范：

李宁玉心里噔噔地响，感觉心丢入了裤裆里，浑身都没了知觉，眼前一片黑。但这个过程很短，像拉了一下电闸，很快电又通上，她听到自己这样说道："这样的话，我收回我的话。"

肥原惊讶了一声，紧紧逼问："就是说你又认为他不是老鬼？他不是，你也不是，那又是谁呢？是金生火，还是顾小梦？"

"是谁都要凭证据。"李宁玉思量着说,"我刚才说了,我是根据他的自杀和对我的指控来推断他是老鬼的。如果情况不是这样,我的推断也就不成立。我不认为他不是,也不能说谁是。我说过没有确凿的证据,我不会随便指控谁的。"

肥原思虑一会儿,站起来,望着山下说:"我认为,到现在为止你的表现非常好。我喜欢你,你的智力不俗,你的心理素质很好。但是我更喜欢抓住你,抓住你这种共党会让我有一种成功感,你知道吧?"

肥原说的是真话,这出戏看来只能演到这里,他不想再演下去。

这就是一个完美示范。此情此景,大家只有靠谎言才能活下去,而珍稀的"真话",是在绝对安全,而且不会引起任何后果的情况下说出来的。作者并不需要肥原的真话去交代剧情,也不需要他的真话来解释读者看不懂的部分。正是这段示范告诉了我们:在斗争的剧情中,人物说谎不需要理由,相反,你的人物说出"真话"则需要理由。

作业 13　辨识对白中的谎言

这份作业是我们在进行正文写作之前十分重要的准备。

对白是小说的重要组成部分,小白作者写下的对白,往往每个角色的口中,都在说着作者口中想说的"实话",这就是小说枯燥无味、令人味同嚼蜡的根源。这项练习将令你快速领略对白的正确写法,感受到作者在写出每一句对白时,都站在特定人物的角度用他的思路发声的奥秘,从而完全用更新了的"作者大脑"处理自己故事中的对白。

请大家读余华的小说《活着》当中的一段,试着剖析在这段对白中,说话双方的想法的真相,跟对白相对照,并尝试说出这段对白中所有"谎言"的类型。

其实人落到那种地步也就顾不上那么多了,我算是应了人穷志短那句古话了。那天我去找龙二时,龙二坐在我家客厅的太师椅子里,两条腿搁在凳子上,一手拿茶壶一手拿着扇子,看到我走进来,龙二咧嘴笑道:

"是福贵,自己找把凳子坐吧。"

他躺在太师椅里动都没动,我也就不指望他泡壶茶给我喝。我坐下后龙二说:

"福贵,你是来找我借钱的吧?"

我还没说不是,他就往下说道:

"按理说我也该借几个钱给你,俗话说是救急不救穷,我啊,只能救你的急,不会救你的穷。"

我点点头说:"我想租几亩田。"

龙二听后笑眯眯地问:

"你要租几亩?"

我说:"租五亩。"

"五亩?"龙二眉毛往上吊了吊,问:"你这身体能行吗?"

我说:"练练就行了。"

他想一想说:"我们是老相识了,我给你五亩好田。"

对白即行动

对白，在舞台上和影视剧中，经常又被称为"台词"。很多人常把"台词"与"行动"对立起来看待，仿佛当"台词"发生时，"行动"便停止了，这完全是对对白的误解。让我们看以下这些跟对白有关的词汇：

告诉。劝解。说服。诱导。恫吓。打击。表白。安慰。揭发。教诲。勾引。强迫。进谏。训导。规劝。惑乱。魅惑。非议。谩骂。诅咒。议论。洽谈。煽动。和解……

它们全部都是有效的行动，而且，是必须通过对白而进行的行动。像这样的对白，是不能替换为叙述的，单纯的叙述无法完成作为"行动"的对白的任务。随便举个例子，以下段落出自《东宫》：

我叹了口气，今天我本来不想跟人打架，看来是避免不了了。我放下筷子，懒懒地道："好好一家店，怎么突然来了一帮不说人话的东西？真教人扫兴！"

那些人一听大怒，纷纷拍桌："你骂谁？"

我冲他们笑了笑："哦，对不住，原来你们不是东西。"

起先骂人的那个人最先忍不住，拔剑就朝我们冲过来……

在行动密集的高概念的叙事作品中，通过"对白"完成的行动也异常激烈。比如以上这段匪我思存的小说，"我"在"谩骂"，所引起的行动是"打斗"。"骂"是一种最为激烈的行动，在比较传统的中国武侠、军事小说中，打斗之前往往有谩骂的"仪式"，也产生了非常经典的情节，比如"诸葛亮骂死王朗"。另外还有有名的以"骂"为核心情节的剧情，如"祢衡击鼓骂曹"。凡是行为，必有后果，像"骂"这种激烈的行为，往往引起严重的后果：骂那些能骂过你的人，会被气死（王朗）；骂那些骂不过你的人，会被干掉（祢衡）。除了"骂"这种语言行动的最高级，其他用语言完成的行动也是精彩的：

"可我至今还没有家。"
"会有的。"
"是安慰我吗？"
"不。"
"可我感到绝望。"
"为什么？"
"因为我喜欢的人并不喜欢我。"
"你喜欢谁？"
"你！"

这段对白的行动指向也是非常明显的：表白。一个女人向她所爱的男人表白。《暗算》中，黄依依的第一次表白，带给男主安在天什么样的感受呢？"感觉有点晕眩和紧张，如临深渊。"并决定了他后来的许多行动。作为行动的对白本身是非常确定、有力、直接、非此即彼的行动，它会引起其他行动，有些是语言行动的"后果"，有些则是以这一语言行动为前提展开的。比如

"表白",两个人的关系一旦迈出这一步,便不可能再回到"表白"前的状态。它不仅呼唤着即时的行动:接受,或者不接受这份感情;而且成为后来行动的前提:被表白的一方不可能再佯装不知,他今后所有跟黄依依的互动都会在一种"我知道黄依依爱我而且我知道她在期待我的回应"的前提下展开。

再看一例,出自丁墨《美人为馅》:

> 韩沉任由她抓着自己的手臂,脸上看不出一点表情,"你的手机在哪里?打电话叫救护车!"他翻开她的手提包,却没找到电话。
>
> "不……不用了……"她又吐出了一口鲜血,"我大概……是活不成了。你听我说,他们,有七个人……"
>
> 韩沉的动作一顿,眼眸也像是浸了寒冰,一把将她的身躯从地上抱起来,"你说什么?"
>
> 辛佳的眼神已经有些涣散,满身的血,露出惨淡迷离的笑,"七个……七人团体……我没骗你,我真的是其中之一,只负责制毒……不直接杀人,我不敢……还有,我可以利用……家里人脉,给他们提供……消息……现在我和T死了,还剩下……五个。"
>
> 说着说着,她呻吟得更痛苦。韩沉更用力更小心地按住她的伤口,"辛佳,他们是谁?"
>
> 辛佳气若游丝地摇了摇头,"我不能说……"她露出十分悲戚的神色,"我不能……背弃他们。"她伸手抓住韩沉胸口的衣服,用轻得像耳语般的声音说道,"韩沉,小心你身边的人。我爱你,从很小的时候起。没人比我更爱你。"

这段对白，也是一个女人向她所爱的男人表白，但是跟《暗算》中黄依依表白的行动后果完全不同。这是死前告白，意味着不会带来关系的转变，两人的人际关系和互动从此可以画上句号。但是这段表白同时也是一段"告密"，作为连环杀人团伙当中的一分子，向警方揭露团伙内幕。这段表白的后续行动将有两个：

1. 充分利用已经揭露的信息（七个人，还剩五个，韩沉身边的人）去破案；

2. 努力寻找未揭露的信息（他们是谁）。

你们会发现：这样的一段"死前告白"的内容，经常可以被视为"实话"，因为"人之将死，其言也善"这样一种早已存在的设定，我们一般都把临死之前视为"实话时间"。你将发现，"实话对白"是确实存在的，只不过，跟你之前的理解不同：一个人物讲实话是要有前提的。"死前告白"是实话的前提。再看一例，出自沧月《镜·双城》：

炎汐走在路上，满身的血。然而他却将身子挺得笔直，抬头看着天上的星光，语气坚忍而平静——

"我们海国的传说里，所有鲛人死去后都会回归于那一片无尽的蔚蓝之中。脱离所有的桎梏，变成大海里升腾的水汽，向着天界升上去，升上去……一直升到闪耀的星星上。"走在路上，那笙听到炎汐的声音缓缓传来，平静如梦，"如果碰到了云，就在瞬间化成雨，落回到地面和大海。大海、长风、浮云、星光，风的自由和水的绵延：那就是我们鲛人的轮回和宿命。"

那笙抬头看着黑沉沉的天，每一颗星星都耀眼夺目，仿佛是人的眼睛,在夜里对着她微笑。忽然间,泪水盈满了她的眼睛。

她转头看向炎汐,然而这个鲛人战士的容色依然是平静的,没有一丝悲戚——"抱歉,我从来不曾哭过"——片刻前,对着她的要求,他那样淡笑着回绝。怎么能够不流泪呢?若是经历了这样几千年的灾难和迫害,若是战斗到连同胞都是对手,要怎么才能做到不流泪呢?

"人们都说,鱼看不见水就像人看不见空气——但是说话的那些人,并不知道我们世代在故国之外被奴役的残酷。"炎汐静静沿着路走往桃源郡,抬头看着星光,"都已经七千年了……无论是空桑人,还是后来的冰族,都把我们鲛人看成非人的东西、会说话的畜类,可以畜养来牟取暴利……你说这究竟是为什么?"

那笙无法回答,只能讷讷道:"我……我不知道。我来到云荒之前,还不知道这个地方有'鲛人'这样的东西。"

"我曾说要跟你解释这片土地上关于鲛人的事。其实很简单,"炎汐静静看着星光,不知道上面一共有多少鲛人灵魂化成的星星,对身侧听得出神的少女解释,"《六合书》上有那么一段记载……"

这段的写法,看上去是初学者也会而且经常使用的:A 与 B 谈话,所谈的内容是最为必要的情节背景交代,不仅都是诚实的,而且可以转变为叙事者的叙述部分。小白经常毫无节制地使用这种方法写作,为此创造出无价值的对白。这种类型的对白,最显著的就是《红楼梦》第二回,"冷子兴演说荣国府"这一段,通过两个局外人(贾雨村、冷子兴)的一问一答,演说了金陵四大家族的历史。但当你仔细谛视，你将发现：这段对白有它存在的巨大合理性。贾雨村——一个野心勃勃、渴望知道些许内幕以便捞到好处的政客；冷子兴——恰好知道较多内幕的古董行商人，"是个有作为大本领的人"，且世事洞明。一个欲知道，另一个欲告诉，且本来投机，互相都是用得上的人，自然知无不言、言无不尽。这段对白，即是作为行动的情节，《红楼梦》标题告诉我们：这次的"行动"为"演说"。不仅是交代来龙去脉，还加以自己的分析和解释，这就远远大于叙事者的叙述了。

沧月的小说中，鲛人炎汐与初来云荒大陆的少女那笙刚刚一同经历过生死劫难，炎汐体会到那笙与他的同仇敌忾之情，自然很容易倾诉衷肠、吐露真心。而那笙原不了解鲛人历史，炎汐方才从头说起，跟冷子兴向贾雨村"演说"，出于同样的目的：让原本不知道的人知道。炎汐的"行动"为"解释"——"我曾说要跟你解释这片土地上关于鲛人的事。"经此解释，那笙不仅了解了鲛人的历史，而且相当自然地，跟向她解释的鲛人统一了立场。"解释"是站在鲛人立场的解释，便于引发像那笙这样一个善良少女的同情和共情。

后来，无论是贾雨村满怀热情地成为贾府的"同宗"，巴上贾府这座靠山，还是那笙成为鲛人的朋友与同盟，实际上都是这场"演说"或者"解释"的后果。"解释"也是一种行动，它会引起后来的其他行动，而不是漫无目的的说说就算了。

骂、表白、告密、演说、解释，我们举例了这五种"作为行动的对白"，其他的"行动对白"，每一种都有相对应的动词，虽然不能一一举例，但诸位已经可以想象得到了。

短剧时代的对白法则

当我展开这一课时,惯于阅读网络小说的读者会发现:很多我们所讲述的技术与他们的经验相反。我们这一课所讲述的内容让他们耳目一新,因为他们之前更习惯的对白方式是这样的——

"年纪不大就知道勾引男人!你是个什么东西,也不撒泡尿照照自己,估计以后也就上个专科去工厂流水线吧!我们家书华以后是要上清华北大的!耽误了他你负得起责任吗?"[1]

当我们阅读网络文学和一些类型文学的作品时,我们都会发现:很多对白是完全违背"高度模拟现实中的对白"这样的剧作对白法则的,罔顾人物的行为逻辑和心理逻辑,文中所有人都说着那些在现实中完全不可能说出口的台词,与之匹配的是:情节简单粗暴,单线索展开,感情逻辑一根筋,缺乏心理内涵,人物完全扁平。给3~6岁儿童观看的动画片往往如此,泰国的很多电视连续剧对白也呈现这样的特点,而如今正在流行的通过抖音快手宣发的短剧的台词也是如此。在一个"娱乐至死"的快餐时代,这样的文风越来越多见了,资深的网络文学编辑告诉我们:"不让读者动脑",是这样的文章对作者提出的要求。

当我们审视网络上的爆款小说对白——

"有些人学习不好脑子也不好用,作弊也不做得靠谱点,90

---

[1] 出自不知名网络小说。

多，谁信啊？"

"就是，有什么用，自欺欺人罢了。"

"邱婷，还是你厉害，又是99，你也太牛了！怎么学的啊？"

邱婷表情好看了一些，微笑道：

"才99，因为粗心扣了一分真不该，你们知道我的，我回家从来不学习。"

"别人的事和我们没关系，小聪明耍得了一时耍不了一世，我倒觉得挺可怜的，感情和学业都一事无成啊，呵呵。"[1]

我们会发现：虽然简单直接，但人物口中所说的亦并非"大实话"。"你们知道我的，我回家从来不学习"就明显是一句谎言。"无脑文"的写作亦有技巧，其中对白的写作技巧是——基本由行动对白构成，而每一段对白都有扁平的行动逻辑。如以上对白：

"有些人学习不好脑子也不好用，作弊也不做得靠谱点，90多，谁信啊"——霸凌；"就是，有什么用，自欺欺人罢了"——霸凌；"邱婷，还是你厉害，又是99，你也太牛了！怎么学的啊"——吹捧；"才99，因为粗心扣了一分真不该，你们知道我的，我回家从来不学习"——凡尔赛式的自我吹嘘；"别人的事和我们没关系，小聪明耍得了一时耍不了一世，我倒觉得挺可怜的，感情和学业都一事无成啊，呵呵"——霸凌。

"霸凌女主、众星拱月地吹捧反派邱婷"是这段对白的行动逻辑，它异常扁平，没有任何深度和意外。"无脑文"更像是人

---

[1] 选自知乎问题"有什么大快人心的复仇故事"尘二二的回答。

工智能的自动创作，仿佛输入行动目的，就会自觉输出台词。这些行动遵循简单的、易于理解的、强烈的心理逻辑——嫉妒、喜欢、嫌弃、讨厌、愤怒、害怕、相信……而呈现快速、即时反应的行动方式——挑拨、谩骂、指责、嘲讽、开脱、表白、拒绝……它将"行动对白"的势能发挥到极致，每一句对白都会带来快速反应：要么反唇相讥，要么拳脚相向，要么痛恨，要么热爱。而这，会造成什么样的艺术效果呢？它将带来一种立竿见影的效果：节奏会变得很快，行动密集，剧情会很精彩。

在古典的时代，饱读诗书的淑女怀疑起所爱男人的爱情，她是这样表达的：

> 正值林黛玉在旁，因问宝玉："在哪里的？"宝玉便说："在宝姐姐家的。"黛玉冷笑道："我说呢，亏在那里绊住，不然早就飞了来了。"宝玉笑道："只许同你玩，替你解闷儿。不过偶然去她那里一趟，就说这话。"林黛玉道："好没意思的话！去不去管我什么事，我又没叫你替我解闷儿。可许你从此不理我呢！"说着，便赌气回房去了。

在金庸的时代，却是这样的：

> （赵敏）突然走上几步，到了张无忌身前，提高脚跟，在他耳边轻声道："这第二件事，是要你今天不得与周姑娘拜堂成亲。"

赵敏这句话，分明被新娘周芷若听到了。于是，在赵敏带着张无忌离开之际，突然身边红影闪动，一人追到了赵敏身后，红袖中伸出纤纤素手，五根手指向赵敏头顶插了下去。这句行动对白如此猛烈，赵敏险些为这句话付出生命的代价。

而到了网文的时代呢？

"江书华，你这是什么意思？"我哽咽道，"你不是要好好学习吗？"

江书华沉默了一会儿，片刻后低声道：

"抱歉乔如，感情这种东西，我也控制不了。我们本来就不是一路人，她跟你不一样，我跟婷婷在一起不会影响学习。"

"那我呢！"我撕心裂肺道，"我怎么办？！我对你不够好吗？"

"对不起，"江书华的声音缓慢而坚决，"你可能很可怜，但我没办法。"

在作家们眼中，该网文犯了一系列要命的错误：对白用了现成的熟文俗句，完全没有人物特色，而人物皆直抒胸臆，将内心真实意图和盘托出，没有任何遮掩文饰。可这种"错误"的文风，反而是网络爆文必备的特点：熟文俗句和无脑台词，都是为了快速推进剧情，而节省读者的"思考"而设的。读者根本不必费心理解，就已经透彻理解、完全明晰了该文的情节和内涵。

金庸等人已经是一代流行文化的代表，他们的作品以节奏快、情节紧凑而著称，然而赵敏毕竟还是在张无忌耳边轻轻说出那句台词，基本的文章章法仍在作者心中。到了网文时代，很多流量网文作为快速消费品而存在，读者遇到它的时间甚至以分秒计算，传统的文章做法已被打破，而替换以新的写作规则。

至于抖音、快手和爱优腾芒的短剧，经常被人称为"土狗爱看"，快节奏的翻转令观众根本没有时间仔细体会人物深度、推敲其中逻辑，其"又土又上头"的魅力，主要来自于"实话对白"——

女配：哟，这不是某某某吗！怎么什么阿猫阿狗都能来公司面试啊？

女主：你上学的时候成绩那么差，你都能来，凭什么我不能来？

"羞辱-回怼"是此类短剧最常见的套路，相当拉动情绪，不仅提供"大实话"，还要用最刺耳的方式说出，丝毫不顾现实社会规则中的社交礼仪——

扫把星，别挨着我！
丢人现眼的东西！
你自己什么条件，自己不清楚吗？
早知道你是个赔钱货，就不该养你这么大！
得罪了我，我保证让你在公司混不下去！
以前我打你的时候，你说我会有报应，但是我过得特别好，报应，都是你这种弱者想象出来的！

这种拉动情绪的"短剧大实话对白"，也并非真正的"实话"，某种程度上讲，它们不是我们在社会上真的会遇到的伤害，而更接近"内在小人的羞辱",即潜意识当中的自我批评。例如,短剧中常见的"同学会羞辱",就是在真实的同学聚会中基本不可能看到的景象——

同学1:毕业这么久了,怪不得联系不上,原来是在这里当服务员。

同学2:你说,都是一个班毕业的,怎么差距就这么大呢?

同学3:除了你,在座的哪一位不是事业有成啊?

同学4:多亏我们,否则,这么贵的饭菜,你平常只能看,永远都吃不上吧?

同学5:老师以前最器重你了,你跟老师跪下赔罪,你为什么让他这么丢脸?

真实的同学聚会,一般都是"谎言对白"发生的场景,互相之间觥筹交错、叙旧谈情,仿佛回到了当年大家完全平等的时刻,却各自在暗地里掂量轻重、比较成绩。真实的同学会,绝对不是短剧中所描绘出来的样子。而短剧中的这些对白,把"我担心他们是这么想我的"这件事变成了真的,把每个人心中的隐忧变成了对方口中的台词。生活中,绝大多数人都并未出人头地,都在过着平凡的生活,而社恐的人不在少数,那种"默默批评自己的小人",即潜意识的自我批评和羞愧,存在于几乎每个人的内心深处。短剧把它变成了现实,又让主人公的隐藏身份和秘密财富打脸所有势利眼的同学,无疑将为有你我在内的芸芸众生提供安慰,这便是这类短剧的流量密码。

*影视对白的重要技巧

所有作家都知道,如果写情节复杂的作品,他会有一个大难处:他需要让读者看懂。有些凶手或者侦探的心理活动是剧情发展的重要环节,假如不说出来,读者就完全不会看明白情节。在小说中,这个难题容易解决。有的作家们创造了一些关键人物猪油蒙心、得意忘形、表达欲旺盛、忘情地忘记危险、真情绽露的一些时刻,让他们说出自己的心中所想,以便推动剧情的发展。这虽然有效地解决了叙事的难题,但是对于塑造人物可能带来损害。还有另外的办法,也是更加主流的办法:叙事者的叙述部分,可以作为有效补充。一切心理活动、对事件进程的交代,都可以放进去。声音剧中,这种叙述被称为"旁白"。但是到了影视剧本中,对白的困难就凸显出来了:正确的台词是谎言,那么人物的心理活动难道要交给旁白(画外音)吗?大家都知道:影视剧中的画外音,实在是一种不高明的呈现方式。

影视剧本往往是这样处理这个难题的(而由于电视剧剧本以台词为主,所以对这个难题的处理已提升至一种结构上的重要性)——有一些人物就是为了听主人公说心里话而设的!

我们从一些古典的小说作品当中,就可以找到这样的人物设置方式。例如：福尔摩斯身边永远有华生——

"好吧，虽然我不情愿，但也只能这样了，"我说，"我们什么时候出发？"

"你不用去。"

"那你也别去了，"我说，"我发誓，你不让我一起冒险，我马上坐车去警局告发你，我这人向来说话算数。"

"去了也帮不上忙。"

"你怎么知道？你又不确定会发生什么。反正我决心已定。除了你，别人也有尊严，也有荣誉。"

福尔摩斯有点儿为难，最后还是舒展眉头，拍了拍我肩膀。

"好了，好了，亲爱的老兄，想去就去吧。我们在同一间公寓合住多年，如果能在同一牢房相伴终老，想必也是极有趣的。华生，说真的，我一直觉得自己是做犯罪高手的料，这次机会难得，终于可以施展这方面的才华了。你看！"他从抽屉拿出一个精致的小皮盒，打开盒盖，里面是一排闪亮的工具，"这是最顶级、最新式的撬锁工具，有镀镍短撬棍、金刚石玻璃刀、万能钥匙，等等，包括各种技术升级，满足社会进步的需求。看，还有我的遮光提灯。一切准备就绪。你有静音鞋吗？"

福尔摩斯一点也不像是一个深沉的侦探，他跟华生的形影不离简直就像是每堂课间都会一起上厕所的高中男生。他俩经过这番争论，达到了让华生跟他一起去入室盗窃的效果，否则华生出现在那里还是挺奇怪的呢！可要不是这番争论，我们又怎么知道他带了这么多东西、他的作案计划呢?

这种颇为古典的设置人物的方式,在电视剧中简直已经成了必须的手段。古装言情剧里的公子和小姐身边往往有密友或者心腹丫鬟,男女主经常对着他们敞开心扉畅所欲言,你能回忆起多少这样的人物?《还珠格格》中的金锁,《甄嬛传》中华妃有颂芝而甄嬛有流朱,《琅琊榜》里的梅长苏有飞流,有时这个随从是哑巴或者有心智缺陷,因为他的任务只是充当"树洞"而已。让我们看这样一段改编,你会比较透彻地了解一些电视剧人物设置的秘密。让我们先看梁晓声的小说《人世间》的原文:

肥皂和胶鞋是发的。肥皂三个月一块,胶鞋每年一双。他经常主动打扫公共浴池,一方面是为了保持"模范工人"的光荣称号,另一方面也是为了有机会将别人弃之不用的肥皂"尾巴"收集起来,攥成大大小小的肥皂球自己留用,那样他每年可省下两三块肥皂,以前是探家时带回去给家里用。

接着,我们在电视剧《人世间》中,找到了这段文字的改编部分。画面是老周在山路上行走,一个徒弟陪着他走路。这个徒弟不是他身边比较重要的徒弟郭诚,而是一个打酱油的。因为他一上来就说:郭诚的假没请下来,让我来送您。接着,他殷勤地问起,老周背的筐子里面有什么。老周说完了筐里的内容后,两人之间有这样一段对话:

徒弟:"肥皂三个月才发一块,您就能攒出六条来!"

老周:"呵呵,现在你知道,我为什么总抢着去打扫澡堂了吧?我呀,到澡堂子,就是为了收集你们这号人甩掉的那些肥皂小尾巴,回去以后攒成肥皂球,每年能省好几块肥皂呢。我这是攒了三年的。"

于是你们明白了,这段情节从小说到电视剧,特地增设了一个打酱油的小配角,为的是让他听老周说实话。而对于实话对白和谎言对白,我们现在可以得到一个恰当的结论了:

所有的实话对白,都是可以转化为作者的叙述文字的;而只有谎言对白,只能从人物口中说出,而万难转化为叙述的。

作业 14　写出你的故事开头

现在,看看我们手里已经做足了哪些准备工作了!

你拥有了什么?你有——

一个 2000 字的故事梗概。

一个完整的时间轴和上面的所有事件。

一个在你心中呼之欲出的鲜活的叙事人。

一份完整的人物小传。

一套含有创新的完整设定。

已经确立的故事类型和已经熟读的对标作品。

已被创设好的世界观和系统(如果有的话)。

你的故事已经呼之欲出,它就在你的手指尖蕴藏着。

可以开始写了!

请试着为你的故事写下开头。有了以上那些准备，这个开头也许写得无比顺利，这也许是你的第一次写作，这个过程会让你享受万分，不仅自己的表达欲得到了抒发，而且充满着把一个构想变成现实的成绩的喜悦。

也许写得无比艰难，你会突然遭遇到很多以前没想到过的状况，令你举步维艰，仿佛每写一个字都要突破极大的障碍。

但是没关系，你已经在写了！

请写2000字的故事开头。

然后呢？

如果把作业交给我，你将得到两种反馈，"请继续写吧！"或者，"这还不行，你要……"

我亲爱的读者，当我不在你身边，如何确定你是否能继续写下去呢？请选择合适的媒介投稿给编辑吧！

附录 "你将成为怎样的作家"说明及问卷

说明1：社恐的人会写怎样的故事

在人生已经过去的几十年中，你最害怕当众表达，假如有人让你上台，那准会让你呼吸困难；你害怕跟不熟的人打招呼，能线上解决的事绝不线下，能发信息绝不发语音；在所有的聚会上，你都是像隐形人一样的存在。如果你是这样的，那么我想告诉你的是：狄更斯、张爱玲、沈从文、三毛，《呼啸山庄》的作者艾米莉·勃朗特，日本作家川端康成、村上春树，他们都是跟你一样的人。

每一个社恐而内向的人，都可以通过故事构建一个小宇宙。因为你是一个不愿意跟太多的人产生勾连的人，更不愿意在社会上拼杀，非要拼出一个你死我活，那么在你的笔下，就可以尽情地去书写自己喜爱的事物。

在沈从文笔下，有一个美丽的故乡湘西，小镇上有一条小溪，溪边有座白色小塔，塔下住了一户人家。这人家有一个老人，一个女孩子，一只黄狗。女孩子叫翠翠，在风日里长养着，把皮肤变得黑黑的，触目为青山绿水，一对眸子清明如水晶。

在三毛的笔下，有一个撒哈拉沙

漠。旁人的沙漠寸草不生,她的沙漠却长满有趣的事物,就连吃一顿饭,也仿佛吃的是天上落下来的雨水而凝结成的雨丝。

我读到过一个书写社恐的故事,它出自日本作家乙一之手:一位独自生活的、失明的年轻女孩,家里溜进来了一位逃犯。这位逃犯并非悬疑凶案的凶手,他只是不愿意跟警察做过多的交流,也不知道如何证明自己的清白。就在这样一座房子里,逃犯轻手轻脚地跟少女生活在一起,努力让少女察觉不到自己的存在,可终于还是被察觉了。自从失去了父亲,少女都在孤单生活,无名者的闯入,甚至还在暗中保护她不被家中的瓷器和家具所伤害,让她感受到了久违的陪伴和温暖。两个温柔而善良,又与世隔绝、内心深处渴望爱的人,以这种方式相伴。这部小说,让我深深体会到了什么叫作"从灵魂深处给人安慰"的故事。

说明 2:财迷心窍的人会写出怎样的故事

有人告诉了我们一个以前不知道的秘密:巴尔扎克根本就不会写作!他都是胡乱写的!巴尔扎克不是我们小时候在语文课本上经常遇到的作家吗?他不是大师吗?可是,有人说:巴尔扎克句子粗糙,用词生硬,风格别扭,而且不断在作品中犯着奇怪的错误。他只是太想发财了,所以根本不管自己会不会写,就玩命地往下写,每天都写很多。

但是巴尔扎克的故事获得了巨大的成功,这又是为什么?

这是因为:他从未努力将他自己笔下的人物写成好人。他们都是跟他一样,生机勃勃又充满欲望,并且为了自己强烈的渴望而不顾一切追逐的人。所以,巴尔扎克的例子告诉我们:假如你感觉自己胸中没有什么高尚的情操,只是充满了要搞钱的这种欲望,你也不必感到羞耻。如实地表达你自己,你一样可以在很多人那里引起情感的共鸣,会比那些书写"乐于奉献的圣徒"的作家，所获得的关注多得多。在如今，一个人一头扎进社会，为生计奔波，为实现自我的价值而不断地奋斗，一点也不可耻。因为：让每个人的价值得以实现，就是我们这个时代的正义。

在作家这个行当里，有很多财迷心窍的人。写作，的确是一项成本很低的生意，它所可能获得的回报却极其地丰厚。

东野圭吾走上写作道路，是为了获得江户川乱步奖的奖金。在他走上写作道路的第一天，他就打算把稿费攒起来买房子。

又比如冈岛二人这个作家，其实是井上泉和德山谆一两位作家联合在一起写作的笔名。他们组团也是为了获得奖金，从组团之初还完全不会写，到终于获奖，竟然过了很多年。这说明了"有志者事竟成"的道理。

假如你是一个梦想发财的作家，比起其他人，你更大概率会接受关于写作的专门训练，也会更加高产。你会从类型入手掌握写作技能，也更容易参考其他成功作家的写作范例。

梅塔·瓦格纳《发现你的创造力类型》这本书中，把具有创造力的人分成五种类型：明星型、工匠型、先锋型、感知型、激进型。如果你过分爱钱，选择成为一名工匠型作家看起来十分靠谱；当然，如果你能做到像巴尔扎克一样不管不顾、激情四溢，那你也可以成为一名激进型作家：要知道，如今的网文作家日更一万算什么，巴尔扎克可是用三天就写出来《高老头》的手速之王！

无论你是工匠型还是激进型，"爱钱"都会让你比其他作家更为高产。为了维持持续的产出，工匠型作家会写那种自成体系的故事。当他们研究透了一种小说类型的写法之后，假如一直有市场，他们就会不断地写。正如我们所知：东野圭吾写悬疑小说，李碧华写妖鬼灵怪的故事，亦舒写的都是物质女孩。而激进型作家，则会不断地把自己的人格投射到人物身上，不断重复地写自己，除了巴尔扎克之外，还有琼瑶奶奶也是这种型号。

说明 3：情绪化的人会写出怎样的故事

我们日常都会有情绪问题，但是有一类人，几乎完全被情绪主导。这种性格，虽然在生活中造成种种困扰，但是假如你想到：萧红、海明威、贝克特、太宰治等一系列大作家，都是无法主导自己情绪的人，你也就不用在意了。

什么？海明威不是超级理智吗？他的那种文风叫什么来着？极简主义。话少。节制。写这样文章的人，怎么会被情绪主导呢？有那种大喊大叫的疯子，也有那种从早到晚不吭气、趁你不备就把刀暗戳戳拎在手里的疯子，哪一种更可怕？海明威就是这样一个不说话但是拿着刀的疯子。这个例子告诉我们：作为一个情绪力量特别强大的人，你有可能写出来比别人更加冷静、更加冷酷的故事。

与之相比，美国剧作家田纳西·威廉斯就是一个大喊大叫的疯子了！他笔下的《欲望号街车》，充满了那种让人窒息的长对白。对于句子来说，你们发现没有？句子的长短，代表不同的情绪。句子越短，越凶狠；而句子越长呢？就越缠绵。一个感性十足的作家，往往会用很长的句子去写他的故事。

不论你是一个冷疯子还是一个热疯子，我都想告诉你：一旦你开始写故事，你的疯病也就好了一大半。你可以把你脑中的奇思怪想，统统变成文字。写作能让一个人的负面情绪得到缓解和抒发。

有一位香港作家叫刘以鬯，他是王家卫电影《2046》的原著作家。刘以鬯绝对是一个情绪派，年轻的时候，他写了《酒徒》这样的作品，用作品宣称：这个世界不值得我这样一个高贵的作家低下头颅，所以，我必须每天喝个烂醉才能勉强活在这世上。但是后来他活了多少岁呢？从 1918 年到 2018 年，他活了整整 100 岁。写故事，可真是太养生了!

而你,是一个什么样的人呢?

你淡定、乐天、随意,跟你接近的作家是林语堂;你朴素、接地气儿、幽默,你大概会喜欢老舍、王朔;你情商高、八面玲珑,可能你适合去写官场、职场类故事;你一生居住在小城市,足不出家乡,也完全可以写出动人的、地方性的作品。例如,李茵女士写于70多岁的第一本书《永州旧事》,就是这样一本天才之作,而李娟、刘亮程,都是这个赛道上极为杰出的伟大作家。

怎样锚定自己的创作个性,找到适合自己的发展之路呢?我将附上一份问卷,让你评测一下自己的创造力类型,确认跟自己接近的作家是谁。

问卷:你将成为怎样的作家?

除了极少数天赋异禀、一开始就找到写作方向的人,更多刚接触写作的同学都会为自己适合什么样的写作风格而烦恼彷徨。

学习辛辣老练的鲁迅,多去拜读东野圭吾作品,还是一心钻研曹雪芹巨作?类似的问题总会萦绕在同学们的心头。

找准自己的写作个性,不仅可以减少学习时的犹豫不定,还能为我们的写作道路明确方向。

与其在反复挫败中不断更改,不如一开始就锁定方向勇往直前。

现在,就让我们一起来做以下测试,找出自己潜在的写作个性。

1. 你觉得自己神经质吗？

A. 神经质（去 2）

B. 相当理性（去 3）

2. 你更希望怎样度过休息日？

A. 独自一人待着（去 4）

B. 跟家人一起（去 13）

C. 跟朋友在一起（去 17）

3. 你更喜欢以下哪种事物？

A. 大自然（去 6）

B. 城市生活中的灯红酒绿（去 7）

C. 亲人和朋友之间的人情味（去 10）

4. 假如另一半背叛了你，你会？

A. 不发一言，抽身而去（去 5）

B. 拿出枪管，爆了他头（你是 A）

5. 谈一场恋爱，你会写情书吗？

A. 会，缠缠绵绵每天都写，向对方倾诉感情（去 15）

B. 不会，但是会写日记，剖析自己和对方的心理（你是 B）

6. 你连做梦都向往的地方是？

A. 横跨太平洋的航海之旅（去 20）

B. 西藏新疆等边陲（你是 Y）

7. 你最喜欢读的小说是：

A. 悬疑凶杀（你是 C）

B. 男女纠缠（去 8）

8. 你爱喝酒还是跑步？

A. 喝酒（你是 D）

B. 跑步（你是 E）

C. 都不爱（去 9）

9. 你爱钱吗？

A. 很爱很爱（你是 F）

B. 淡泊名利（你是 G）

10. 你热爱自己的家乡吗？包括家乡的食物、文化和方言。

A. 一辈子就想沉浸在这里，走到哪里都会怀念它（去 11）

B. 无感（你是 AA）

11. 你有过海外经历吗？

A. 曾有留学、生活经历（你是 H）

B. 没出过国，除了短期旅游（去 12）

12. 你支援妇女运动吗？

A. 不，女人都给我老实点儿！（你是 I）

B. 支持。无论男人女人都是一样的

命运的玩偶,谁比谁高贵。

(去23)

13. 你理想中的世界是什么样的?

A. 童话般的平静、纯净和美好,自己获得像梦境一般美好的爱情(去14)

B. 每个人都在劳动,社会井然有序(你是K)

14. 你对享受世间的乐趣有兴趣吗?

A. 我喜欢吃喝玩乐和买买买(你是L)

B. 我完全是个禁欲主义者(你是M)

15. 你心中的理想爱情模式是什么?

A. 只爱我一个人,把我一人捧在手心痴恋,对别人视若无睹,没有我就失去生命意义,连呼吸都是为了我(去16)

B. 互相照耀的星,天空中的一片云(你是P)

16. 是"赢"重要还是"爱"重要?

A. 赢(你是N)

B. 爱(你是O)

17. 你对这个社会上存在的很多现象相当不满吗?

A. 相当不满,而且经常热烈抨击(去18)

B. 很少想到这个问题(去19)

18. 你对一份来自大学或者政府的工作有强烈兴趣吗?

A. 这就应当是我的工作(你是Q)

B. 这种工作跟我一点关系都没有(你是R)

19. 你在爱情上的态度主动吗?

A. 我认为我应当拥有极为出色的恋人(你是S)

B. 我对爱情这个问题想法很多,但总是流于思考(你是T)

20. 你想成为海员还是海盗?

A. 海员(去21)

B. 海盗(去22)

21. 你对硬核科技知识感兴

趣吗?

A. 感兴趣（你是U）

B. 不感兴趣,我只喜欢社会科学（你是V）

22. 你有慕强的心理吗?

A. 强者是天下的霸主,应当得到功名、爱情和人们的称颂（你是W）

B. 人生来平等,一个平凡者的人生也可能超级精彩（你是X）

23. 你认为人生有意义吗?

A. 毫无意义（你是J）

B. 人生有意义（你是Z）

你更接近哪个作家的个性（答案）

A. 海明威

B. 张爱玲

C. 东野圭吾

D. 王家卫

E. 村上春树

F. 亦舒

G. 王安忆

H. 老舍

I. 贾平凹

J. 福克纳

K. 多丽丝·莱辛

L. 曹雪芹

M. 太宰治

N. 流潋紫

O. 匪我思存

P. 张小娴

Q. 鲁迅

R. 王朔

S. 乔治·桑

T. 加缪

U. 刘慈欣

V. 莫言

W. 金庸

X. 余华

Y. 张承志

Z. 金宇澄

AA. 巴金

图书在版编目（CIP）数据

故事课：中国本土 IP 实训指南 / 刘丽朵著 .
北京：北京联合出版公司，2024. 12. -- ISBN 978-7
-5596-8047-1

Ⅰ . I206.7

中国国家版本馆 CIP 数据核字第 2024KT0883 号

本书版权归属于银杏树下（北京）图书有限责任公司

故事课：中国本土 IP 实训指南

著　　者：刘丽朵
出 品 人：赵红仕
选题策划：后浪出版公司
出版统筹：吴兴元
编辑统筹：王　頔
特约编辑：王　雪
责任编辑：肖　桓
营销推广：ONEBOOK
封面设计：棱角视觉
装帧制造：墨白空间

北京联合出版公司出版
（北京市西城区德外大街 83 号楼 9 层　100088）
小森印刷（天津）有限公司印刷　新华书店经销
字数 240 千字　889 毫米 ×1194 毫米　1/32　11.25 印张
2024 年 12 月第 1 版　2024 年 12 月第 1 次印刷
ISBN 978-7-5596-8047-1
定价：65.00 元

后浪出版咨询(北京)有限责任公司　版权所有，侵权必究
投诉信箱：editor@hinabook.com　fawu@hinabook.com
未经书面许可，不得以任何方式转载、复制、翻印本书部分或全部内容
本书若有印、装质量问题，请与本公司联系调换，电话 010-64072833